L'affaire Margot

Éditions Eyrolles
61, bd Saint-Germain
75240 Paris Cedex 05
www.editions-eyrolles.com

Collection « Aparté »

Éditrice externe : Florence Noblet

Traduit de l'anglais par Manu Causse
Titre original : *The Margot Affair*
Cette traduction a été publiée en accord avec Hogarth,
une publication de Random House,
division de Penguin Random House LLC.

Première édition, Londres, New-York, Hogarth, 2020

ISBN : 978-2-212-57500-2
Composé par Soft Office

Sanaë Lemoine

L'affaire Margot

Roman
EYROLLES

Pour ma mère et mon père

I

1

C'EST sur les planches que ma mère devenait pleinement elle-même. Je voyais la transformation se produire en quelques instants, une intimité croissante qui se construisait avec le public. Au milieu d'une scène, elle ôtait son chemisier avec une désinvolture toute masculine, comme on enlève ses chaussettes. Puis elle empoignait ses boucles rousses et les soulevait pour dégager son cou élancé. Ses coudes écartés mettaient en valeur la ligne de ses épaules. Elle se transformait à sa guise, devenait qui elle voulait. Dans ses seule-en-scène, elle se confiait à son auditoire comme à des amis de longue date. Je sentais son effet sur eux à les voir se pencher en avant sur leur siège, yeux écarquillés, comme pour se pénétrer de sa présence. Elle conservait cette aisance et cette simplicité dans la vie de tous les jours. Avec les inconnus, elle se montrait toujours joyeuse et aimable. Elle était éblouissante. En d'autres termes : une vraie actrice.

Elle avait commencé le théâtre à l'adolescence, mais c'était un premier rôle au milieu des années quatre-vingt-dix, alors que j'avais à peine cinq ans, qui devait vraiment lancer sa carrière et lui permettre de créer ses seule-en-scène. La pièce s'appelait *Mère*, une œuvre courte et puissante, quatre-vingts minutes sans entracte, avec une distribution réduite : un homme, son épouse – qu'elle incarnait –, leurs trois jeunes enfants et le père de l'homme. Ça se terminait par une longue scène au cours de laquelle la mère tuait ses enfants dans une baignoire. Au début de l'intrigue, on ne l'imaginait pas capable d'une telle violence, malgré le malaise diffus qui émaillait les instants de légèreté et de tendresse. J'étais trop jeune pour qu'on m'explique que ma mère jouait une infanticide. Pourtant, je le savais bien : même sortie du théâtre, elle aimait rester dans ses personnages. À la maison, elle était pour moi une inconnue. J'aurais voulu qu'elle retourne là d'où elle venait, qu'elle se réabsorbe en elle-même. Elle me semblait à l'envers, comme si tout ce qu'elle portait en elle se retrouvait affiché à l'extérieur, collé sur sa peau, à la vue de tous. Je l'aurais préférée à l'endroit, une mère au sens classique du terme.

Je voulais être fière d'elle, et pourtant, la plupart du temps, elle m'exaspérait. Tout ce que les autres admiraient chez elle me paraissait exagéré et théâtral.

C'est *ça*, le théâtre, répondait Mathilde quand je me plaignais.

Mais je voudrais être émue, avais-je répliqué. L'applaudir debout comme les autres.

Tu crois vraiment qu'une lycéenne peut être émue par sa mère ?

Une gentille lycéenne, oui.

Tu n'es pas une gentille fille, et c'est pour ça qu'on t'aime, disait Théo.

Théo et Mathilde étaient les meilleurs amis de ma mère. Mathilde était une costumière de théâtre réputée, spécialisée en broderie. Elle retouchait mes vêtements et me taillait des robes pour les grands événements. Elle avait travaillé sur les costumes de *Mère.* Théo, son mari, était danseur. Ma mère, qui avait suivi une formation de danse classique dans sa jeunesse, s'était sentie une affinité immédiate avec lui.

Avec moi, ma mère cultivait une distance délibérée. J'ai le souvenir d'avoir passé de longs moments à frapper à la porte de sa chambre. Maman, répétais-je, pensant qu'elle ne m'avait pas entendue. Un jour, je suis passée à Anouk, dans l'espoir qu'elle réagisse à son prénom. Avec le temps, il m'est devenu de plus en plus difficile de l'appeler maman. La douceur de ce mot ne cadrait pas avec la distance que je ressentais en sa présence. Anouk, en revanche, se terminait abruptement, comme le bord d'une falaise, et quand je criais son nom, j'avais l'impression de la pousser dans le vide.

Sa chambre était plus petite que la mienne, avec une porte en bois léger qui laissait au niveau du plancher un jour aussi haut que l'un de mes orteils. Je me souviens de sa voix de l'autre côté, qui répétait encore et encore la même réplique : *J'aurais dû te tirer de ce gouffre obscur pour te couvrir de baisers.* J'attendais qu'elle m'ouvre.

Lorsque nous étions seules, elle me regardait d'un air sérieux et disait : Il faut qu'on coupe le cordon. Recevoir trop d'affection, c'est le pire des handicaps.

Dans ces moments-là, le fossé entre nous semblait immense, comme si nous venions de pays étrangers, chacune parlant sa propre langue. Une mère, ce n'est pas une amie, comme elle aimait le proclamer pour justifier nos différences. Et c'est vrai, on ne se racontait pas de secrets dans le métro, on ne marchait pas ensemble bras dessus, bras dessous. Ceux qui ne nous connaissaient pas bien nous croyaient semblables – ils pensaient que je deviendrais comédienne à mon tour. Ils s'imaginaient que c'est le genre de métier qu'on hérite de ses parents, comme un écrivain engendre un écrivain. Mais je n'avais pas la moitié de sa grâce, ma voix ne possédait ni la musicalité ni le charme de la sienne et, dans la rue, je n'attirais pas comme elle les regards des hommes. Elle, de son côté, ne voyait pas l'intérêt de me transformer en une copie d'elle-même. Elle ne m'avait pas appris à danser ni à jouer la comédie. Elle prenait grand soin de sa peau et de ses dents, mais elle ne m'avait jamais poussée à l'imiter dans ce domaine. En secret, je parcourais sa garde-robe, je touchais les tissus soyeux, si différents des matières synthétiques que je portais. Plus que tout, je lui en voulais parce que c'était à moi qu'incombait la tâche de faire attention, de surveiller la moindre de mes paroles. Avec le temps, j'avais développé une expression impassible que les gens prenaient à tort pour de la timidité ou de l'indifférence.

Et pourtant, même quand elle me repoussait, je l'aimais sans réserve. Je m'éveillais chaque matin au bruit de ses pas dans la cuisine, du parquet qui grinçait quand elle allait remplir la bouilloire au robinet. Je savais tous les sacrifices qu'elle avait faits pour moi. La maternité l'avait empêchée de s'accomplir pleinement. Parfois, je décelais dans son corps longiligne et fier la trace d'une version plus jeune d'elle-même, une vulnérabilité qui miroitait un instant à la surface, et qui me faisait m'interroger – aurions-nous été amies si nous avions eu le même âge ?

Je me posais la question car nous vivions comme des colocataires. On n'est que nous deux dans cet appartement, répétait-elle avec une affection forcée. Elle se décrivait comme une mère célibataire, sous-entendant qu'elle m'avait élevée seule, mais ce n'était pas tout à fait vrai : j'avais un père, et il venait nous voir.

Des amis à elle restaient souvent dormir à la maison, en général des comédiens avec qui elle travaillait. Avec leurs vêtements qui empestaient le tabac froid, ils claironnaient dans tout l'appartement leurs avis et conseils sur la meilleure façon de m'élever. Nous avons eu une chatte pendant deux ans, une grosse bête à longs poils orangés, héritée d'une amie partie pour l'étranger. Elle ne s'est jamais habituée à nous, refusait qu'on la cajole, et ne venait vers moi que lorsque je pleurais ; elle se frottait à mes jambes quand elle sentait ma détresse. Un été, elle s'est enfuie par la fenêtre de la cuisine et on ne l'a jamais revue.

À l'époque où je suis entrée au lycée, nous avions habité dans trois appartements différents, chacun plus petit que le précédent à mesure que nous nous rapprochions du centre de Paris et de la Rive gauche. Les copains d'Anouk ne comprenaient pas qu'elle tienne tant à vivre dans ce quartier huppé, à deux pas du jardin du Luxembourg. Ils se demandaient comment elle arrivait à payer le loyer toute seule. Ils mettaient ce besoin incompréhensible sur le compte de ses parents bourgeois. Tu retournes à tes origines, tu ne peux pas t'en empêcher, la taquinaient-ils. Mais ça n'avait rien à voir, je le savais. Elle aimait mon père, et c'était un quartier qu'il appréciait. C'est là, pas loin de notre rue que, par un après-midi de fin juin, l'autre vie de mon père allait entrer en collision avec la nôtre, faisant voler l'arrangement en éclats.

Je venais de passer l'oral du bac de français. J'arborais la même tenue depuis le printemps : un jean noir, que les lavages successifs avaient fait virer au gris, et un débardeur bleu. J'aimais que la bretelle blanche de mon soutien-gorge dépasse. Anouk, à cinquante-sept ans, était magnifique. Hanches minces et ventre plat, un léger creux autour du nombril, des épaules anguleuses. Elle était tout en longueur et élégance, sauf ses pieds, seule partie disgracieuse de son corps, aux oignons enflammés et aux ongles racornis, qu'elle recouvrait de vernis en permanence comme pour détourner l'attention. Nous faisions la même pointure. Elle pouvait enfiler un jean moulant au plus chaud de l'été sans rencontrer la moindre résistance. J'avais toujours su que ma mère était belle, ne serait-ce que grâce aux compliments que lui faisaient les amis comme les parfaits inconnus, mais depuis quelques mois, je commençais à comprendre qu'elle était d'une beauté rare. Souvent, le visage des gens se déforme et semble se dissoudre avec l'âge, mais le sien devenait au contraire mieux dessiné, comme si les os prenaient leur juste place avec la maturité.

Nous étions attablées côte à côte à la terrasse d'un café, face à des immeubles couleur sable aux balcons étroits en fer forgé. Au bout de la rue, on voyait le Luxembourg, ses grilles aux pointes dorées, et la végétation luxuriante derrière. C'était la fin de l'après-midi, l'heure la plus chaude de la journée, et la réverbération du soleil sur les façades claires transformait le trottoir sous nos pieds en une vraie fournaise. Anouk prenait le soleil, chapeau de paille sur la tête, vêtue d'un haut sans manches. Je lui ai dit de se couvrir les épaules – elles viraient déjà au rose.

Ma mère était d'un naturel volubile. J'avais rarement besoin de relancer la conversation. Ce jour-là, elle me parlait de la pièce qu'elle mettait en scène avec un ami moins expérimenté. Elle maîtrisait toutes les étapes de la création d'un spectacle, depuis l'écriture jusqu'à la fabrication des décors. Malgré son absence totale d'organisation dans la vie quotidienne, c'était une metteuse en scène hors pair. Mais les acteurs, eux, étaient novices. Tout en parlant, elle a fait craquer sa nuque. Ce bruit, concrétisation fugace des rouages de son corps, m'a fait frissonner. Elle m'a expliqué qu'elle tenait absolument à connaître les dialogues par cœur. Chaque réplique soufflée aux comédiens, chaque correction de texte, était une façon de gagner leur respect.

Quel âge ont-ils ? ai-je demandé.

Ils ne sont pas beaucoup plus vieux que toi. Ils sortent juste du Conservatoire. À la pause déjeuner, ils prennent une heure.

Tu imagines, *une heure* pour manger un sandwich ? Aucun d'eux ne reste au théâtre pour répéter. Ils n'ont pas ta discipline.

Le compliment m'a fait sourire.

À l'exception de quelques familles qui passaient près de nous en direction du jardin, la rue était calme. J'ai ouvert l'emballage du spéculoos qui accompagnait mon café avant de me raviser. Je ne voulais pas prendre de poids avant l'été. Anouk n'avait pas terminé son citron pressé. La pulpe était remontée à la surface, formant une couche épaisse. Elle le prenait toujours sans sucre.

Au beau milieu d'une phrase, elle s'est tue et a blêmi.

J'ai demandé : Qu'est-ce qui se passe ?

Elle fixait une femme qui faisait des allers et retours sur le trottoir d'en face, téléphone à l'oreille. Je n'avais pas le souvenir de l'avoir jamais vue. Elle devait être de l'âge de ma mère. Vêtue d'une veste beige et d'une jupe assortie, avec des collants clairs et des escarpins noirs, elle ne ressemblait pas à quelqu'un qu'Anouk aurait pu connaître. Ses cheveux courts et foncés étaient coiffés avec élégance. Elle portait une fine écharpe à motif fleuri qui flottait dans le vent. Nous entendions sa voix mélodieuse, ponctuée de petits rires et soulignée par le cliquetis de ses talons sur le bitume.

Tu la connais ?

Anouk m'a fait signe de me taire et a baissé la tête comme pour dissimuler son visage. D'un geste brusque, elle a tiré un billet de dix euros de son portefeuille et l'a posé sur la table.

Voulait-elle que nous partions ? Elle semblait hésiter, assise au bord de la chaise.

Mais tu n'as pas fini ton verre ! J'ai montré le citron pressé, qui laissait des ronds d'humidité sur la petite table.

En général, le visage d'Anouk exprimait son état émotionnel. Ses sourcils se dressaient comme des flèches, sa bouche s'arrondissait, le volume de sa voix augmentait. Elle était tout feu tout flamme. Je ne l'avais jamais vue reculer devant un obstacle. Et pourtant, elle restait là, immobile, lèvres pincées, comme si seule cette attitude pouvait contenir ses émotions. Que se passait-il ? Pourquoi son corps s'était-il fermé d'un coup ? Elle a jeté un coup d'œil furtif à l'inconnue et je l'ai vue tressaillir. Devant cette réaction, j'ai senti mes poils se hérisser, et moi aussi, j'ai eu un mouvement de recul.

Partons, a-t-elle lancé. Elle a regardé l'autre une dernière fois avant de saisir son sac à main. Au moment où je me suis levée, j'ai vu la femme disparaître au coin de la rue.

Nous avons coupé par le Luxembourg. Nous marchions vite et en silence. Nous avons contourné la fontaine devant laquelle se reposaient quelques touristes. Mes pieds et mes sandalettes ont vite été recouverts de la poussière blanche du gravier. Nous ne nous sommes arrêtées qu'une fois, au passage piéton de la place Edmond-Rostand, pour attendre au feu. J'essayais de me souvenir du visage de la femme, mais tout ce qui me revenait, c'était sa tenue, le tailleur beige et les escarpins, sa façon de bouger la main tout en parlant, et l'effet électrisant qu'elle avait eu sur Anouk. Sans la réaction de ma mère, j'aurais trouvé l'inconnue banale, à supposer même que je lui aie prêté attention. Mais en y repensant, je me rendais compte que son attitude, sa façon d'occuper tout l'espace par sa conversation téléphonique, était celle d'une femme importante, une femme d'un autre monde.

À la maison, Anouk m'a révélé que celle que nous avions vue dans la rue n'était autre que Madame Lapierre, la femme de mon père.

Autant que je m'en souvienne, j'avais toujours su qu'elle existait mais je ne l'avais jamais vue en chair et en os, pas plus qu'en photo d'ailleurs. Je savais qu'elle avait deux fils plus âgés que moi, mes demi-frères en quelque sorte. Dans les journaux, j'évitais de lire les articles qui parlaient de mon père. Au moment où sa carrière politique a décollé, j'ai fait semblant de ne plus m'intéresser qu'à la rubrique Culture. Anouk, elle, lisait le journal de la première à la dernière page quand je ne la regardais pas.

J'ai su tout de suite que c'était elle, a dit Anouk, qui tournait en rond dans le salon. Et elle a ajouté d'une voix ténue qu'elle se doutait que leurs chemins se croiseraient un jour ou l'autre, avec notre emménagement dans le quartier. C'était plus ou moins inévitable, et elle se préparait à cette éventualité, mais n'était-ce pas étrange qu'elle ait ainsi détecté sa présence, comme un radar ? Elle savait que mon père adorait le jardin du Luxembourg. Il était logique que sa femme partage ses goûts en la matière, elle qui faisait claquer ses escarpins à boucle Roger Vivier sur le trottoir. Les mêmes que Deneuve dans *Belle de jour.*

Avec un sentiment de malaise, je me suis souvenue qu'Anouk s'en était récemment acheté une paire dans une friperie.

Tu crois qu'elle nous a reconnues ? ai-je demandé.

Elle n'a pas idée de qui nous sommes.

J'ai détourné le regard. En un instant, l'enchantement s'est dissipé et j'ai vu la situation telle qu'elle était. Contrairement à Madame Lapierre et à ses fils qui pouvaient se targuer de partager la vie publique de mon père et qui avaient un droit de regard sur lui, nous étions des moins-que-rien, des invisibles. J'ai eu la sensation qu'on m'arrachait quelque chose, une partie de moi-même. Je me retrouvais exposée si brutalement que je frissonnais malgré la chaleur qui régnait dans l'appartement. Aucune image publique ne nous reliait à mon père. Si Madame Lapierre me croisait dans la rue, elle ne saurait pas qui je suis. Je l'imaginais me frôler en passant, dans un frou-frou de soie, sans un regard.

J'avais de lui des images bien précises : dans notre salon, assis dans le canapé de cuir avec Anouk ; devant l'évier en train d'essuyer la vaisselle ; attablé dans la cuisine avec son journal. Il me suffisait de les évoquer pour éprouver le sentiment d'avoir une vraie famille. J'étais sa seule fille, la cadette de ses enfants. Il était mon père. Mais Madame Lapierre avait brouillé ces images, comme une intruse venue s'emparer de nos biens sous nos yeux. J'ai compris que nous nous trouvions du mauvais côté de la double vie de mon père. J'ai regardé Anouk qui, au moins, avait cessé de faire les cent pas dans le salon.

Tu t'attendais à ça ?

Je ne m'attendais à rien, a-t-elle répondu sèchement avant d'aller s'enfermer dans sa chambre.

Je suis restée seule dans la cuisine. J'entendais nos voisins préparer le dîner. L'autre vie de mon père venait de pénétrer dans notre existence à la façon de ces bruits domestiques qui circulaient dans notre immeuble, d'un appartement à l'autre. Sauf que tout avait changé chez nous, comme si on avait déplacé les meubles, et je me suis dirigée, désorientée, vers ma chambre, d'un pas hésitant. J'ai refermé la porte derrière moi.

J'ai passé des heures sur Internet à chercher des photos. J'ai agrandi le visage de Madame Lapierre pour savoir si elle avait plus de rides qu'Anouk et si ses bras étaient gros et flasques sous sa veste de tailleur. Je traquais ses défauts, des raisons de la trouver moins belle. Je scrutais les images, persuadée que j'y trouverais les raisons pour lesquelles il restait avec elle. Jusque-là, j'avais résisté à la tentation de mener ces recherches. Anouk considérait que si je ne savais rien d'eux, le secret serait plus facile à accepter. Maintenant que la femme de Papa était entrée dans notre vie, je rattrapais le temps perdu et j'examinais des dizaines de clichés d'elle avec un appétit insatiable que je ne me connaissais pas. J'avais tant à découvrir.

Madame Lapierre avait été très jolie, avec des joues pleines et de longs cheveux lisses, des sourcils noirs au-dessus d'yeux en amande et un grain de beauté à la commissure des lèvres que je n'avais pas remarqué à distance. Avec les années, son style s'était fait plus strict – vestes à épaulettes et jupes étroites qui s'arrêtaient au genou. Elle venait d'une famille littéraire célèbre. Son père, Alain Robert, était écrivain, membre de l'Académie française, un « immortel » comme on dit. Son visage ridé et halé et ses yeux bleus pétillants ornaient régulièrement les affiches dans le métro, car il écrivait sans cesse un nouveau livre sur le piteux état de la littérature et de la politique en France. Pas étonnant que sa fille ait épousé un jeune politicien prometteur, qui deviendrait un jour ministre de la Culture – mon père.

Plus jeune, j'avais souvent eu cette pensée étrange : si Anouk mourrait, Madame Lapierre m'adopterait-elle ? Irais-je vivre avec elle et mon père ? Je projetais sur cette femme ma vision idéalisée d'une mère : elle serait tendre, chaleureuse et douce. Anouk m'avait appris à la considérer avec mépris et à ne jamais prononcer son nom chez nous, mais secrètement elle me captivait. J'imaginais comment elle s'occuperait de moi – elle me tiendrait la main, prendrait ma température si je tombais malade, m'accompagnerait à l'école chaque matin. Elle aurait sur le visage cet air compatissant qui signifierait *la pauvre petite a perdu sa mère.*

Et si moi je mourais, qu'arriverait-il à Anouk ?

Plus je lisais d'articles sur Madame Lapierre, plus je voyais mon intuition confirmée – c'était une femme discrète qui ne faisait pas étalage de ses origines. Oui, elle portait des vêtements luxueux, mais elle n'était pas du genre à livrer des détails croustillants sur sa vie à longueur d'interviews. Quand elle parlait de ses fils, elle faisait preuve d'une affectueuse simplicité. Elle décrivait l'appartement dans lequel mon père et elle avaient vécu avant la naissance de leur progéniture, et évoquait les étés de son enfance chez ses grands-parents en Dordogne. Sur une photo, on la voyait tenir les deux garçons dans ses bras, et son sourire résumait à lui seul un bonheur tranquille.

Cette nuit-là j'ai fait pour la première fois un rêve, qui deviendrait récurrent. Nous nous baignions, Anouk et moi, dans une piscine. Il n'y avait pas de fond, et elle voulait sortir. Je dois sortir de là, ne cessait-elle de me répéter, mais elle ne parvenait pas à se hisser sur le rebord à la force des bras. Je lui proposais de monter sur mes épaules. Elle y posait un pied, puis l'autre, et sortait de l'eau.

Moi, je me noyais.

2

Je me souviens des dernières semaines d'août avec une étonnante précision. Nos repas, la musique que nous écoutions, la chaleur des trottoirs sous mes sandales, le silence de la ville endormie. Tous nos amis étaient partis en vacances.

Avec la chaleur, la pollution était plus prononcée. L'air stagnait dans les rues, une poussière âcre nous piquait le nez. Je me promenais en plissant les yeux, parce que j'oubliais toujours mes lunettes de soleil. À la maison, le ventilateur ne faisait que brasser un air moite. Nous en étions réduites à éponger notre transpiration avec des serviettes de toilette. Cet inconfort physique nous rendait irritables. Je me demandais comment faisaient les gens sous les tropiques pour être si patients les uns envers les autres.

Nous habitions un appartement en duplex. Le second niveau était un grenier mansardé aux poutres apparentes. C'est là que se trouvaient nos deux chambres, séparées par une vaste salle de bains à faïence noire et blanche, avec une baignoire à pattes de lion et un miroir ancien. J'aimais contempler mon reflet flou sur la surface au tain piqué. Les mois d'hiver, où Anouk chauffait peu par souci d'économie, je m'imaginais que notre appartement était un sanatorium dans les Alpes, et moi une patiente atteinte de tuberculose.

En me juchant sur son lit, je pouvais voir par la lucarne tout le quartier qui s'étendait entre le Luxembourg et la place Monge. Nous appelions cette zone notre terrain vague, parce que nous nous trouvions à un quart d'heure de marche de toutes les stations de métro. Nous nous déplacions à pied, au contraire de mon père, qui venait toujours nous voir en voiture.

Une chanteuse américaine aux longues tresses noires était morte très jeune le mois précédent, et sa voix grave passait en boucle à la radio. Elle nous réconfortait, même si nous ne comprenions pas toujours les paroles.

Ma meilleure amie, Juliette, était partie jusqu'en septembre, si bien que je passais mon été pratiquement seule, avec l'impression que les semaines se fondaient les unes dans les autres. Nous nous parlions par téléphone, nous nous racontions nos journées dans des mails interminables aux tournures ampoulées. Elle me parlait de sa grand-mère, qui souffrait d'un cancer, et de son grand-père qui s'éclipsait chaque matin pour appeler sa maîtresse depuis le tabac du village où il achetait son journal. Juliette savait qui était mon père, mais elle ne l'avait jamais croisé. Je n'ai pourtant pas trouvé le courage de lui mentionner que nous avions aperçu Madame Lapierre. À la place, je décrivais les films que j'allais voir toute seule, les après-midi passés près de la fontaine au Luxembourg à guetter un garçon plus âgé, un étudiant aux cheveux bouclés. Je rêvais secrètement qu'il me remarque, mais j'étais bien trop jeune pour lui.

Au lycée, nous vivions sous l'emprise d'une hiérarchie sociale établie des années plus tôt : rares étaient celles qui avaient le droit de sortir avec qui bon leur semblait. Juliette et moi ne faisions pas partie de cette caste-là. Ce n'était pas une question d'apparence, car même les filles dont la beauté avait soudain éclos restaient à la porte du club, toujours aussi impopulaires, comme si rien n'avait changé. Je me demandais si j'étais laide. J'étais consciente de ne pas avoir la beauté d'Anouk, mais j'aurais aimé savoir si j'étais tout à fait banale ou si j'avais hérité d'un peu de son éclat.

Contrairement à ce que j'écrivais à Juliette, cet été-là, je ne passais pas mes après-midi à attendre au Luxembourg que le garçon me remarque ; en fait, je n'y mettais pratiquement pas les pieds, même si c'était un havre de paix maintenant que la ville s'était vidée de ses habitants. Je redoutais de croiser de nouveau Madame Lapierre, et j'évitais de m'y rendre et de pénétrer en général dans le VIe arrondissement. J'imaginais que, si elle m'apercevait, quelque chose sur mon visage pourrait lui révéler qui j'étais. Et si jamais je la croisais avec mon père ?

Je restais donc à la maison, à lire et à m'éventer avec les journaux, à collectionner les coupures de presse au sujet de cette femme et de ses fils. Je les rangeais dans un classeur que j'avais intitulé *Les autres.* J'espérais qu'Anouk me parlerait de nouveau d'elle, mais il semblait qu'elle avait volontairement effacé de sa mémoire l'incident du café. Ça me rendait folle de la voir agir au quotidien comme si la rencontre avec Madame Lapierre n'avait jamais eu lieu.

Le matin de mon dix-septième anniversaire, je me suis réveillée en sursaut. J'avais l'impression que c'était une date importante – plus qu'un an avant ma majorité, plus qu'un an de lycée ! Je me suis étirée sous mon drap. Nous n'avions rien de prévu de particulier et la journée s'annonçait vide et morne, semblable à toutes les autres de l'été.

Anouk et moi ne fêtions pas vraiment nos anniversaires. Pour le sien, je lui offrais un petit cadeau et je prenais soin de lui souhaiter Joyeux anniversaire dès le matin, pour en être débarrassée. Les célébrations me mettent mal à l'aise, peut-être parce que ma mère ne m'a pas appris à les apprécier.

J'ai erré un moment dans l'appartement. Je savais qu'Anouk était déjà levée. J'avais vu sa tasse dans l'évier et la baignoire était encore humide. Je l'entendais répéter des répliques dans sa chambre, mais c'était le jour de mon anniversaire et j'avais besoin qu'elle fasse attention à moi. J'ai frappé à sa porte et je l'ai appelée, fort. Elle n'a pas répondu.

Un sentiment étrange et sombre m'a envahie d'un seul coup.

Elle a fini par ouvrir la porte brusquement et j'ai reculé, surprise. Sa peau était éclatante. En cet instant, je l'ai détestée pour ne pas m'avoir appris à prendre soin de la mienne. Elle ne me prêtait même pas ses crèmes de beauté.

Tu sais que je travaille, a-t-elle lancé d'une voix tranchante, mais moins en colère que je ne l'aurais cru. Qu'est-ce que tu veux ?

Que tu fasses moins de bruit, ai-je répondu. J'essaie de lire.

Elle est restée silencieuse un instant, la main sur la porte. Puis elle s'est détendue et a souri. C'est ton anniversaire, a-t-elle dit comme si elle venait juste de se le rappeler. Bon anniversaire, ma chérie. Je vais te faire un chocolat chaud.

Avec cette chaleur, j'aurais préféré un bol de céréales, mais c'était la seule attention qu'elle daignait m'accorder pour mon anniversaire. Elle le préparait avec du lait entier, une cuillère de crème épaisse et du chocolat noir. Elle a posé le bol sur la table devant moi. Un an de plus, a-t-elle commenté en me regardant manger. J'ai trempé ma tartine beurrée. Des yeux de beurre salé fondu se sont formés à la surface du liquide.

Qu'est-ce que tu veux comme cadeau ?

J'ai reposé ma tartine et je me suis essuyé les doigts. J'ai fait mine de réfléchir à la question quelques instants, mais j'avais déjà la réponse en tête.

Je veux que Madame Lapierre sache qui nous sommes. Puis qu'il la quitte pour venir vivre avec nous.

J'avais parlé calmement, tentant de paraître détachée, comme si je n'y attachais pas beaucoup d'importance.

Elle a levé les yeux au ciel. Tu demandes toujours la lune. Ton père ne viendrait jamais vivre avec nous.

Mais peut-être que si elle connaissait notre existence, elle le quitterait, et il serait obligé de s'installer ici !

Je suis sûre qu'elle est au courant.

Tu m'as dit qu'elle ne savait pas qui nous étions.

Elle ne sait peut-être pas qui nous sommes, spécifiquement, mais c'est une femme intelligente. Je me garderais bien de la prendre pour une imbécile.

Anouk a ri nerveusement et a passé la main dans ses cheveux. J'ai scruté son visage.

Tu espérais qu'on tombe sur elle un jour ou l'autre.

Elle est au courant, a répété Anouk comme si elle ne m'avait pas entendue.

Comment peux-tu en être si sûre ?

La conviction dans sa voix m'ébranlait. En général, je lui faisais confiance, mais j'avais l'impression qu'elle tirait cette conclusion de l'après midi où nous avions brièvement vu Madame Lapierre, et qu'elle avait interprété cet incident fortuit bien avant aujourd'hui.

Appuyée au plan de travail, Anouk me regardait. De toute façon, qu'est-ce qui te fait croire qu'*elle* voudrait le quitter ?

J'ai pris une gorgée de chocolat. Le liquide a coulé dans ma gorge, chaud et épais. La tartine détrempée avait la consistance du papier mâché.

Et qu'est-ce qui te fait croire que *moi*, j'aurais envie de vivre avec lui ? a-t-elle continué.

Elle a quitté la cuisine pour le salon, s'est installée dans son fauteuil. Je l'observais du coin de l'œil. Elle a posé les pieds sur le masseur, un cadeau de mon père. Elle l'a allumé et la machine s'est mise à ronronner doucement, provoquant de petites secousses dans ses jambes. Elle l'avait réglée au minimum.

Je disais ça comme ça, ai-je marmonné. Je me suis rendu compte que j'avais l'air sur la défensive.

Laisse-moi te dire une chose. Ton père et Madame Lapierre ne couchent plus ensemble depuis des années. Ils font chambre à part. C'est un mariage de convenance. Une relation platonique.

Comment le sais-tu ?

Quoi ?

Qu'ils ne couchent plus ensemble ?

Anouk a lâché son rire théâtral et augmenté la vitesse de massage.

Tu as raison, Margot, a-t-elle repris d'une voix plus douce. On ne sait rien de leur relation. On ne connaît jamais vraiment l'intimité des autres. Je sais qu'ils prennent leurs repas ensemble et qu'ils lavent leurs vêtements dans la même machine.

Elle a fermé les yeux. Elle portait une chemise ample qui lui couvrait les cuisses, mais quand elle a levé les pieds de l'appareil, j'ai aperçu les ombres obscures à l'entrejambe.

Ce que tu ne vois pas, c'est que ton père n'aime pas le changement. Il serait incapable d'assumer ses responsabilités si nous débarquions dans sa vie au grand jour.

C'est absurde ! J'ai repoussé brusquement mon bol de chocolat chaud, l'appétit coupé. Je cherchais les mots pour lui montrer qu'elle avait tort, mais je ne les ai pas trouvés.

Je t'en prie, ne me regarde pas avec ces yeux. Tu ne vas pas pleurer, quand même ? Il t'a vraiment trop gâtée, tu fonds en larmes à la moindre frustration. Anouk me parlait comme si je n'étais pas sa fille. J'ai senti le rouge monter le long de mon cou, jusqu'à mes joues.

Comment tu peux être aussi cruelle ? Le jour de mon anniversaire.

Ne sois pas si théâtrale.

Je voudrais juste qu'on vive ensemble tous les trois.

Tu veux toujours avoir le dernier mot. Et je suppose que tu aimerais vivre avec elle, aussi ? Anouk évitait de prononcer son nom, Madame Lapierre ou Claire. Parfois, elle l'appelait juste « la dame ».

Elle a éteint le masseur. Un matin, tu descendras et je ne serai plus là. À ce moment-là, tu pourras l'avoir rien que pour toi. Mais ne va pas t'imaginer qu'il s'installera ici. Tu prendras tes petits-déjeuners toute seule et il viendra te voir quand ça l'arrangera.

Rien ne me terrifiait plus que l'idée de voir ma mère disparaître. En même temps, ses mots me rendaient fiévreuse. Si elle m'abandonnait, j'aurais enfin quelque chose de concret à lui reprocher, quelque chose d'autre que le sentiment de tristesse diffuse qui m'accompagnait en permanence. Je me suis creusé la tête pour trouver une insulte appropriée.

Oui, j'irais peut-être vivre avec eux. Je suis sûre que c'est une bien meilleure mère que toi. Tu n'as jamais été une bonne mère.

Une bonne mère ? Ça existe, ça ?

À l'école, les autres se moquaient de moi parce que j'étais sale.

Tu as toujours accordé trop d'importance à l'opinion d'autrui.

Tu oubliais de me laver.

Il ne faut pas se fier aux souvenirs d'enfance.

Tu ne m'as pas parlé pendant des mois.

Elle m'a tourné le dos. Je n'en étais pas sûre, mais j'avais le vague souvenir de silences pesants, quand j'avais six ou sept ans, comme si ma présence l'avait profondément gênée.

Mes mots ont dû l'atteindre, parce qu'elle a dit : Qu'est-ce que tu veux, à la fin ? Comment ai-je pu élever une fille qui se plaint de tout, qui n'est jamais contente de ce qu'elle a, qui ne voit pas la chance qu'elle a ?

Les yeux brillants, elle s'est avancée vers moi. Elle a dit : Je t'ai nourrie. Avec ça. Elle se frappait la poitrine, montrant les petits seins sous son chemisier transparent. J'ai repensé à son mamelon gauche ombiliqué, et je me suis demandé comment elle avait pu m'allaiter avec celui-là s'il était déjà comme ça à l'époque.

Je suis restée silencieuse. J'avais honte, bien sûr, mais aucune envie de reconnaître mes torts. Je ne voyais pas comment m'excuser. J'avais juste tenté de lui dire que mon père me manquait et que je voulais le voir plus souvent.

Nous nous sommes regardées en chiens de faïence pendant quelques instants. Puis elle est revenue dans la cuisine et s'est assise en face de moi. Elle a touché ma main, et j'ai senti comme un éclair à la fois de terreur et de douce chaleur remonter le long de mon bras.

Quand Anouk m'envoyait en colonie de vacances, où les autres ne savaient rien de ma vie, je racontais que mon père vivait avec nous. Devant un bol de chocolat chaud, tandis que nous trempions nos tartines jusqu'à ce qu'elles deviennent toutes molles, je lui inventais une profession, différente à chaque fois pour mes nouveaux camarades. Une fois, c'était un professeur qui laissait toujours traîner des papiers derrière lui dans notre appartement. Une autre fois, un homme d'affaires qui sillonnait le monde. Ou encore un chômeur, un fainéant incapable d'entretenir sa famille.

Tu n'as pas envie de passer tes vieux jours avec lui ? ai-je demandé.

Elle a secoué la tête. Tu recommences avec tes contes de fées. Personne n'est heureux, dans l'intimité.

C'est faux. Regarde-toi, tu as toujours l'air heureuse.

C'est ta façon de voir les choses.

Elle a lâché ma main. Ses yeux brillaient.

3

J'AI revu mon père une semaine après mon anniversaire. Ce jour-là, je me suis réveillée avant Anouk, et je suis restée un moment sur le seuil de sa chambre à la regarder dormir. Elle me tournait le dos, le corps recouvert d'un drap blanc. Je voyais esquissée dessous la forme familière de ses jambes magnifiques, la courbe délicate de ses mollets, même si en cet instant je pensais plutôt à une veine disgracieuse sur un bras ou à un tuyau abandonné. C'était rare qu'elle se lève plus tard que moi mais, la veille, elle s'était couchée après minuit. Je l'ai appelée doucement, et au son de ma voix elle s'est retournée. Elle a ouvert les yeux. Au début, elle n'a pas semblé me reconnaître et son visage est resté sans expression.

Enfin, elle m'a souri.

Tu fais tellement adulte, Margot.

J'ai remarqué qu'elle ne s'était pas démaquillée. Son fard à paupières vert donnait à celles-ci un aspect presque translucide.

À ton âge, j'étais en pension, m'a-t-elle rappelé. Elle se faisait des sandwichs moutarde-mayonnaise et attendait des lettres de sa mère, mais elle n'en recevait aucune. Alors, elle mangeait et prenait du poids. Elle dévorait les spaghettis de ses camarades, qui faisaient toutes attention à leur ligne. Les lettres qu'elles recevaient de leurs parents les nourrissaient mieux que les repas.

Son frère, de deux ans son aîné, et qui avait été son confident durant toute leur enfance, avait eu son bac l'année précédente et faisait ses études de médecine à Lyon. Il avait trop de travail pour rentrer à la maison, si bien qu'aux vacances elle se retrouvait souvent toute seule.

L'été avant sa terminale, elle avait avalé tous les médicaments qu'elle avait trouvés dans l'armoire à pharmacie de sa mère.

Je me suis obligée à vomir tout de suite, a-t-elle précisé, puis je me suis effondrée, comme ça, en plein jour, sur le parquet de ma chambre. J'ai dormi jusqu'au lendemain matin. Quand je me suis réveillée, il ne s'était rien passé. Ma mère ne l'a jamais su. Ça faisait un bout de temps qu'on s'éloignait l'une de l'autre, mais c'est là que j'ai compris à quel point elle me négligeait. Comment avait-elle pu ignorer cet appel à l'aide ? N'avait-elle pas trouvé étrange que je dorme d'une traite pendant vingt heures ? Et je me suis retrouvée à prendre le petit-déjeuner avec elle, comme dans une famille normale.

C'était la première fois qu'Anouk me parlait de cette histoire de médicaments. Je l'ai dévisagée, cherchant à comprendre. Tu voulais vraiment mourir ?

C'est ce que je croyais, oui.

Sa réponse m'a surprise. En général, elle prenait vraiment soin d'elle et elle semblait adorer la vie. J'ai essayé de l'imaginer à mon âge, moins heureuse, perdant le contrôle d'elle-même. J'en étais incapable.

J'aurais dû faire une thérapie. À la place, je suis devenue comédienne.

J'ai ressenti une crispation douloureuse au creux de mon ventre. Instinctivement, j'avais envie d'ignorer ses paroles, de cesser de l'écouter. Est-ce qu'elle me racontait ça pour trouver des excuses à sa façon d'être mère ? Quelle leçon voulait-elle que j'en tire ?

Pourquoi était-elle comme ça avec toi ?

Ma mère ? Anouk s'est tue un instant pour se masser les tempes. Eh bien, peut-être parce qu'elle ne pensait qu'à elle, parce qu'elle s'en fichait. Ou parce que son mariage était un échec.

J'ai saisi ce qu'elle impliquait : tu as plus de chance que moi.

Anouk a relevé son oreiller et l'a appuyé contre le mur. Ses cheveux retombaient en boucles cuivrées dans son cou. Les miens étaient bruns et lisses. Les veines violettes qui couraient le long de ses bras trahissaient son âge, comme ses rides au coin des yeux et de la bouche. Sa peau était plus relâchée que la mienne, mais plus douce aussi. Sous l'air tiédasse craché par le ventilateur, j'avais l'impression que mon visage était devenu un masque luisant.

Je descends, ai-je annoncé.

J'ai refermé la porte derrière moi et pris l'escalier.

Des amis d'Anouk dormaient dans le salon, sur nos deux canapés. Ils étaient restés après la fête de la veille. Je détestais devoir nettoyer après leur passage. Ils se servaient de nos serviettes de toilette et vidaient notre frigo. Parfois, ils laissaient leurs mégots sous les coussins du sofa. J'en avais vu un refaire le plein d'une bouteille de vodka avec de l'eau avant de la remettre au frais – comme si on n'allait pas se rendre compte que le liquide avait gelé pendant la nuit. Ne fais pas ta petite princesse, me répétait Anouk. La plupart de ces amis étaient des intermittents du spectacle, ils n'avaient pas autant de chance que nous.

Théo et Mathilde étaient différents : c'est comme s'ils faisaient partie de la famille, ils cuisinaient et nous aidaient à tout ranger. De toute façon, ils préféraient dormir chez eux, même s'ils devaient pour ça appeler un taxi au beau milieu de la nuit.

Le soleil du matin se découpait en rayons dorés à travers les stores du salon. Je me suis glissée dans la cuisine et je suis restée debout près de l'évier. Par la fenêtre entrouverte, une petite brise me caressait le visage. J'ai attendu que les invités se réveillent et vident les lieux. Mon père serait là dans une heure.

À son arrivée, Anouk était dans sa chambre, au téléphone avec son frère, désormais cardiologue à Strasbourg. Moi, j'attendais dans la cuisine. J'ai entendu le tintement des clés dans la serrure et les pas de mon père dans l'entrée. Enfin ! La tête me tournait tant j'avais anticipé ce moment. Je l'ai imaginé en train d'ôter ses chaussures, de poser son attaché-case sur un fauteuil. J'ai attendu qu'il passe le seuil de la cuisine et me trouve.

Au moment où je l'ai vu, une vague d'euphorie m'a traversée, faisant naître des étincelles sur ma peau. J'ai posé la main sur mon cou pour masquer les taches rouges qui devaient avoir fait leur apparition. Il s'est approché de moi en souriant et m'a embrassée. J'étais assise à la table de la cuisine et je n'ai pas bougé, feignant l'indifférence comme si nous faisions ça tous les matins. En réalité, j'avais du mal à cacher l'excitation qui me gagnait chaque fois que je le voyais. Quand il entrait dans l'appartement, j'arrêtais toujours ce que j'étais en train de faire. Le simple fait de l'entendre dénouer ses lacets, accrocher sa veste ou son manteau dans le vestibule, me faisait perdre d'un seul coup toute ma concentration.

Mon père était là, avec son torse massif, mais pas vraiment gros. Il avait un grand nez aux narines démesurées et une peau que des années de cigarettes avaient fait virer au gris, même s'il avait arrêté de fumer bien avant ma naissance. En dépit de leur taille impressionnante, ses narines n'étaient pas poilues. Il était de taille moyenne, à peine plus grand qu'Anouk. Il avait les dents carrées et régulières, et ses yeux étaient marron clair, presque dorés, comme les miens. Un jour, Mathilde a dit de lui qu'il était d'une beauté classique qui ne manquait pas d'attirer les femmes, en particulier à l'époque où il avait rencontré Anouk, alors qu'il était âgé d'une trentaine d'années. Pour moi, c'était moins une question de séduction pure que de présentation. Il était toujours très soigné et tiré à quatre épingles, jamais débraillé. Ce jour-là, il portait une chemise en coton parfaitement repassée, rentrée dans son pantalon bleu marine. J'admirais son élégance permanente, et le fait qu'il soit toujours rasé de frais – même le week-end – au cas où il serait appelé d'urgence à son bureau.

Dans la cuisine étroite, nous avions disposé la table en long contre le mur, avec deux chaises d'un côté et une autre à un bout. Mon père s'est assis à côté de moi, face au mur blanc. J'aimais bien pouvoir l'écouter sans avoir à regarder son visage.

Joyeux anniversaire, m'a-t-il dit en me tendant un paquet-cadeau. Je n'avais pas remarqué qu'il le cachait dans son dos en entrant. Je l'ai remercié. Il m'avait appelée le soir de mon anniversaire. Moi, j'avais passé la journée à consulter mon téléphone, attendant son appel, anxieuse à l'idée qu'il oublie, car je savais qu'il s'en serait voulu à mort ; et en même temps, je l'espérais presque, car cela aurait justifié ma tristesse, renforcé ma colère et m'aurait procuré une sombre satisfaction. Mauvais père ! Je me demandais si Anouk ne lui avait pas soufflé la date au dernier moment. Il m'appelait tous les ans, et parfois même nous passions un moment ensemble, mais le plus souvent il était trop pris par son travail.

J'ai ouvert le cadeau. Un livre d'un philosophe contemporain.

J'ai entendu une interview de lui passionnante à la radio, a expliqué mon père, et j'ai tout de suite pensé à toi. Tu es intelligente, tu vas l'adorer, j'en suis sûr.

L'ouvrage parlait de différence culturelle. Je l'ai feuilleté en faisant mine de lire une phrase ici ou là. La peau de mon père sentait le savon. Ça faisait des semaines que je ne l'avais pas vu. Ses cheveux, bruns et clairsemés, étaient ébouriffés, comme s'il venait d'ôter un pull.

Ça s'est bien passé, ton anniversaire ? a-t-il demandé.

Oui, ça va. J'ai reposé le livre. Tu as pensé à moi ?

Il a froncé les sourcils. Bien sûr. Tu demandes ça parce qu'on n'a pas pu se voir ?

J'ai regardé ses mains aux ongles courts, posées sur la table, à l'endroit de l'assiette. Leur peau était douce et fine, même s'il avait conduit des camions, porté de caisses de vins et cultivé le potager familial avec sa mère tout au long de son adolescence. Désormais, ses doigts ne touchaient que du papier, des livres, des micros, le cuir de son attaché-case.

Non, ai-je murmuré, je ne suis pas en colère.

Parfait.

J'ai soigneusement empilé les serviettes sur la table. Sans le regarder, j'ai demandé : Je peux te dire quelque chose ?

Bien sûr, Margot.

Mon ventre s'est noué. Je n'avais pas prévu de lui en parler, mais je ne pouvais plus faire marche arrière. Je me suis lancée.

Je l'ai vue l'autre jour. Ta femme. Claire.

Quelques instants plus tôt, je tremblais d'excitation à l'idée de prononcer ces mots. Maintenant, j'étais juste nerveuse, sans savoir vraiment ce que j'attendais de lui.

Mon père s'est crispé un instant, j'ai vu ses épaules se tendre, puis il a repris contenance. Il a demandé : Où ?

Près du Luxembourg. On était au café et elle passait sur le trottoir d'en face. J'ai croisé les jambes sous la chaise, effleurant le carrelage froid du bout du pied.

Ta mère était avec toi ?

C'est elle qui l'a reconnue. Je ne savais pas à quoi elle ressemblait.

Mon père a détourné le regard. Je détestais ce silence, alors j'ai continué.

On est parties tout de suite.

Il m'a pris la main. La chaleur et la fragilité de sa peau m'ont surprise. On aurait dit les mains d'une vieille femme.

Ta mère a dû être bouleversée, non ?

Pas vraiment. Mais ne t'inquiète pas, je ne pense pas qu'elle nous ait vues.

Elle ne vous aurait pas reconnues de toute façon.

Je me suis tue pour réfléchir à ce que j'allais dire ensuite. L'appartement était silencieux. Anouk avait raccroché, elle n'allait pas tarder à nous rejoindre.

Est-ce que tu as déjà parlé de nous, par mégarde ? ai-je demandé.

Il a secoué la tête. Ça ne marche pas comme ça. Je n'ai pas honte de vous. Je n'ai pas l'impression de vous cacher, ta mère et toi.

Vraiment ?

J'ai scruté son visage pour savoir s'il mentait, mais son expression était indéchiffrable. C'était un menteur patenté. Anouk avait sous-entendu que Madame Lapierre soupçonnait l'infidélité de son mari et je ne pouvais m'empêcher de la croire, au moins en partie.

Est-ce que tu lui parleras de nous, un jour ?

Il n'a pas répondu à ma question. À la place, il m'a déclaré que tout serait plus simple quand j'aurais fini mes études, quand je serais adulte.

Pourquoi disait-il cela ? Parce qu'en tant que femme, je pourrais plus facilement me fondre à la cohorte d'assistants et assistantes qui l'entouraient en permanence – alors qu'une jeune fille aurait attiré l'attention –, devenir une silhouette supplémentaire dans ses réunions de travail ? Peut-être qu'un jour, je travaillerais pour lui, pour une de ses campagnes. Il avait l'air de croire que c'était bientôt fini – pas le secret qui pesait sur nos familles, mais le besoin impérieux de tout faire pour le dissimuler.

Je n'arrête pas de penser à elle depuis. En la voyant, je me suis rendu compte que je ne savais rien d'elle.

Qu'est-ce que tu veux savoir ?

Est-ce qu'elle m'aimerait ?

Oui, a-t-il répondu un peu trop vite.

Et moi, est-ce que je l'aimerais ?

Sans doute. Il a souri.

Qu'est-ce qui me plairait en elle, alors ?

Mon père s'est détendu, et il m'a parlé d'une voix douce. Je devais comprendre que, contrairement à Anouk toujours extravertie, Madame Lapierre était quelqu'un de discret, mais qui possédait une grande force intérieure, une résilience incroyable. La plupart des gens ne s'en rendaient pas compte, et la croyaient timide. Mais par deux fois, elle avait conduit toute seule pour aller accoucher à la maternité. C'était une cuisinière hors pair, j'aurais adoré ses plats. Elle n'avait pas le tempérament d'Anouk, elle était plus conciliante.

Ses mots résonnaient autour de moi dans la petite cuisine. J'avais du mal à les assimiler. Où était-il quand elle était partie seule pour la maternité ? Était-elle plus gentille qu'Anouk ? Pourquoi avoir choisi une épouse à ce point différente de ma mère ? Accepterait-elle d'entendre parler de moi ? Les questions tourbillonnaient dans ma tête, mais j'étais incapable de les formuler à voix haute. J'essayais de faire correspondre sa description avec l'image que j'avais gardée de la femme dans la rue. Je voyais bien comment il la comparait à Anouk. De toute évidence, il ne pouvait pas penser à l'une sans penser à l'autre. Je savais depuis toute petite qu'il était marié, et pourtant je me sentais trahie, comme si je venais juste de découvrir qu'il avait une liaison. Quelle était la tonalité de sa voix, si on se trouvait à côté d'elle ? Est-ce qu'ils s'asseyaient côte à côte sur le canapé pour regarder la télé ? Est-ce que leurs pieds se touchaient ? Je m'intéressais moins à leurs fils, qui n'habitaient plus chez eux. L'un était marié et vivait à Bruxelles, l'autre faisait ses études à Londres. Tout en l'écoutant, comme dans un brouillard, j'ai pensé que l'intuition de ma mère était fausse, que ce qu'elle prenait pour un mariage d'intérêt, sans affection particulière, était en réalité une relation bien plus intime que celle qu'elle-même avait avec lui.

Tu les aimes toutes les deux ? ai-je demandé, étonnée par ma propre audace.

Il a dégluti avec peine, comme si je l'avais sommé de manger un tas d'arêtes de poisson. J'ai vu que je l'avais peiné.

Avant tout, j'aime mes enfants.

Nous avons entendu Anouk descendre l'escalier, et nous l'avons attendue en silence. Quand elle est entrée dans la cuisine, elle a levé un sourcil interrogateur. Je ne crois pas qu'elle ait entendu un mot de notre conversation, mais ça ne m'a pas empêchée de rougir violemment. Elle a embrassé mon père et lui a caressé les cheveux. Il a dit : Bonjour, ma chérie, puis il s'est levé pour préparer le petit-déjeuner.

Tartines dans le grille-pain, cafetière italienne sur le feu, beurre à ramollir sur une assiette. Un yaourt à la vanille pour Anouk. Elle s'est assise sans un regard pour la nourriture. Elle se fichait éperdument de ce que nous mangions à la maison. Elle n'aimait pas spécialement cuisiner et détestait plus que tout faire les courses. Au restaurant, en revanche, elle était toujours partante pour commander un tournedos Rossini, sans se préoccuper de son tour de taille ou du mien. Elle dévorait tout ce qu'on lui servait et n'hésitait jamais à prendre un dessert, voire deux. Je lui ai tendu une tartine et elle l'a émiettée du bout des doigts, sans la porter à ses lèvres.

Mon père, au contraire, se régalait. Il a généreusement recouvert sa demi-baguette avec du beurre en prenant bien soin de l'étaler dans les coins et les trous de la mie, avant de l'engloutir en quelques bouchées. Petit, dans sa famille, on ne mangeait que des pâtes, du riz et des abats. Le pain de la veille trempé dans du Nesquik, c'était son festin, et je crois qu'il avait gardé ce goût-là une fois adulte.

Il était né dans une petite bourgade du Nord, où le ciel était plus gris qu'un hiver à Paris. Ses parents travaillaient dur pour offrir à leurs enfants la meilleure éducation possible. Il avait passé son bac dans la ville voisine avant de partir étudier à Paris grâce à une bourse. Il avait été le plus jeune élève de sa classe à obtenir l'agrégation. Par la suite, il avait enseigné la littérature pendant plusieurs années avant de se lancer en politique avec l'appui de son beau-père.

Ce côté décalé, je le décelais chez lui par de petits détails. Il n'était jamais devenu un vrai Parisien, malgré les décennies passées dans la capitale. Ça se voyait à ses vêtements. Il connaissait les grands noms du prêt-à-porter, mais privilégiait les tenues indémodables et portait la même marque de sous-vêtements et de chaussettes depuis ses vingt ans. Il voulait appartenir à l'élite, mais il courait après cette légitimité au lieu de la considérer comme allant de soi, ce qui est l'apanage des vrais privilégiés. Les restaurants dont il parlait et où il déjeunait, c'étaient ceux qui étaient ouverts et salués par les critiques depuis des années, pas les derniers endroits à la mode. Il compensait ce défaut en se moquant du milieu parisien tout autant que de sa ville natale, comme s'il n'appartenait à aucun des deux univers. Je me disais que c'était ici, dans cet appartement avec Anouk et moi, qu'il se sentait vraiment lui-même, vraiment à l'aise.

Madame Lapierre venait d'une famille huppée d'intellectuels. Elle avait vécu toute sa vie dans le XVIe, du côté de Passy, et j'avais du mal à me représenter mon père dans ce genre d'environnement. Je l'imaginais assis sur le rebord d'un canapé en cuir, ou bien le regard perdu vers une fenêtre, comme s'il rêvait d'être ailleurs.

J'étais contente qu'il ne soit pas de Paris. Ça le rendait différent de nous. Il y avait quelque chose d'héroïque dans le fait qu'il vienne de nulle part, même si certains le critiquaient pour ça, considérant que ça le rendait étroit d'esprit et conservateur. Je ne voyais pas ce que ça voulait dire, concrètement. J'avais peur de ce qui lui arriverait si tous ses privilèges disparaissaient soudain, s'il n'appartenait plus à l'élite, si on cessait de l'inviter aux soirées qui comptaient ou s'il ne pouvait plus se permettre d'aller dîner chez Lipp. Je voyais l'émerveillement dans ses yeux quand nous parlions du jardin du Luxembourg, et je savais qu'il était d'un optimisme quasiment béat. J'ai eu de la chance, disait-il, et je reste conscient que ma carrière peut s'effondrer en un clin d'œil. Mais si ça arrive, je peux reprendre une vie plus simple.

La première fois qu'il avait visité Paris, c'était avec sa sœur, leurs parents et deux tantes. Ils étaient venus dans une voiture tellement petite qu'il devait voyager dans le coffre, ses genoux touchaient la lunette arrière. Sa sœur était dissimulée dans les jupes d'une des tantes, qui priait chaque fois qu'ils croisaient un camion, persuadée que chaque véhicule qui roulait en sens inverse pouvait leur foncer dedans. Paris était une ville immense par rapport à celle d'où il venait, avec ses cinq mille habitants à peine.

La famille d'Anouk était à l'opposé de la sienne. Ma mère avait grandi dans un quartier très chic du Vésinet, avait fait ses études en pension, et passé ses étés à Saint-Tropez à se promener à moto avec ses amis, parfois seulement vêtue de sandales. À la retraite, mes grands-parents s'étaient installés dans une belle demeure en Bourgogne. Nous les voyions une fois par an, maximum. Mon père, lui, était toujours resté très proche de ses parents.

En apparence, tout les séparait. Anouk était à l'aise dans n'importe quelle situation ou environnement. Pour elle, savoir se maquiller comptait plus qu'apprendre à conduire. Elle se fichait du regard des autres, n'essayait pas de faire plaisir aux gens. Lui n'avait pas cette assurance ; quand il se sentait menacé, il se refermait comme une huître et gardait le silence, bouche pincée. Anouk le poussait à se lâcher, en privé comme en politique. La plupart de nos amis étaient socialistes ; elle votait en général centre gauche.

Je savais qu'ils faisaient toujours l'amour. Parfois, ils disparaissaient dans sa chambre pour une heure ou deux. Un jour, j'avais frappé à sa porte pour poser une question à ma mère, et il lui avait fallu un certain temps pour me répondre. Elle m'avait ouvert, enveloppée dans une serviette, les joues empourprées et les cheveux en bataille, les mèches humides de transpiration. Elle ne portait pas de maquillage.

Les week-ends comme celui-ci, où nous prenions notre petit-déjeuner tous les trois, on pouvait presque avoir l'impression que nous vivions ensemble. Nous réveillant tous les trois sous le même toit, nous retrouvant à la cuisine pour participer à ce rituel quotidien.

Tu as réfléchi à ce que tu allais faire l'année prochaine ? a demandé mon père.

Au lycée, j'avais choisi la filière scientifique, plus prestigieuse, pour lui faire plaisir. Personnellement, je détestais les maths.

J'hésite encore. Peut-être Sciences Po.

Ça a paru lui plaire. Tu veux suivre mes traces ?

C'est plutôt pour me signifier qu'elle n'est pas ma fille, a répondu Anouk en le regardant.

Tu dis ça parce que je ne veux pas devenir artiste.

C'est une très bonne école, a dit mon père, et tu n'es pas obligée de choisir la politique. Tu peux t'orienter vers la sociologie ou le droit. Il va falloir que tu remplisses les dossiers d'inscription pour cet automne.

Elle s'imagine que c'est toi qui vas financer ses études, a déclaré Anouk. Il y avait une note d'humour dans sa voix, mais ça m'a mise en colère.

Je peux demander une bourse.

Mon père a terminé son café et jeté un regard satisfait autour de lui. Anouk se servait rarement de la batterie de cuisine hors de prix qu'il lui avait achetée au fil des ans. Elle continuait à utiliser la vieille poêle abîmée qu'elle gardait depuis ses années d'étudiante.

Et si tu pouvais vivre n'importe où à Paris, quel quartier choisirais-tu ? a demandé mon père.

La Rive droite.

Je n'aime pas, les rues y sont vraiment trop étroites. Tu ne préfères pas être dans ce quartier ?

J'aurais plus de place si je vivais dans le XVIIIe ou le XIXe.

Parce que tu n'as pas assez de place ici ? m'a coupée Anouk.

Si, ça va, ai-je répondu, parce que je savais que mon père payait une partie du loyer.

Quand tu étais petite, Margot, tu voulais être architecte, m'a-t-il rappelé. Tu passais ton temps à dessiner des maisons.

En l'écoutant, je me suis souvenue que, dans chaque maison, je nous voyais vivre tous les trois sous le même toit.

Ton obsession, c'était de nous mettre chacun dans une pièce, celle qui reflétait le mieux notre personnalité. Tu ne nous plaçais pas au centre de la maison, mais chacun dans l'espace qui dévoilait notre âme.

Pour toi, c'était la cuisine, ai-je enchaîné en souriant. Une grande cuisine équipée, avec les plus beaux ustensiles.

Ah, oui, j'aurais pu être chef.

Et moi, c'était quoi, mon centre ? a demandé Anouk.

Une chambre vide avec des miroirs du sol au plafond, ai-je répondu du tac au tac.

Tu me traites de narcissique ?

Tu aimes te regarder quand tu répètes, non ?

Et toi, Margot, ton centre, c'était quoi ? a demandé mon père.

Je ne me souviens plus.

Aujourd'hui, ce serait quoi ?

Je n'en sais rien.

Réfléchis.

J'ai regardé la cuisine, puis le salon. Au bout de celui-ci, il y avait le balcon, où Anouk et moi nous installions pour bronzer l'été, guettant le pas de mon père dans la rue. C'était un espace neutre, qui me permettait de prendre de la distance avec mes parents sans les quitter vraiment. J'avais l'impression d'y être seule au monde, suspendue entre la rue et ma vie avec Anouk.

Le balcon. Entre l'appartement et dehors.

Un vrai purgatoire, a commenté Anouk.

Tu peux espionner ce qui se passe dans l'appartement depuis la fenêtre, a analysé mon père. Ma fille est une voyeuse.

Ce sont les voleurs qui entrent par le balcon, a enchaîné Anouk. Et les assassins.

Tu sens l'appel du vide, a-t-il ajouté, et tu adores ça. Tu te demandes ce que ça ferait de voler.

Ou de mourir, a conclu Anouk.

Nous avons ri tous les trois à son commentaire lugubre. J'ai ramassé nos bols et je les ai emportés jusqu'à l'évier où je les ai mis à tremper dans l'eau chaude. Des miettes de pain flottaient à la surface. Mon père a enfilé un tablier blanc et retroussé ses manches. Quand il était là, c'était lui qui s'occupait de la vaisselle. Anouk est restée avec lui. Je les ai laissés, et j'ai emporté dans ma chambre le livre qu'il venait de m'offrir. Je l'ai rangé dans ma bibliothèque avec les autres, et je me suis vautrée sur mon petit lit, en laissant dépasser mes bras et mes jambes. Je n'avais jamais eu l'intention de m'inscrire à Sciences Po ; c'était juste la première chose qui m'était venue à l'esprit quand mon père m'avait posé la question. Je savais que ça l'impressionnerait.

Quand je suis ressortie, quelques heures plus tard, pour boire un verre d'eau, Anouk et lui étaient installés au salon, sur le canapé. Ils regardaient une émission sur les voyages. Les fenêtres étaient grandes ouvertes et la lumière de midi se reflétait sur l'écran, mais apparemment ça leur était égal. Elle s'était assise de biais par rapport à lui pour qu'il lui masse les orteils. Elle adorait qu'on lui touche les pieds.

La cuisine était impeccable. Mon père avait essuyé et même rangé la vaisselle. J'ai passé la tête par la fenêtre. L'air était moite et ça sentait l'humidité, comme les animaux qu'on laisse dehors sous la pluie. Il y aurait bientôt de l'orage. Au loin, de gros nuages noirs s'amoncelaient.

Je suis retournée dans ma chambre et je me suis allongée de nouveau pour contempler le plafond. L'averse est arrivée une demi-heure plus tard. J'ai allumé mon ordinateur pour regarder un reportage sur des étudiants qui s'étaient immolés par le feu en signe de protestation. Ce qui me choquait le plus, c'est que tous ne mouraient pas. Parfois, leur cœur continuait de battre malgré leur peau dévorée par les flammes. À quel point fallait-il être furieux ou désespéré pour en arriver là ? Je ne pouvais même pas imaginer l'intensité de la douleur. Était-ce comme d'être écorché vif, ou comme on pèle une pomme ? Je n'en revenais pas de la rapidité avec laquelle nos défenses peuvent nous être arrachées, de la façon dont la peau fond en quelques secondes pour ne laisser que du sang et des muscles à vif. C'était comme ça que je voyais Anouk, parfois – un amas d'organes, rouge sang, qui me fixaient.

Mon père est parti en début d'après-midi. Tandis qu'il nouait ses lacets, je lui ai demandé quand il reviendrait nous voir.

Je ne sais pas encore, ma chérie.

J'ai observé les poils fins sur ses chevilles. C'était un homme occupé, je le savais. Une bouffée de colère s'est emparée de moi et a disparu tout aussi vite, comme un flocon de neige sur la peau. J'étais incapable de rester fâchée contre lui. J'ai attendu dans le vestibule pendant qu'il enfilait sa veste. Il m'a embrassée, sa main est restée un moment sur mon épaule, puis il a pris son attaché-case et il est parti.

Ce soir-là, nous sommes allés dîner chez Théo et Mathilde. Ils habitaient dans le XIXe, du côté de Belleville. En sortant du métro, Anouk et moi, nous avons pris la rue qui monte le long du parc. Nous marchions en silence, chacune dans ses pensées. Ma mère semblait préoccupée ; elle ne me parlait pas, ce qui était très rare quand nous nous promenions ensemble. Dans les rues en pente, la végétation sombre donnait au parc de Belleville un aspect sauvage, presque secret, très différent des plantations du Luxembourg, qui ne masquaient jamais complètement les grilles aux fers de lance dorés.

Anouk avait retrouvé son énergie habituelle quand nous sommes arrivées devant l'immeuble de ses amis. Elle a tapé le code et poussé le portail avec vigueur – c'est à peine si elle l'a retenu assez longtemps pour que je me glisse à sa suite.

La porte de leur appartement n'était pas fermée à clef et nous sommes entrées sans frapper. Anouk est passée devant. Elle s'est avancée jusqu'à la cuisine où Mathilde préparait une vinaigrette. J'ai regardé ma mère grignoter, à même le moule, un bout de la quiche tout juste sortie du four. Chez les autres, elle ne pouvait s'empêcher de goûter à tout, en particulier quand personne n'y avait encore touché. Picorer la croûte friable d'une tarte était sa spécialité. Je me suis postée près de la fenêtre, à côté de la gazinière, et j'ai regardé dans la cour les bacs à poubelle avec leurs couvercles colorés.

Mathilde m'a demandé de goûter sa vinaigrette pour voir s'il fallait ajouter du sel ou de l'huile, mais elle était parfaite, bien entendu ; on aurait pu la consommer toute seule. Son ingrédient secret, c'était une cuillère de mayonnaise. Théo était en train de mettre la table dans l'autre pièce.

On dînait souvent chez eux le dimanche, surtout l'été, quand nos emplois du temps étaient moins remplis et que je n'avais pas de devoirs. On profitait des soirées chaudes où la lumière du jour s'attardait longuement. Plus jeune, je m'en souvenais, je passais des heures à regarder les grands boire du vin devant leur assiette vide tandis que je m'endormais sur le canapé, blottie sous les couvertures brodées par Mathilde. J'écoutais Anouk parler de mon père, solliciter leurs conseils, leur demander s'ils trouvaient ceci ou cela normal. J'avais l'impression que notre famille pesait sur eux. Mathilde et Théo nous aimaient et voulaient nous soutenir, mais ils étaient les seuls amis de notre cercle au courant de l'identité de mon père.

J'avais le sentiment que Mathilde soutenait les choix d'Anouk, peut-être trop facilement, comme si elle craignait de l'offenser en laissant libre cours à ses opinions véritables. En fait, sans désapprouver ouvertement mon père, elle se montrait très réservée sur le sujet. Pour moi, ça voulait dire qu'elle ne le trouvait pas assez bien pour ma mère. Parce qu'elle ne le connaît pas, me disais-je. Théo, lui, était plutôt du genre à écouter qu'à donner des conseils. Il préférait se mettre en retrait et observer. Peut-être trouvaient-ils que ce n'était pas à eux de juger, ou bien avaient-ils tenté par le passé de la faire changer d'avis, et avaient échoué. Tu as une capacité d'agir plus importante que tu veux bien le croire, lui avait dit Mathilde un jour, et Anouk avait répondu qu'elle était ravie que notre cellule familiale ne soit pas traditionnelle. Je ne l'avais pas crue une seconde.

En général, nous avions une vie de famille qui ressemblait à celle des autres. Comme la plupart des gens, il nous arrivait de prendre nos repas sans nous adresser la parole. Nous avions été malades ou bouleversées en présence de l'autre. Quand mon père était là, j'étais souvent de mauvaise humeur, parce que j'avais envie de le voir davantage, mais j'étais tout à fait capable de m'enfermer dans ma chambre juste après le dîner pour lire ou être seule. Parfois, j'avais envie de gifler Anouk tellement elle mastiquait bruyamment. Ça me rendait dingue de l'entendre souffler sur ses peaux mortes quand elle frottait ses talons à la pierre ponce au-dessus de la baignoire. Quand je dis *nous,* je parle d'elle et moi.

Et puis, il y avait la banalité de l'absence. Les semaines à l'attendre, à lui en vouloir de ne pas être là, à se demander s'il nous aimait, à se dire qu'il nous manquait, qu'il était mieux que tous les autres, que le temps passé avec lui était précieux. C'était notre vie quotidienne, un état d'anticipation permanente.

Certains matins, quand Anouk dormait encore, je regardais la rue depuis le balcon. Le trottoir était si loin que je ne distinguais pas les interstices entre les pavés. J'observais les gens qui déambulaient sans jamais lever la tête. J'imaginais les centaines d'hommes et femmes qui partageaient leur existence entre deux partenaires. Nous étions si nombreux, nous les enfants de ces doubles vies, à rêver de l'autre camp.

Cette nuit-là, comme toutes les nuits depuis que nous avions croisé Madame Lapierre, je me suis réveillée le corps baigné d'une sueur glacée, avec un besoin impérieux de basculer de l'autre côté, de faire entrer en collision les deux sphères de nos vies. Je suis restée paralysée par l'envie de faire exploser cette routine – un désir fort, sauvage et excitant, qui pulsait en moi.

4

Adossée au mur, un verre de champagne tiède à la main, je regardais Anouk se frayer un chemin dans la foule pour aller retrouver ses amis. La représentation n'avait pas été très bonne, et les comédiens prenaient leur temps pour quitter les loges. J'étais impatiente de rentrer chez nous.

Anouk tenait à ce que je l'accompagne à ce genre de soirées. Elle pensait que ça me plaisait et que je pouvais y rencontrer des gens susceptibles d'élargir mon horizon. Elle voulait que je sois à l'aise en société, que j'apprenne à parler aux autres. Ça l'inquiétait que je n'aie qu'une amie, Juliette, et elle trouvait malsain que je passe autant de temps toute seule. Essaie de ne pas avoir l'air de t'ennuyer autant, me sermonnait-elle à mi-voix. Mais je ne m'ennuyais pas. J'étais fatiguée, parfois au point de devoir me pincer pour ne pas m'endormir. Je ne rêvais que d'une chose : retrouver ma chambre, me glisser dans mon lit, loin du brouhaha des conversations. Les gens m'adressaient rarement la parole et je ne les y encourageais pas. Je préférais rester dans mon coin, hors de vue. Certains acteurs d'âge mûr tentaient parfois de me draguer avant de découvrir que j'étais la fille d'Anouk, ce qui les mettait en fuite dans la seconde.

J'ai continué à siroter mon champagne, savourant les bulles qui me picotaient la langue. Les comédiens sont enfin arrivés par les portes battantes, et il y a eu un mouvement de foule dans leur direction ; en quelques instants, ils ont été entourés d'une petite assemblée d'où s'élevaient acclamations, sifflets enthousiastes et applaudissements.

J'ai pris conscience de la présence d'un homme à côté de moi, qui restait lui aussi appuyé contre le mur à observer à distance. Je l'ai regardé à la dérobée. Il était grand, avec des cheveux châtain clair presque blonds, qu'il portait mi-longs. Il pouvait avoir quarante ans, même si je n'ai jamais été très douée pour deviner l'âge de quelqu'un. Il portait un jean et une chemise noire aux manches retroussées.

Il a vu que je l'observais. D'un mouvement du menton, il a désigné le verre que je tenais à la main.

Bien joué, vous avez eu à boire avant l'assaut général.

Effectivement, la petite foule encerclait maintenant le buffet.

La pièce leur a donné soif, ai-je dit.

J'ai mieux regardé son visage. Il était beau, avec un nez légèrement busqué et des yeux bleu clair. Il gardait les mains enfoncées dans ses poches. Sans doute qu'il s'adressait à moi par pitié, parce que j'avais l'air solitaire.

Il m'a demandé pourquoi j'étais là.

J'accompagne ma mère, ai-je répondu en montrant Anouk. C'est une actrice.

Une grande actrice, oui, a-t-il dit. Anouk Louve.

Donc, il la connaissait. Il allait soit me planter là, soit me demander un service.

Votre mère était en pleine ascension quand j'ai débuté comme journaliste. Sa phrase donnait l'impression que ce n'était plus le cas, et ça m'a fait comme un coup de couteau dans le cœur.

Il s'est présenté : David Perrin. Un nom que j'ai reconnu tout de suite. Il était spécialisé dans les portraits d'acteurs sur double page, et je savais qu'Anouk aurait adoré qu'il lui en consacre un. Un instant, j'ai songé à le lui suggérer en lui demandant s'il avait vu ses dernières pièces, en affirmant que son jeu avait beaucoup changé avec le temps, qu'il était plus mature, qu'il avait peut-être perdu en spontanéité physique par rapport à ses années de danseuse, mais qu'il restait excellent, sinon meilleur. Mais je ne l'ai pas fait, la seule idée de devoir chanter les louanges de ma mère m'épuisait. Je n'avais pas envie de parler d'elle.

David m'a demandé si j'avais aimé la pièce. Je lui ai répondu la vérité, à savoir que je la trouvais artificielle et prétentieuse. Je n'avais pas apprécié la distance ironique qu'affichaient les comédiens sur scène, leurs déplacements et leurs tirades affectées, l'absence d'expression sur leur visage. Je voulais de l'émotion, je voulais me sentir connectée à ce qu'ils vivaient, le ressentir. Je voulais rester scotchée à mon siège jusqu'au dernier instant, quitter le théâtre à regret après la représentation. Au lieu de ça, je m'étais levée quasiment avant la fin des applaudissements.

Ce n'est pas authentique, ai-je ajouté en me creusant la cervelle pour l'impressionner. J'ai cité l'exposition Dada à Beaubourg. Ça se veut une pièce dadaïste, une non-pièce, mais ça n'a ni l'énergie, ni l'impact politique, ni l'inventivité du dadaïsme.

Ma comparaison a semblé amuser David. Je ne l'avais pas analysé comme ça, a-t-il dit, mais je vois ce que vous voulez dire. Vous voulez que les personnages luttent avec leurs émotions.

Vous allez écrire un article ? Je me suis sentie bête après avoir posé la question.

Ce n'était pas dans mes intentions, mais je vais peut-être changer d'avis. Votre parallèle avec Dada m'intrigue. J'ai entendu un des acteurs parler d'écriture automatique, et j'avais l'intention d'aller voir l'expo à Beaubourg de toute façon.

C'est une sélection remarquable. Je choisissais mes mots soigneusement pour avoir l'air intelligente.

Vous parlez comme une étudiante aux beaux-arts.

J'ai rougi. Vraiment ? Je suis encore au lycée.

Il m'a dévisagée puis, après un temps, il a dit : Je vous pensais plus âgée. Mal à l'aise, j'ai soudain pris conscience de la foule autour de nous. Anouk pouvait nous voir. Mais après tout, qu'importe ?

Je vais entrer en terminale.

Je ne savais pas qu'Anouk Louve avait une fille de votre âge.

Elle ne parle pas souvent de moi.

Il y a quelque chose de tellement particulier, tellement solitaire dans son jeu. Je n'avais jamais pensé qu'elle puisse être mère.

Vous pensiez que j'avais quel âge ?

Vingt ans, peut-être plus.

C'est à cause de ma taille, peut-être. J'étais aussi grande qu'elle, ça induisait souvent les gens en erreur.

Un mince sourire s'est formé sur ses lèvres. Pour certains rôles, votre mère se transformait complètement.

Il parlait de *Mère*, j'en étais certaine – la pièce où la femme tue ses enfants, celle qui avait lancé la carrière d'Anouk et avait fait connaître son nom en dehors du théâtre expérimental parisien. Je savais que cela avait été un rôle exigeant, car elle était sur scène en permanence, à l'exception d'un bref changement de costume.

Elle prend son travail très au sérieux, ai-je dit. Parfois, elle habite ses rôles jusque dans la vie quotidienne. Je sens quand elle est captive de ses personnages.

Qu'est-ce que ça fait ?

J'ai réfléchi à la question avant de répondre. C'est comme vivre avec une inconnue. Ça me donne l'impression d'observer quelqu'un que je ne connais pas se déplacer dans ma propre maison.

Ça doit être compliqué.

Je m'y suis habituée, à force.

Vous l'admirez, a-t-il dit. Je le sens. Il semblait très sûr de lui.

Je m'incline devant son talent, ai-je rétorqué, mais je ne veux pas devenir comme elle.

C'est normal. Vous ne voulez pas lui ressembler parce que c'est votre mère.

Son sourire a fait naître de fines rides au coin de ses yeux. J'ai fini mon verre de champagne. Quand Anouk buvait de l'alcool, c'était comme s'il s'évaporait en elle, tandis que le moindre verre me nouait la gorge et me mettait mal à l'aise. J'aimais la bouche de David. Il avait des lèvres pleines et très rouges pour un homme.

Je peux vous dire un secret ? m'a-t-il demandé avant de se pencher vers moi. Souvent, quand je rencontre des enfants de stars, je suis frappé par leur banalité. Ils ne sont pas beaux comme leurs parents, ils sont comme éclipsés par eux. Ou bien ils n'ont pas l'étincelle. Parfois, néanmoins, ils ont hérité d'eux. Ils ne le savent pas toujours, mais ils ont eux aussi ce quelque chose d'extraordinaire qui les distingue de la foule. Je pense à Charlotte Gainsbourg, par exemple, qui n'a pas une beauté classique mais qui happe littéralement le regard.

David me fixait avec intensité, et soudain j'ai eu envie de lui plaire.

Vous voulez dire que je n'ai pas une beauté classique ? ai-je demandé, en sentant les muscles autour de ma bouche se contracter bizarrement.

Il a souri, a incliné la tête avec un air approbateur.

Vous avez la beauté de votre mère, mais de façon plus discrète et moins intimidante. Comme Charlotte.

J'ai eu l'impression que le sol s'ouvrait sous mes pieds. J'ai eu le sentiment qu'Anouk était dans les parages… mais en regardant autour de moi, je ne l'ai pas aperçue.

Je vois que vous connaissez bien les Gainsbourg, si vous l'appelez par son prénom. Ma voix était espiègle, et tant pis si j'avais rougi.

David a ri. J'essayais de vous faire un compliment, mais je vous ai mise mal à l'aise.

Vous ne me mettez pas mal à l'aise. J'ai replacé une mèche de cheveux derrière mon oreille.

Et votre père est acteur, lui aussi ? a-t-il demandé en observant l'assistance.

J'ai appuyé ma tête contre le mur, un peu trop fort. Non.

J'aimerais rencontrer l'homme qui a épousé la célèbre Anouk Louve.

Mes parents ne se sont pas mariés.

David a hoché la tête, lentement. Bien sûr, j'imagine que ce n'est pas le genre de votre mère. De toute façon, la norme aujourd'hui, c'est de ne pas se marier, n'est-ce pas ?

J'étais ravie qu'il se soit mépris sur le sens de mes paroles au lieu de comprendre que mon père était déjà marié à quelqu'un d'autre.

Pour ce qui est de la norme, je n'en sais rien. Je ne cherche pas de mari.

David a ri. Vous êtes trop jeune pour penser à ça. Vous savez, je me souviens qu'à l'époque de *Mère*, il y a eu pas mal de spéculations sur la vie privée d'Anouk Louve. Des rumeurs. Mais il ne me semblait pas avoir entendu parler de votre existence. Elle répétait qu'elle était seule.

Je me suis demandé ce qu'il savait au juste, et à quelles rumeurs il faisait allusion.

Mais ma mémoire me joue peut-être des tours, a-t-il ajouté.

C'était l'année où mon père avait quitté l'enseignement. Il était venu trois fois voir Anouk dans *Mère*. À l'époque, il pouvait encore se montrer en public sans susciter de réactions.

Comment se fait-il que vous en sachiez autant sur ma mère ?

Oh, tout le monde la connaissait à l'époque. Elle faisait sensation. Nous étions toujours surpris de la voir arriver seule dans les soirées. Votre père doit être quelqu'un de très discret.

Je voyais bien comment David lançait des suppositions, l'air de rien, puis se taisait pour guetter mes réactions. Le champagne me montait à la tête, et ses questions me déstabilisaient. J'ai eu envie de lui montrer quelque chose qu'il ignorait, de faire craquer les coutures de mon monde. Rien de plus enivrant que de détenir une information que l'autre désire.

J'ai souri, mystérieuse. Je lui ai dit que mon père était effectivement quelqu'un de très discret pour un homme public.

Au moment où ces mots ont franchi mes lèvres, ça m'a fait comme une secousse électrique à l'intérieur, et j'ai compris que ce qui m'avait paru malin la seconde d'avant était en fait de l'imprudence. J'ai suspendu mon souffle, comme pour ravaler mes paroles.

Le visage de David s'est tendu, et il a fait passer le poids de son corps d'une jambe à l'autre avant de reprendre son expression habituelle. J'ai senti qu'il mesurait la portée de cette révélation. Autour de nous, on parlait fort – les gens avaient bu et faisaient la fête –, mais les voix me semblaient lointaines, comme si nous nous trouvions dans un cocon.

J'ai aperçu Anouk en grande conversation avec un acteur. D'un instant à l'autre, elle viendrait me chercher. Il fallait que je la rejoigne.

David a saisi une carte de visite dans sa poche et me l'a tendue. Si jamais vous avez envie de parler, a-t-il dit. J'espère que nos chemins se recroiseront, mademoiselle Louve.

Je l'ai regardé s'éloigner tandis qu'une sensation de douce chaleur remontait le long de mes jambes. C'était comme un rayon de soleil qui vous caresse par surprise quand vous êtes assis près d'une fenêtre, une chaleur passagère que l'on sent glisser sur sa peau.

5

Après un été de séparation, j'avais hâte de revoir Juliette. Le matin de la rentrée, je l'ai attendue devant le lycée. Nous n'avions qu'une demi-journée de cours, juste pour rencontrer notre prof principal et recevoir notre emploi du temps. Je l'ai vue arriver au bout de la rue, avec une jupe en jean et un tee-shirt noir. Elle m'a fait signe. Ses sandales à petits talons ont cliqueté sur le trottoir quand elle s'est mise à courir à ma rencontre.

Nous nous sommes étreintes longuement. J'ai enfoui le nez dans ses cheveux. De loin, ils semblaient épais et ondulés, mais de près ils étaient fins et légers. Ils avaient l'odeur de son shampoing, elle n'en avait pas changé depuis que nous nous connaissions, lin, lait et vanille. Elle a dit : J'ai tellement de choses à te raconter ! Son nez et ses joues étaient bronzés et des nouvelles taches de rousseur étaient apparues sur son front.

Comment tu t'es débrouillée pour bronzer en Bretagne ? Elle venait de passer deux mois chez ses parents.

Il a plu quasiment tous les jours. Mais le soleil est toujours là, même quand les nuages le cachent, c'est traître. En plus, je ne mets jamais de crème solaire. Elle a haussé les épaules, apparemment ravie de son teint hâlé.

J'ai dit : Tu m'as manqué. Avait-elle remarqué que j'avais perdu deux kilos ?

Juliette et moi, nous étions amies depuis la seconde. À quinze ans, nous étions les deux petites nouvelles du lycée. Au fond, nous ne nous connaissions pas depuis longtemps, mais c'était comme si nous avions passé notre vie ensemble. Très vite, nous étions devenues aussi proches que des amies d'enfance.

Elle vivait seule dans un petit studio. Ses parents avaient quitté Paris l'année précédente, car son père avait été embauché comme directeur d'une laiterie dans la campagne bretonne. Elle avait demandé à rester ici. L'endroit où s'installaient ses parents était à plus d'une heure en autocar d'un bon lycée. Même si je crois que ce qui comptait vraiment pour elle, plus que sa scolarité, c'était Paris et notre amitié.

Je dormais chez elle plusieurs fois par mois, sans surveillance parentale. Nous nous faisions à manger, échangions nos vêtements, faisions nos devoirs, prenions nos douches dans la minuscule salle de bains. Nous passions tellement de temps ensemble qu'Anouk avait cessé de me demander quand je rentrerais si je lui disais que j'allais chez Juliette.

Elle avait promis à la mère de Juliette de s'occuper de nous, mais elle n'a jamais mis les pieds à l'intérieur du studio. Parfois, je me demandais si Juliette ne se sentait pas seule, si ses parents et sa sœur ne lui manquaient pas, mais la plupart du temps j'enviais sa liberté. Elle était entrée avant moi dans l'âge adulte. J'avais perdu ma virginité six mois plus tôt qu'elle, mais c'était elle qui avait eu en premier un orgasme avec un garçon. Par-dessus tout, j'enviais sa relation avec sa mère. Elle l'appelait *maman* d'une voix douce et pleine d'affection. Ma voix à moi devenait agressive quand Anouk téléphonait, parce qu'elle n'avait rien de gentil à me dire, qu'elle ne me demandait pas comment j'allais. Elle ne m'appelait que pour des choses essentielles, comme me reprocher d'avoir oublié d'éteindre les lumières en partant ou m'expliquer comment être une bonne fille. Je savais que la mère de Juliette n'était pas d'accord avec le genre d'éducation que me donnait Anouk, et quand nous nous voyions, elle m'abreuvait d'affection, comme on nourrit un enfant trop longtemps affamé.

Sur certains points, Juliette semblait moins dépendante de sa mère que je ne l'étais de la mienne, et pourtant je les sentais beaucoup plus proches. La sienne venait souvent passer trois ou quatre jours chez elle, où elle télétravaillait, installée à la petite table de la cuisine avec son ordinateur et ses lunettes, les seuls équipements dont elle ait besoin. Elles dormaient dans le même lit – comme moi quand je passais la nuit chez mon amie –, sans quoi l'une d'elles aurait dû coucher par terre. Sa mère était discrète. Elle rangeait soigneusement sa valise dans un coin du studio, sa trousse de toilette dans la salle de bains et ses chaussures dans l'entrée. Un soir que j'étais passée chez Juliette pour lui apporter des devoirs, je l'avais vue dans une chemise de nuit, et ce moment – la mince silhouette de sa mère dans cette vieille chose informe qu'elle gardait pour dormir – m'avait paru d'une intimité à peine supportable. J'avais fouillé dans sa trousse de toilette et je n'avais trouvé qu'une crème de jour, une brosse à dents et du dentifrice. Elle ne portait ni parfum ni maquillage. Son geste le plus féminin, c'était attacher ses cheveux pour qu'ils ne lui tombent pas sur le visage.

Elle lui rendait visite au moins une fois par mois. Entre-temps, elle lui envoyait par la poste des gâteaux, des chocolats, du thé et du shampoing, comme pour lui éviter un crochet par le Franprix en rentrant du lycée. J'admirais l'indépendance et la maturité de mon amie, dont le studio était toujours impeccable et bien rangé – elle nettoyait même le lavabo quand je m'étais brossé les dents et faisait régulièrement disparaître les traînées de calcaire dans la douche.

Nous nous sommes dépêchées d'entrer dans l'enceinte du lycée pour aller consulter les emplois du temps affichés sous le préau. Tout l'été, j'avais redouté ce moment, celui de la rentrée, mais c'était moins pénible avec Juliette. Nous n'étions pas très douées en sciences, et malgré nos efforts acharnés, nous atteignions rarement les premières places en maths et physique-chimie. Heureusement, nous étions dans la même classe. Nous avions de nouveau Mme Roullé en physique – celle qui aimait rendre les copies en commençant par la plus mauvaise. Elle les jetait avec mépris sur le pupitre de ceux qui avaient moins de la moyenne, et les déposait devant les autres avec délicatesse. Elle ne notait jamais au-dessus de 15/20. Elle aimait répéter que notre travail était un tas de merde et que nous allions redoubler si nous continuions comme ça. Nous n'avions guère le temps de nous appesantir sur l'humiliation : il y avait toujours plus de devoirs, et les bacs blancs nous attendaient au printemps.

Nous avions hâte de rencontrer Monsieur H., notre professeur de philo, qui était nouveau. On disait qu'il était jeune, à peine la trentaine, et qu'il avait enseigné aux États-Unis.

D'ailleurs, notre premier cours, le lendemain, était le sien. Monsieur H. est arrivé avec cinq minutes de retard, mais de toute évidence ça ne lui posait pas de problème, il ne se pressait pas particulièrement. Il a commencé par inscrire son nom au tableau, d'une écriture assurée, comme si celui-ci n'était pas imprimé sur notre emploi du temps. C'est seulement alors qu'il s'est tourné vers nous.

Bienvenue à votre premier cours de philosophie, a-t-il lancé d'une voix chaleureuse en souriant. Il portait un costume bleu marine et une chemise blanche sans cravate, au col ouvert. Avec sa silhouette mince, presque gracile, il paraissait plus jeune que son âge. J'ai senti les filles de la classe chavirer. Il s'est appuyé à son bureau et a posé une jambe sur une chaise. Il va se faire dévorer tout cru, m'a soufflé Juliette à l'oreille.

C'est quoi, son prénom, à ton avis ? lui ai-je demandé en retour. Monsieur H. m'a regardée et le rouge m'est monté aux joues. J'ai baissé la tête et j'ai posé la pointe de mon stylo sur la feuille quadrillée de mon cahier, prête à prendre des notes.

Vous pouvez laisser vos stylos pour l'instant, a-t-il dit. Aujourd'hui, nous allons parler du concept d'espace, ce que nous en savons et comment ça nous affecte.

Il s'est tu un instant, s'est redressé.

Nous allons aussi parler de frontières. Comment on les construit, à quelle catégorie elles appartiennent, physiques ou imaginaires. Quel genre de problème se pose lorsqu'on parle de frontières ?

Un silence lui a répondu. Monsieur H. a répété sa question. Un garçon au fond de la classe a levé la main.

Ça dépend qui pose ces frontières, a-t-il répondu. Et si ces frontières affectent quelqu'un d'autre.

C'est tout à fait ça, a commenté Monsieur H. D'abord, il nous faut définir ce qui constitue l'espace vital, et ce que ça signifie de respecter celui d'autrui. Car, quand sommes-nous le plus susceptibles de créer des frontières ?

Quand nous avons peur, a répondu le garçon.

Oui, pour nous protéger quand nous nous sentons menacés, quand nous voulons maintenir l'ordre, quand nous sommes face à quelque chose que nous ne comprenons pas. Face à l'inconnu, une façon de réagir, c'est de cataloguer et de poser des règles, n'est-ce pas ? Nous voulons ainsi le contenir, le classifier, nous l'approprier. Mais je vais trop vite en besogne.

Il s'est tu de nouveau et nous a observés.

Je voudrais que nous commencions par un exercice pratique, à plus petite échelle. Je vais vous demander de vous lever.

Nous nous sommes tous regardés, pas très sûrs de devoir faire ce qu'il venait de nous demander.

Allez-y, c'est bon pour la circulation sanguine, a-t-il continué. Levez-vous et écartez-vous de vos bureaux. Débrouillez-vous pour ne pas toucher votre siège ou votre table, pas même votre cartable.

Il y a eu un raclement de pieds généralisé tandis que chacun repoussait sa chaise sous son pupitre et faisait un pas en arrière.

Maintenant, fermez les yeux.

Pas facile de garder les paupières closes dans une salle de classe en plein jour… En silence, nous avons attendu que Monsieur H. reprenne la parole. Il nous a proposé de visualiser un espace, propre à chacun de nous.

Imaginez-en ses limites, ses frontières physiques, ou d'autres moins concrètes, comme la ligne d'horizon ou votre simple vision. Définissez votre espace. Ce peut être une maison, une salle de classe, une cathédrale ou tout autre chose. Portez votre attention sur les détails.

Les yeux fermés, je voyais flotter des particules de couleur. D'abord, je n'ai rien vu d'autre qu'une obscurité orangée. Quel est ton centre ? m'avait demandé mon père pour me pousser à définir où je me sentais chez moi dans notre appartement.

Peu à peu, une image a pris forme. J'ai vu un horizon bouché de nuages. Il y avait au loin une ville, une église entourée de maisons. Des champs à perte de vue. Je me trouvais à l'intérieur d'une maison ancienne, au parquet recouvert d'une épaisse couche de poussière.

Y a-t-il quelqu'un dans votre espace, hormis vous ? a demandé Monsieur H.

J'ai vu un homme dans la cuisine, penché sur l'évier. La cuisine était l'endroit où toute la famille se réunissait, avec sur les murs de vieilles photos de naissances et de mariages, une télévision dans le coin, et une longue table recouverte d'une toile cirée. L'homme me tournait le dos ; je ne voyais pas son visage, mais je savais qu'il était jeune à la façon dont ses bras vigoureux plongeaient dans le bac. Des pas ont fait craquer le parquet du vestibule, un long couloir bordé de portes derrière lesquelles se trouvaient des chambres, avec des lits et des armoires en bois, et tout au bout une salle de bains, la baignoire entourée de traces de moisissure et un placard à pharmacie qui ne contenait que des tubes d'aspirine périmés.

Je suis revenue à la cuisine. C'est à peine si je sentais le sol de la classe sous mes pieds. L'homme devant l'évier achevait la vaisselle. Il a posé la dernière assiette sur l'égouttoir et s'est retourné. L'eau ruisselait de ses avant-bras, formant des rigoles le long de ses poils bruns. Il a cherché un torchon pour s'essuyer. C'était mon père, au centre de sa maison, plus jeune qu'aujourd'hui, plus mince, le teint radieux. Voilà comment j'imaginais sa maison d'enfance. Personne ne me l'avait jamais décrite ni ne m'en avait montré de photo, mais en cet instant, les yeux fermés, je l'ai vue clairement. Les rideaux en dentelle aux fenêtres, les fleurs dans d'étroites plates-bandes entre la maison et la route.

Monsieur H. a rompu le silence en nous disant d'ouvrir les yeux et de nous rasseoir. Puis il nous a demandé de prendre dix minutes pour raconter notre expérience par écrit. Décrivez comment vous avez visualisé cet espace. Qu'avez-vous perçu en premier ? Quel type de limites avez-vous posé ? Quels détails avez-vous remarqués ? Y avait-il des endroits qui continuaient à se développer dans votre esprit ? Il a noté ces questions au tableau.

Allez-y. Prenez vos stylos et écrivez.

J'ai échangé un coup d'œil avec Juliette. N'étions-nous pas censés étudier Kant ou Hobbes ? Comme s'il lisait dans nos pensées, Monsieur H. nous a rassurés. Je vous donnerai un texte de Descartes à lire pour la semaine prochaine, mais pour le moment je voudrais faire appel à votre imagination avant de mettre notre raison au travail.

Tandis que nous étions penchés sur nos cahiers, il a continué d'écrire au tableau. *Perception intellectuelle/perception sensorielle. Conscience. Espace positif et négatif.*

Après les deux heures de philo, nous avons eu une heure de LV1 – anglais pour moi, allemand pour Juliette –, puis le déjeuner, une heure d'histoire-géo et deux heures de maths entrecoupées d'une pause de cinq minutes. Nous avons fini à dix-sept heures et je me suis retrouvée devant le lycée avec Juliette. Nous sommes allées jeter un coup d'œil à l'intérieur de Chez Albert, le café d'en face, traditionnellement réservé aux terminales, où nous avions donc désormais le droit d'entrer. J'ai reconnu quelques visages à la devanture. Les tables étaient presque toutes prises, les gens buvaient des cafés, personne n'était là pour réviser en ce début d'année scolaire. Et l'année suivante, quelles études allais-je entreprendre ? J'étais incapable de me projeter dans l'avenir. Si je restais à Paris, est-ce que je quitterais la maison ? Est-ce que je tenterais vraiment Sciences Po ? Le cours de Monsieur H. me donnait envie d'autre chose, peut-être d'écriture. J'aurais aimé, comme Juliette, savoir ce que je voulais. Elle deviendrait réalisatrice. Elle rêvait de création, et elle mettait toutes les expériences qu'elle vivait au service de ce but.

On va chez moi ? a-t-elle proposé, interrompant le fil de mes pensées. Avec un soupir de soulagement, je l'ai suivie jusqu'au métro. Avant même d'arriver, je nous imaginais devant la porte de son appartement, hors d'haleine à cause de l'escalier en colimaçon interminable, accueillies par l'odeur de son linge en train de sécher sur un étendoir en bois, avec la lumière de la fin d'après-midi qui tombait sur son lit. On s'y assiérait avec une assiette de pâtes et on discuterait pendant des heures.

Est-on façonné par les espaces où on existe ? Chez moi, l'appartement n'était que frontières ; les murs nous gardaient à l'abri des regards, un lieu privé pour les visites de mon père. Les limites étaient là depuis toujours, et je les avais respectées toute ma vie. Dehors, c'était plus compliqué. Depuis trois ans, nous avions cessé d'aller au restaurant ensemble, car mon père et Anouk étaient trop connus. Ainsi, notre domaine de possibilités s'était réduit avec le temps, et notre espace de liberté s'était restreint à l'appartement, devenu le centre de mon monde.

Juliette se trouvait la plupart du temps seule, sans ses parents, dans son studio, mais c'était un choix de sa part. Elle n'insistait jamais, d'ailleurs, pour venir à la maison. Elle acceptait qu'on dorme systématiquement chez elle. Peut-être sentait-elle en moi ce besoin d'autres espaces – rien qu'à la façon dont j'avais adopté le côté gauche du lit, dont je passais à la douche après elle et le fait que je prenais le même petit-déjeuner qu'elle, qui n'avait pas changé depuis son enfance. J'aimais être chez elle, accueillie en tant qu'amie, que sœur, comme dans une autre famille. Chez Juliette, j'avais l'impression que mes poumons se remplissaient davantage, comme si la lourdeur dans tous mes membres s'évanouissait doucement jusqu'à ce que je me mette à flotter au-dessus du sol, enfin capable de respirer.

6

Quelques années plus tôt, vers la fin de l'automne, mon père m'avait emmenée dans une petite station balnéaire en Normandie. C'était Anouk qui avait eu l'idée de ce week-end entre père et fille – pour resserrer nos liens – étant donné qu'elle avait des répétitions le samedi et le dimanche. J'avais préparé ma valise des jours à l'avance. À l'heure du départ j'attendais sur le pas de la porte, et j'ai dévalé l'escalier en entendant sa voiture s'arrêter devant notre immeuble.

Nous avons traversé la petite ville déserte. Le temps était humide et anormalement chaud. Il restait quelques bateaux amarrés au port. La plage, nichée au creux d'une anse, était séparée de la route par une jetée en pierre avec un escalier à chaque bout. Nous nous étions habillés en prévision de la pluie et du vent, avec des cirés et des bottes. La marée était basse, et au loin des bancs de brouillard blanc flottaient au-dessus du sable. Nous avions marché vers l'eau sans jamais l'atteindre.

Mon père avait réservé deux nuits dans un hôtel de luxe, à une demi-heure de route de la station balnéaire, qui proposait un spa et s'enorgueillissait d'un chef étoilé. On y venait pour la thalassothérapie et les massages.

On nous avait offert une tisane citron-verveine au bar. La dame à la réception, qui l'avait reconnu, nous avait accueillis chaleureusement. C'est donc vous, sa filleule ! avait-elle dit, ravie d'avoir retenu ce détail. Il m'a beaucoup parlé de vous. Je vous ai donné deux chambres contiguës, avec un lit king-size pour mademoiselle.

Mon père lui a adressé un sourire éclatant, et j'ai tenté de faire de même, au point d'en avoir mal aux joues. J'ai suivi la femme dans l'escalier recouvert de moquette épaisse, mon père sur mes talons.

Je lui ai demandé s'il venait souvent. Il y a longtemps, m'a-t-il répondu, j'y ai emmené ma mère. Elle était malade, et l'eau de mer faisait du bien à ses jambes. Je n'avais pas connu ma grand-mère. Elle était morte avant que je sois assez grande pour poser des questions à son sujet. Anouk m'avait raconté l'enfance de mon père. Sa mère était une femme simple, bonne et généreuse. Elle était au courant de l'existence d'Anouk, qu'elle traitait avec respect et délicatesse, même si elle craignait que jongler entre deux familles devienne trop stressant pour son fils aîné. Ce n'était pas le genre de vie rangée qu'elle avait imaginée pour lui.

L'après-midi, nous sommes revenus en ville. Il a garé la voiture en bord de mer. Le sable humide et compact s'étendait devant nous sur des centaines de mètres. Au loin, je voyais l'océan, bleu sombre coiffé d'écume blanche qui se confondait avec le ciel. Nous avons marché sur la jetée.

Avant même d'être nommé ministre de la Culture quelques mois plus tôt, il avait cessé de parler de son travail. Jusque-là, il aimait nous raconter les salons du livre, mentionner les auteurs que j'aurais pu connaître, ou partager son exaspération face à ses collègues qui ne répondaient jamais à leurs mails le week-end. Désormais, lorsque je lui demandais comment il allait, il répondait de façon vague, Ça va, ça va, tout va bien. Rien qu'à sa façon de se répéter, de chercher à me rassurer, je le sentais plus tendu qu'avant ; son travail lui pesait davantage. Je me le représentais dans son bureau du Palais-Royal, essayant d'imaginer ses tâches quotidiennes.

L'ascension sociale de mon père n'avait connu aucun soubresaut jusqu'alors, il avait progressivement gravi les marches du succès. Depuis quelque temps, il semblait moins sûr de lui, ou peut-être ne pouvait-il plus se permettre de parler aussi librement qu'avant. Je continuais à guetter le moindre de ses mots, posant des questions quand la conversation se tarissait. Je voulais lui montrer que j'étais à l'écoute, qu'il pouvait se confier à moi. J'aimais par-dessus tout quand son débit s'accélérait, trahissant quelque chose qui le passionnait, un tourbillon sous la surface. Il m'a dit qu'il aimait me parler de son travail parce que j'en saisissais la complexité. Parfois, il prétendait que j'étais plus intelligente que la plupart des gens de mon âge, et qu'il aurait aimé que les stagiaires qu'on lui envoyait, tout droit sortis de la fac, soient aussi avisés que sa propre fille. Je me répétais ces compliments en boucle lorsqu'il se retranchait dans le silence. Et quand, à l'inverse, il se confiait à moi les yeux brillants, je rayonnais de fierté.

Nous étions seuls sur la plage. Le vent s'était levé et j'ai enfoncé les mains dans mes poches. Nous marchions en silence, mais je sentais qu'il se préparait à dire quelque chose. Il s'est éclairci la gorge et s'est lancé, d'une voix douce.

Quand tu es née, ta mère est allée te déclarer à la mairie. Je ne l'ai pas accompagnée. Nous avons décidé que c'était mieux ainsi, que mon nom ne figurerait pas sur ton acte de naissance.

J'ai retourné les mots dans ma tête. Mon père guettait nerveusement ma réaction, mais j'étais déjà au courant, depuis des années. J'avais entendu Mathilde et Anouk en parler une nuit, elles me croyaient endormie à l'étage. Leurs voix m'étaient parvenues par la porte entrebâillée. Anouk regrettait de ne pas l'avoir obligé à l'accompagner, et elles s'étaient disputées à ce sujet.

Mais tu es mon père.

Bien sûr, ma chérie. Seulement, sans mon nom sur l'acte de naissance, tu n'es pas officiellement ma fille.

Ces mots n'auraient pas dû me toucher autant – depuis toujours ou presque je faisais semblant de ne pas avoir de père – mais ils m'ont prise au dépourvu et frappée de plein fouet. J'ai senti ma poitrine se serrer. Je me suis tournée vers lui. Tête basse, il évitait de me regarder.

J'ai décidé de te donner mon nom avec une reconnaissance de paternité. Ta mère et moi irons faire la demande en mairie.

J'ai hoché la tête.

Je veux te reconnaître officiellement.

Il aurait aimé, je le sais, que je montre de l'enthousiasme, que je lui dise que c'était super, bien joué, papa. Que je le félicite. Je me suis forcée à sourire.

Et si quelque chose devait m'arriver, tu hériterais d'un tiers de mes biens.

J'ai pensé : Et Anouk ? Il supposait peut-être que je m'occuperais d'elle financièrement.

Le vent a écarté les pans de son manteau, révélant un pull de laine. Il marchait toujours avec les pieds légèrement en canard et les mains dans le dos. Pourquoi me reconnaître aujourd'hui s'il ne l'avait pas fait à ma naissance ? C'était une question que je me reposerai plus tard et j'aurais sans doute dû lui demander à ce moment-là. Mais tout ce que j'ai réussi à dire, c'est : Tu es malade ? Il y a un problème ?

Oh non, tu n'as aucune raison de t'inquiéter. Je vivrai jusqu'à quatre-vingt-dix ans. Et ta mère jusqu'à cent.

Il a respiré un grand coup.

J'adore cette odeur salée, les embruns. Je préfère ce genre de temps, quand le ciel est couvert.

Il m'est venu à l'esprit que personne que nous connaissions ne serait venu se promener sur cette plage en novembre.

*

Pour dîner, mon père m'a invitée dans un restaurant de fruits de mer situé dans un quartier excentré de la ville. Le chef avait été un de ses grands amis, et il espérait qu'il y officie toujours. Ils ne s'étaient pas vus depuis près de dix ans. Il faisait sombre et il n'y avait pas de réverbères, mais mon père se souvenait de l'itinéraire et au bout de dix minutes il m'a montré le restaurant, au coin de deux rues endormies. Sa grande devanture rectangulaire constituait la seule source de lumière. À l'intérieur, la décoration était sans prétention. Nappes et serviettes immaculées, quelques photos en noir et blanc accrochées au mur. Le serveur nous a installés près d'une fenêtre. Mon père a demandé si Pierre était là, et l'expression du garçon est devenue plus aimable. Le chef est en cuisine, je vais le prévenir qu'on le demande.

Mon père s'est mis à beurrer une tartine de pain. Il s'est penché vers moi. Dans ce restaurant, on se fiche du décorum, tu sais. On vient ici pour manger. Il a regardé autour de lui avec un plaisir visible. Rien n'a changé depuis que ça a ouvert, dans les années quatre-vingt. Ici, personne ne s'intéresse à qui tu es.

J'ai jeté un œil aux autres clients, des couples de retraités en majorité. Il a ajouté : L'été, c'est toujours plein, mais le service reste impeccable.

Un homme de grande taille, vêtu d'une veste blanche de cuisine, s'est planté devant notre table et a pris mon père par le bras, dans un geste familier. Celui-ci s'est levé pour l'embrasser.

Ça fait plaisir de te revoir, monsieur le ministre !

Ils sont restés comme ça un moment à se délecter de leurs retrouvailles. Puis le chef s'est tourné vers moi. Tu ressembles à ton père quand il était jeune. Tu es devenue une splendide jeune fille.

Bonsoir, monsieur. Ravie de vous rencontrer.

Et bien élevée, avec ça. Ça lui fait quel âge ? a-t-il demandé à mon père.

Mon cœur s'est mis à cogner dans ma gorge. Et s'il ne s'en souvenait plus ?

Il a répondu sans une hésitation. Quatorze ans.

Tu es déjà venue, mais tu ne t'en souviens pas, n'est-ce pas ? m'a demandé le chef en m'examinant d'un œil attendri. Tu n'avais que quatre ou cinq ans, mais tu as avalé tout ton bol de soupe d'asperges, je t'assure !

Mon père a ri. Pierre t'avait aussi préparé un carpaccio d'avocat, vraiment superbe, avec des tranches fines comme du papier à cigarettes. Quand tu as vu ça, tu as pris ta fourchette et tu les as écrasées…

Comment tu voulais qu'elle fasse ? Elle a de l'instinct, comme son père.

Son instinct est bien meilleur que le mien, a répondu mon père.

Le chef lui a tapé sur l'épaule et lui a ordonné de se rasseoir et de se régaler. Il allait nous soigner.

Jusque-là, il ne m'était jamais venu à l'esprit que, dans les connaissances de mon père, quelqu'un pouvait être au courant de mon existence. Le chef avait-il rencontré Anouk ? Notre arrangement ne semblait pas lui poser problème, et à ce moment j'ai pensé que, lui aussi, avait une double vie.

Mon père a mangé avec un bel appétit. La brandade de morue, présentée dans une petite cocotte, était onctueuse à souhait; les moules étaient délicieuses, et nous avons fini la sauce marinière à la petite cuillère. Le sel me piquait les lèvres. Mon père a commandé une bouteille de blanc et m'en a servi un verre. J'avais déjà bu de l'alcool, mais jamais avec un adulte. Avant même la première gorgée, je me sentais ivre avec ce repas. Pour finir, le chef a apporté des crêpes Suzette, le dessert que mon père commandait toujours au restaurant, et les a flambées sous nos yeux. Il les a soulevées avec le dos de sa cuillère, pour que l'alcool coule dans son assiette. J'ai humé l'odeur de caramel et d'orange. Regarde comme elles sont fines, a-t-il commenté. On dirait de la dentelle.

Tout allait bien en sortant du restaurant mais, une fois dans ma chambre, j'ai ressenti une crampe d'estomac qui m'a pliée en deux. J'ai couru jusqu'à la salle de bains et j'ai vomi violemment dans les toilettes. Puis j'ai enlevé mes chaussures et je me suis déshabillée en jetant mes vêtements par terre, un laisser-aller que je ne me serais jamais permis à la maison.

Le mur de la salle de bains, plus vaste que ma chambre, était entièrement occupé par une glace. Mon reflet me suivait tandis que j'avançais vers la douche. C'était sans doute la première fois que je me voyais dans un miroir aussi grand, et je me suis arrêtée pour me regarder vraiment, pas un simple coup d'œil comme quand je me brossais les cheveux ou les dents. Mon corps était développé pour mon âge, je le savais; j'avais déjà les hanches plus larges que la taille. Les traits de mon visage restaient enfantins, sans rien de remarquable à part les taches de rousseur sur mes pommettes. Et il y avait ma bouche. J'avais les lèvres d'Anouk, sensuelles et roses. Quand elle se mettait du rouge, sa bouche devenait une blessure écarlate et luisante, comme si quelqu'un avait tailladé son visage. Sur un visage adulte, c'était frappant. Sur le mien, c'était grotesque. J'imaginais que ma bouche pouvait m'avaler tout entière. Je savais à quel point cette béance charnue et sensuelle au centre de ma petite tête était discordante.

J'ai pris une longue douche. J'ai fait mousser le savon de l'hôtel avant de me frotter les aisselles et l'entrejambe avec une petite serviette.

Le lit était d'une largeur monstrueuse, j'aurais pu m'y coucher en travers. J'ai écarté les couvertures et je me suis faufilée entre les draps. J'ai dormi d'un seul côté, presque au bord du matelas. Jusque-là, j'avais toujours dormi dans un lit simple. Au cours de la nuit, chaque fois qu'un de mes bras ou de mes jambes s'est aventuré vers le milieu, a touché un endroit où les draps étaient froids, je me suis immédiatement recroquevillée. Je ne le faisais pas exprès, j'aurais dû adorer ce lit et profiter de son immensité. Je guettais les bruits des occupants de l'étage au-dessus, de mon père dans la chambre voisine, séparée de la mienne par une épaisse porte de bois, mais tout était silencieux.

J'ai fini par m'endormir d'un sommeil agité, jusqu'à ce que le soleil vienne me réveiller par la fenêtre. J'avais oublié de tirer les rideaux. Depuis mon lit, je voyais au-dehors de vastes champs séparés par des haies d'un vert sombre. J'ai pensé à ce moment où, la veille, mon père m'avait présentée comme sa filleule. J'avais été choquée de l'entendre mentir, pas tant à cause du mensonge lui-même que de la façon dont il l'avait livré, avec une confiance sans faille, comme une vérité. J'avais été incapable de déceler la moindre altération dans sa voix – elle était la même à l'hôtel et avec Pierre. Peut-être imaginait-il que je n'étais pas entièrement sa fille tant que l'acte de naissance n'aurait pas été amendé. Peut-être y avait-il deux aspects dans sa personnalité. J'ai roulé de l'autre côté du lit et j'ai frissonné au contact des draps froids sur ma peau.

Quand nous avons quitté l'hôtel quelques heures plus tard, la réceptionniste a abandonné son bureau pour nous saluer de la main. Il pleuvait et nous nous sommes dépêchés de regagner la voiture sur le parking. Une allée de gravier bordée d'arbres menait à la route principale.

Tu as passé un bon week-end, ma chérie ?

J'ai regardé par la fenêtre et j'ai dit oui.

Nous avons roulé en silence sur l'autoroute pendant une heure. J'étais toujours en train de regarder par la vitre quand j'ai senti la voiture faire un écart et rouler sur la bande rugueuse qui sépare les voies. J'ai tourné la tête vers mon père, qui tenait le volant à deux mains. Il nous restait au moins une heure et demie de trajet, davantage en cas de bouchons porte de Saint-Cloud. Il m'a dit qu'il avait besoin de faire une petite sieste, et il s'est arrêté à l'aire de repos suivante.

Tu n'as pas dormi, cette nuit ?

Il m'a expliqué qu'il avait travaillé très tard, en prévision d'une réunion importante le lendemain.

Il a coupé le moteur et calé son coude contre la portière. J'ai juste besoin d'un quart d'heure. Il a posé la tête dans sa main et fermé les yeux. Quelques minutes plus tard, il ronflait. Je l'ai observé. Ses paupières étaient pâles, presque translucides, et la peau de son front était rouge et irritée. Sa bouche entrouverte semblait grimacer. Endormi, il faisait plus vieux. Je me suis demandé si je devais moi aussi faire une sieste, mais je n'avais pas sommeil et même les yeux fermés je voyais son visage. Alors, j'ai regardé à travers le pare-brise et j'ai attendu.

Il s'est réveillé au bout de quinze minutes, comme s'il avait une horloge dans la tête. Il s'est frotté les yeux avant de mettre le contact. Quelques instants plus tard, nous avons repris l'autoroute.

Quand tu étais petite, a-t-il dit, je venais te border le soir. Je savais que tu allais te coucher vers 20 h 30. Je dînais avec Claire et les garçons, je faisais la vaisselle, puis je leur disais que je devais retourner au bureau. Mais c'était toi que je venais voir. Je m'asseyais à côté de ton lit. Parfois, il te fallait une heure ou deux pour t'endormir. Tu tenais ma main contre ta joue, et quand j'essayais de l'enlever, en me disant que c'était bon, tes yeux se rouvraient d'un coup. Tu me regardais dans le noir comme si tu me mettais au défi de m'en aller.

Mon père a secoué la tête en riant. Une fois, tu m'as demandé si je pouvais me couper la main pour que tu la gardes avec toi. Tu as dit : Ce serait génial si nos mains étaient détachables. Tu partirais, mais tu me la laisserais ici.

Je ne quittais pas la route des yeux. Il a continué.

Je ne pouvais pas bouger ni faire quoi que ce soit. Tu tenais ma main droite et il faisait trop sombre pour lire. Je restais là, à attendre que tu t'endormes. Mais je ne m'ennuyais jamais. Je n'étais pas pressé de partir.

*

C'est après ce week-end que j'ai commencé à me demander ce qui se passerait si mon père décidait d'afficher ses liens avec Anouk et moi. S'il me reconnaissait de manière officielle, d'autres – en particulier sa femme et ses enfants ou ses collègues – ne risquaient-ils pas de découvrir notre existence ? Jusque-là, j'étais restée persuadée que nos vies ne changeraient pas avant très longtemps, mais cela paraissait désormais moins sûr. Puisque le chef du restaurant était au courant, je pouvais supposer que mon père s'était confié à un petit groupe d'amis et de relations. Qui d'autre était dans la confidence ? J'ai commencé à me voir comme le secret de mon père, et non plus comme non-existante.

Chaque année, pour la rentrée, j'inscrivais « comédienne » pour profession de la mère et je laissais vide la ligne profession du père. Je sentais bien que quelque chose n'allait pas, mais j'avais du mal à cerner les raisons de mon malaise. J'avais bel et bien un père, et quand il était là il me comblait de son amour, me faisant même oublier Anouk. J'éprouvais pour lui une affection intense, débordante. Je me souvenais, petite, de l'avoir vu arriver après une longue absence, et c'était comme un tour de magie. Il avait une présence étincelante, bien plus que ma mère envahissante qui m'assommait avec son cinéma perpétuel. Je gardais de lui des souvenirs très précis, des après-midi calmes, des déjeuners dans une brasserie qui donnait sur le Luxembourg, ce week-end en Normandie – autant de scènes gravées dans ma mémoire. Quand il n'était pas là, je me les repassais, pour qu'elles deviennent toute ma vie et pas seulement un jour parmi d'autres.

Je ne l'aurais jamais admis, mais j'étais également convaincue d'avoir un statut intouchable en tant que cadette et seule fille. Peu importe si nous n'étions que sa deuxième famille, Anouk simplement sa maîtresse et moi une enfant non reconnue. J'étais la petite dernière, celle à qui il pensait le plus.

Ce n'était pas l'histoire de François Mitterrand et de sa fille cachée Mazarine. Je n'avais pas la prétention de comparer la grandeur d'un président à ma situation. Lui, il avait toujours partagé ses vacances entre ses deux familles ; ses compagnes et ses enfants avaient assisté ensemble à ses funérailles. Les deux mondes de mon père, au contraire, existaient sur des planètes différentes, jamais amenées à entrer en collision. Je me demandais parfois s'il avait plus à perdre parce qu'il était moins puissant, parce que sa carrière politique était en construction. Mais ce que j'avais en commun avec Mazarine, et peut-être avec d'innombrables autres filles illégitimes, c'était de voir mon père comme un être tout-puissant, un homme qui ne tomberait jamais malade et ne nous abandonnerait pas. Au fond de moi, je savais que c'était un grand homme et un père aimant.

Je me repassais souvent notre conversation sur la plage. Je le revoyais endormi dans sa voiture, épuisé par sa nuit de travail en plein cœur de ce week-end passé avec moi. Je me souvenais des soirées de mon enfance où il me caressait la joue tandis que je luttais pour ne pas m'endormir. Je sentais que son épuisement pesait sur nous, car il portait un double fardeau : celui de me dissimuler, mais aussi celui de me faire plaisir, de me protéger, alors que je n'exigeais rien moins que son monde. Je vivais dans un espace étrange, prise entre la culpabilité de constituer sa faiblesse et le désir d'être tout pour lui.

Et pourtant, désormais, j'avais l'impression de le perdre. L'acte de naissance modifié n'est jamais arrivé au courrier, et je n'ai pas eu le courage d'en parler à Anouk. Sans document officiel, il n'y avait rien de concret entre lui et moi. Il pouvait m'abandonner. Je n'étais pas idiote, quand même, j'avais conscience de la valeur des écrits. S'il devenait un jour aussi important que Mitterrand, que deviendrais-je ? Un secret qu'il fallait continuer à garder coûte que coûte. Et je me suis dit qu'Anouk était tout aussi coupable que lui, que c'était peut-être ce qu'elle voulait, ce qu'elle souhaitait : que personne ne soit au courant.

7

J'AI écrit à David un matin avant d'aller en cours. Mon bureau était contre la fenêtre et, en levant la tête, je voyais les toits des immeubles d'en face. Une lumière pâle filtrait dans le ciel. Je savais qu'il était l'heure de m'habiller quand l'épicerie d'en bas levait son rideau de fer.

J'ai expliqué à David, le plus simplement et le plus clairement possible, que ma mère avait une liaison avec un homme marié, un politicien, et que c'était la raison pour laquelle j'avais répondu de manière évasive à ses questions. Très peu de gens étaient au courant. Puis j'ai refermé mon ordinateur, enfilé mes vêtements, et je suis descendue prendre mon petit-déjeuner.

Toute la journée, j'ai imaginé David lisant mon mail. J'étais restée délibérément vague, et je me demandais s'il savait à qui je faisais allusion. Peut-être que ça ne l'intéressait pas d'apprendre qu'Anouk fréquentait un politicien, marié de surcroît. Une partie de moi avait toujours imaginé que révéler ce secret à quelqu'un serait comme un séisme, une expérience cathartique, un poids ôté de mes épaules. À ma grande surprise, ça ne changeait pas grand-chose. Le ciel ne m'était pas tombé sur la tête, et je ne me sentais ni mieux ni moins bien.

J'ai trouvé une réponse de David en rentrant. Il m'assurait qu'il était ravi de m'avoir rencontrée, il me parlait d'heureuses coïncidences, de sérendipité. Mon mail confirmait les rumeurs qui couraient sur mes parents. Après notre discussion, il avait rouvert ses dossiers de l'époque où il était journaliste politique, entre les années quatre-vingt-dix et les années deux mille, en particulier lors de l'élection présidentielle de 2002, quand le Front national était arrivé au second tour. Il avait retrouvé des spéculations sur mon père, un jeune politicien prometteur qui commençait à faire parler de lui. Il me demandait de but en blanc si je parlais bien de l'actuel ministre de la Culture.

Nous avons commencé à nous écrire une à deux fois par jour. Ça doit être difficile pour vous, disait-il, d'être le secret de vos parents. Nous parlions de nos vies. Il décrivait sa journée au bureau, avec la machine Nespresso que son rédac chef avait apportée lui-même pour avoir toujours du café à disposition ; du type qui jouait de la guitare tous les mardis à sa station de métro ; d'un article qu'il écrivait sur Emmanuelle Devos et sa collaboration avec le réalisateur Arnaud Desplechin. J'attendais ses mails avec impatience, et je soignais mes réponses. Je voulais trouver un style décontracté sans paraître juvénile. J'étais tout à fait consciente de notre écart d'âge, et il me fallait plus de temps que d'habitude pour exprimer mes pensées. Je relisais mes phrases deux fois avant d'appuyer sur le bouton « envoi ».

Et si je n'avais plus envie d'être leur secret ? Si je désirais une autre vie ? J'entremêlais ces questions à la description de ma vie quotidienne. Je parlais des bizarreries d'Anouk, j'exagérais ses côtés excentriques. Je donnais l'impression d'avoir été une enfant de star, à la fois choyée et négligée. J'avais peur que les anecdotes sur ma mère l'ennuient. Je lui ai écrit ça, et souligné aussi que j'étais bien plus jeune que lui. David a répondu :

Tes mails effacent la différence d'âge. On dit que la valeur n'attend pas le nombre des années, et tu as vécu tant de choses.

Un soir, très tard, alors que j'aurais dû être couchée, nous avons échangé une série de mails très brefs. Notre amitié, ou quel que soit le nom qu'on aurait pu donner à cette relation, me rendait plus sûre de moi. Protégée par mon écran, je n'avais plus peur d'être franche. J'ai tapé :

Tu sais qui est mon père. Que vas-tu faire de cette information ?

Tu veux que j'en fasse quelque chose ? Je respecterai ta vie privée, tu as ma parole.

Mais si je veux que tu t'en serves ?

Il lui a fallu vingt minutes pour répondre.

À quoi penses-tu exactement ?

Quelqu'un d'autre peut-il découvrir la vérité ?

C'est possible. C'est un risque, quand on choisit une carrière publique. Il faut en être conscient.

Il te faudrait une preuve, un événement déclencheur, une photo.

Est-ce que tu en as parlé à ta mère ?

Je n'ai pas répondu, agacée qu'il ramène la conversation à Anouk. Je refusais que la décision revienne à ma mère. Je suis allée prendre une douche et j'ai préparé mes affaires pour le lendemain. Il était presque minuit et je me levais à six heures, mais j'ai quand même vérifié mes mails avant d'aller me coucher. Un message plus long m'attendait.

Il m'écrivait :

À ta place, je me poserais les mêmes questions, mais je ne sais pas si j'aurais le courage de raconter mon histoire… Si tu décides de parler de ta famille, je veux dire hors du cadre d'une conversation privée, il faut que tu te prépares à voir ta vie changer radicalement. Tu dois le vouloir vraiment. Dans ce cas, je peux t'aider.

Je l'ai remercié. Je lui ai demandé si ça pouvait nuire à la carrière de mon père.

Ça dépend. Ça aura un impact, bien sûr, mais moindre que sur vos vies de famille.

David m'a proposé d'écrire un article sur nous. Mais dans ce cas, il fallait d'abord qu'il interviewe Anouk, qu'il m'interviewe moi aussi, puis qu'il contacte mon père pour lui demander un commentaire. Or, si je désirais que notre histoire devienne publique, je refusais qu'on me sache à l'origine de la fuite. Je redoutais les interviews, l'attention et, plus que tout, les réactions de ma mère. Bien entendu, je ne lui avais pas parlé de mes échanges avec David. Je savais qu'elle désapprouverait et m'interdirait de me confier à lui, persuadée qu'elle était que mon père ne quitterait jamais sa femme. J'ai décidé qu'ils étaient lâches, tous les deux. Je voulais sortir notre famille de l'obscurité et l'obliger, lui, à affronter les feux de la rampe. Quand j'avais lancé à Anouk que la vie était injuste, elle m'avait répondu que la vie était tout sauf juste. Oui, mais c'est injuste de devoir le partager, injuste d'être seulement sa deuxième famille, injuste de ne pouvoir parler de lui à personne d'autre qu'à Juliette. Bientôt, Margot, ça n'aura plus d'importance. Mais l'année prochaine, je serai majeure, et il ne me verra plus comme sa petite fille. Qu'est-ce qui se passera ? Tu resteras toujours sa fille.

Sauf que ses mots ne me rassuraient pas. Et s'il décidait que je n'avais plus besoin de son affection, de sa présence ? Sans compter qu'avec les élections à venir, il serait encore plus occupé que d'habitude.

J'ai continué à chercher des photos de Madame Lapierre. J'en ai trouvé une où elle était à un gala avec mon père, tous deux sur leur trente-et-un. J'ai fixé son visage jusqu'à ce qu'il devienne trouble, granuleux, jusqu'à ce que ses dents éclatantes semblent se fondre à ses joues. Sa robe plissait au niveau de la taille, ça manquait de distinction, et je triomphais.

David m'a proposé de confier l'histoire à un de ses copains, un reporter indépendant qui travaillait parfois pour la presse people. J'ai accepté de lui envoyer une photo avec mon père. Anouk l'avait prise pour mes quinze ans. Il avait le bras sur mon épaule et j'étais tournée vers lui, avec mes cheveux longs qui cachaient en partie mon visage. Il souriait, riait presque. J'avais l'air plus jeune qu'aujourd'hui, mais nous étions tous les deux reconnaissables. C'était un des rares clichés que mon père gardait chez lui. J'en étais certaine, même si je ne savais pas où. Peut-être l'avait-il perdu. En tout cas, nous lui en avions offert un tirage pour Noël, l'année précédente.

*

Quinze jours après la rentrée, Théo est venu me chercher le dimanche pour m'emmener à la piscine – c'était le dernier jour d'ouverture des bassins extérieurs. Anouk avait des répétitions tout le week-end et Mathilde mettait la dernière main aux costumes d'une pièce de Molière. Nous avons fait quelques longueurs pour nous rafraîchir avant de nous installer sur l'herbe. Nous n'avions pas pris de serviette, mais peu importe : il faisait très chaud et nous avons séché au soleil en quelques minutes.

J'ai observé les gens autour de moi, les corps de fin d'été. La plupart étaient bronzés, certains avaient même des coups de soleil sur les cuisses ou les épaules, d'autres restaient blancs comme des cachets d'aspirine. Mathilde avait la peau claire et craignait le soleil. Je n'avais jamais demandé à Théo l'âge qu'il avait. Cinquante ans, sans doute, mais avec son corps de danseur, il aurait tout aussi bien pu en avoir dix de moins ou de plus. En cela, il ressemblait à Anouk – mais c'est plus facile pour les hommes, prétendait-elle. Seules ses rides et les taches sur ses mains trahissaient son âge. Quant à Mathilde, elle venait d'avoir quarante-neuf ans et n'en faisait pas mystère, au contraire. Elle arborait une teinture rouge flamboyante et bannissait tout maquillage. Elle avait toujours été plus ronde qu'Anouk, avec un visage plein et lisse qui lui donnait l'air plus jeune. Théo et Mathilde n'avaient pas d'enfants. C'était un sujet qu'ils évitaient d'aborder, et le jour où j'avais posé la question à Anouk, elle m'avait rembarrée. Peut-être qu'ils avaient essayé et n'avaient pas réussi ? Je n'avais pas insisté, de crainte d'autres réponses embarrassantes.

Je pianotais nerveusement sur mon genou en pensant à David et à l'article qui allait paraître. Il avait dit lundi. Demain. J'ai pensé qu'il ne se passerait peut-être rien. Que personne ne s'intéresserait à l'information, et que nos vies se poursuivraient tranquillement, dans l'anonymat urbain.

Remarquant mon agitation, Théo m'a demandé si quelque chose n'allait pas.

J'ai déjà des tas de devoirs.

Moi, j'ai détesté le lycée. Je n'étais pas bon élève. J'ai eu l'impression que ma vie commençait quand je suis parti.

J'ai soupiré. Merci, Théo.

Ça va passer très vite, je t'assure.

J'ai hoché la tête sans répondre. J'ai regardé mes jambes. Bientôt, le bronzage aurait disparu.

Il y a des garçons intéressants dans ta classe ?

La question m'a fait sourire. J'y ai réfléchi un instant. La plupart d'entre eux avaient l'air de gamins, et se comportaient comme tels ; la moitié portait des lunettes. Ils étaient soit obsédés par le travail soit débiles. Très vite, je me suis mise à penser à David.

J'ai rencontré quelqu'un. À une soirée après une pièce d'Anouk. Mais ça va mener à rien.

Instantanément, j'ai regretté d'avoir ouvert la bouche. Théo a scruté mon visage.

Pourquoi tu dis ça ? Parce que c'est un acteur ?

Je me suis mise à rire. Un acteur ? Plutôt mourir. Mais il est beaucoup plus vieux que moi.

Vieux comment ?

Deux fois mon âge.

J'ai rougi très fort. Pendant quelques minutes, nous n'avons rien dit. J'arrachais machinalement des brins d'herbe à mes pieds.

Ça te passera, a murmuré Théo en me touchant le bras.

Quoi ?

Ce besoin de t'éloigner de ta mère.

Elle n'attend que ça !

Je sais, c'est l'impression qu'elle donne parfois. Elle a toujours été très indépendante. Mais elle tient énormément à toi.

Cette conversation me mettait mal à l'aise. J'ai décidé de changer de sujet. Je lui ai demandé de me décrire sa rencontre avec Mathilde. Je savais qu'il adorait raconter cette histoire, mais je ne l'avais jamais entendue en entier.

Son visage s'est éclairé. La première fois qu'il l'avait vue, elle était assise derrière la vitre du café juste au coin de chez lui – un endroit miteux, devant lequel il était passé des centaines de fois, mais où il n'avait jamais mis les pieds. Cette fois-là, il avait poussé la porte pour aller s'installer à une table près de la sienne. Le café qu'on lui avait servi était de la lavasse, et les serveurs le fusillaient du regard parce qu'il ne renouvelait pas sa consommation. Il avait attendu presque trois heures avant de lui parler.

Un miracle qu'elle ne soit pas partie avant..., ai-je commenté.

Elle écrivait sur un carnet, et chaque fois qu'elle ouvrait son sac je me disais, ça y est, elle va sortir son portefeuille et payer l'addition.

Peut-être qu'elle t'observait aussi.

Elle était complètement absorbée par ce qu'elle faisait.

Qu'est-ce qu'elle portait ?

Théo a répondu sans hésiter, il avait une mémoire photographique. Une robe longue jaune, avec une ceinture. Quand je me suis levé pour l'aborder, je me suis rendu compte qu'elle n'écrivait pas : elle dessinait. De là où j'étais, on aurait dit une grappe de raisins. C'était une robe brodée de perles. Je lui ai demandé si je pouvais m'asseoir à sa table. Très vite, on a découvert qu'on travaillait tous les deux dans le théâtre. Nous avions même des amis en commun, mais nous ne nous étions jamais croisés.

Vous connaissiez ma mère, à l'époque ?

Mathilde, oui. Elle avait fait les costumes de *Mère.* C'est elle qui me l'a présentée.

Et ensuite ?

J'ai commandé deux verres de vin et une assiette de fromage. Le pain était rassis, on aurait dit une éponge abrasive, et le fromage infect, mais on a tout mangé. On a fait passer le pain avec le vin. Et puis à un moment, j'ai profité d'un creux dans la conversation pour me pencher par-dessus la table et l'embrasser.

Juste comme ça ? Quelle audace !

C'était à cause du vin. Et c'était juste un bisou sur les lèvres. On ne s'est vraiment embrassés qu'une semaine après.

Théo et Mathilde étaient comme mes deuxièmes parents, et c'était à la fois excitant et bizarre d'entendre une anecdote aussi intime. Ils s'étaient occupés de moi quand j'étais petite. C'étaient eux qui me donnaient le bain et me faisaient à manger quand Anouk finissait tard. Depuis mes douze ans, elle avait décidé que j'étais assez grande pour rester toute seule, et je les voyais donc moins souvent, mais ils continuaient à passer certains soirs à la maison pour me tenir compagnie.

Ils faisaient partie des rares personnes à connaître l'identité de mon père et à le fréquenter. N'allait-on pas les accuser, demain, d'être à l'origine des fuites dans la presse ?

Allô Margot, ici la Terre, a plaisanté Théo en agitant la main devant mon visage. On aurait dit que la lumière s'accrochait à ses doigts. Tout ce que j'entendais, c'était les cris des enfants qui se jetaient dans la piscine.

*

À la maison, j'ai trouvé Anouk installée sur son lit. Elle avait mis les draps moutarde, ses préférés parce qu'ils lui flattaient le teint. Penchée sur ses orteils, elle tenait une pierre ponce noire. Des minces particules de poussière flottaient au-dessus de la descente de lit.

Sans lever la tête, elle a lancé : C'était comment, la piscine ?

Rafraîchissant, mais on avait oublié nos serviettes.

Je parie que c'était bondé. Je déteste être entourée de gens en maillot de bain.

Théo m'a raconté comment il a rencontré Mathilde.

Anouk s'est arrêtée un instant, la pierre ponce au-dessus de son talon droit. C'est une belle histoire, n'est-ce pas ? Mais souviens-toi, il n'y a pas de couple parfait. Elle s'est redressée pour me regarder des pieds à la tête. Des gouttes de sueur perlaient au-dessus de mes lèvres, et je sentais sur mon crâne le poids de mes cheveux mouillés et emmêlés. Elle a dit : Dieu merci, tu n'es pas laide. Ça t'aidera pour trouver du travail, un jour.

Tu trouves que je te ressemble ? lui ai-je demandé en repensant à ce qu'avait dit mon père.

Tout est une question de point de vue, non ?

Oui mais, concrètement, si tu prends mon visage, mon buste, mon ventre, je te ressemble ?

Avec une grimace, elle s'est remise à frotter les peaux mortes de ses talons. Est-ce qu'on a les mêmes traits ? Sans doute. Mais est-ce suffisant ? Comment je saurais si tu es *comme moi* ? Tu sais, la ressemblance va bien au-delà des apparences. Tiens, par exemple, je repense à cette grosse femme qui était assise à côté de moi hier dans le métro. Elle était si énorme qu'elle débordait de son siège, je devais me serrer pour lui laisser de la place. Je n'avais qu'une envie, c'est qu'elle se lève. Et quand elle l'a fait, je me suis rendu compte qu'elle avait une grâce incroyable. Debout, on aurait dit qu'elle flottait comme une plume. Elle bougeait sans bruit, sans le moindre effort. C'était magnifique, elle ressemblait à une danseuse.

Anouk s'est redressée et a levé les bras en couronne pour illustrer son propos, mais ses mouvements étaient artificiels, une parodie de danseuse du Bolchoï.

Au premier regard, Margot, nous étions différentes. Et pourtant, je me suis sentie très proche d'elle.

Voilà vraiment des idées de personne mince et belle. Je lui ai tourné le dos et je suis partie dans le couloir.

En passant devant ma chambre, j'ai jeté un coup d'œil à mon ordinateur. L'écran noir me faisait signe, mais j'ai fait de mon mieux pour l'ignorer.

*

Pour dîner, Mathilde nous a préparé une tarte à la tomate et une salade de fenouils. Quand elle les a tranchées, les tomates du marché ont répandu leur jus sur la planche à découper. Elle faisait toujours sa pâte elle-même et la fonçait dans le moule comme une professionnelle. Elle a déposé les rondelles de tomate sur une fine couche de pesto et de fromage râpé. Je l'ai aidée à ciseler les plumets des fenouils pour la salade.

Théo écoutait les infos au salon tandis qu'Anouk prenait sa douche à l'étage. Je me suis installée sur le balcon avec mon livre de maths. J'avais du mal à me concentrer. On était encore loin du crépuscule, mais la lune était déjà levée, à moitié pleine. L'été, quand il faisait trop chaud, nous dormions parfois ici, sur le balcon. C'était le bruit des voitures et le soleil qui nous réveillaient le matin. Parfois, il cognait si fort que j'en avais mal à la tête, comme si j'avais bu toute une bouteille de vin la veille.

Je suis retournée à l'intérieur. Théo avait changé de station, et la voix de la chanteuse américaine qui venait de mourir a empli l'appartement – une voix profonde, râpeuse comme du papier de verre, qui me donnait envie de plonger dans sa gorge pour ne jamais en ressortir. Je me souvenais de sa silhouette fragile. Elle portait toujours des chaussures compensées qui lui donnaient une allure d'échassier.

Anouk a descendu l'escalier, ses cheveux mouillés flottant sur ses épaules. Elle ne les séchait jamais car, prétendait-elle, cela traumatisait ses boucles. Elle s'est installée sur le canapé en tailleur – quand elle était assise comme ça, ses jambes évoquaient deux serpents entrelacés.

Nous avons dîné tard, au soleil couchant. Chacun a mangé deux parts de tarte à la tomate, avec les doigts. Mathilde avait ajouté au fenouil finement émincé des amandes et de la feta laissant le tout mariner dans une vinaigrette au citron. C'était un cordon bleu. Quand elle préparait les repas chez nous, les voisins étaient jaloux des effluves qui s'échappaient de notre appartement. Mon père se régalait des restes. Même Anouk a adoré son repas, elle a soigneusement saucé son assiette.

Demain, nos vies allaient changer. L'article paraîtrait le matin dans le journal et sur Internet. J'avais lancé une bombe à retardement et elle était là, prête à exploser, à l'insu de tous ceux qui étaient attablés avec moi. J'ai pourtant réussi à manger, une bouchée après l'autre, et au bout d'un moment j'ai senti comme une vague de chaleur, de plaisir, se répandre dans mon ventre. J'étais tellement anxieuse que ça ressemblait à de l'excitation. J'ai bu beaucoup d'eau pour dissiper la sensation dans ma nuque.

La radio jouait toujours en fond sonore. Théo dodelinait de la tête en écoutant la chanteuse. C'était une chanson d'une tristesse infinie. Une voix d'une maturité étonnante, a commenté le présentateur à la fin du morceau.

Je me suis passé le visage sous l'eau, mais je suis allée me coucher sans me doucher. Mes aisselles sentaient la transpiration et mes cheveux, le chlore. Je me suis tournée et retournée dans mon lit. J'avais hâte d'être au lendemain, de voir nos vies nettement découpées en deux actes, avant et après. J'étais certaine d'avoir bien fait. Mon entreprise était justifiée. Par les rideaux ouverts, j'ai vu le ciel virer d'un gris sombre au rose doré. La nuit était presque finie. J'ai refermé les yeux et j'ai imaginé ce que j'expliquerai un jour à mon père. Je lui dirai : J'attendais que tu me choisisses.

8

J'ai ouvert les yeux le lundi matin avec une migraine sourde. Je n'avais pas dormi plus de deux ou trois heures. Les bruits de la rue flottaient jusqu'à ma chambre. Il était déjà tard, il fallait que je me lève pour aller à l'école. L'espace d'un instant, j'avais oublié ce qui avait changé dans la nuit, mais mon cerveau s'est réveillé d'un coup et des millions de pensées m'ont envahie.

L'appartement était silencieux. J'ai pris une douche, démêlé mes cheveux. Mes vêtements étaient sur la chaise où je les avais rangés la veille. Je les ai enfilés distraitement. En bas, j'ai entendu une chaise grincer sur le carrelage de la cuisine.

Anouk était déjà attablée avec un café et les journaux du jour devant elle. Elle préférait lire sur papier et était abonnée à deux magazines et trois quotidiens, qu'on lui livrait chaque matin. Je soupçonnais que c'était en partie pour suivre l'actualité de mon père. Mais c'était rare de la voir debout aussi tôt – en semaine, nous ne prenions quasiment jamais notre petit-déjeuner ensemble. La plupart du temps, je lui lançais un Bonne journée sur le pas de la porte, au moment de partir, sans l'avoir vue émerger de sa chambre. Elle a levé la tête quand je suis entrée dans la cuisine et m'a fixée. Ses pupilles étaient dilatées et ses cils déjà couverts de mascara. Elle portait une chemise en lin rentrée dans un jean et des chaussettes, comme si elle allait sortir.

Tu t'es levée tôt, ai-je constaté. Je me suis servi un bol de café et je me suis assise à côté d'elle. Sans un mot, elle m'a tendu le journal dont la une était barrée du titre suivant :

Le ministre de la Culture entretient une liaison avec l'actrice Anouk Louve ! L'homme politique, marié à Claire Lapierre, mène une double vie.

Je m'étais préparée à voir nos noms dans la presse, mais ça m'a quand même fait bizarre. Une vague de panique s'est emparée de moi, et je n'ai pas eu un gros effort à faire pour paraître surprise. J'ai effleuré l'article du bout des doigts.

Ils savent qui on est, a dit Anouk d'une voix plate.

Je m'étais attendue à un éclat de sa part, et son calme m'a surprise. Qu'est-ce que tu veux dire ?

La presse. Ils sont au courant pour ton père.

Elle évitait mon regard.

Je sais, ça devait finir par arriver, mais quand même – j'ai l'impression de lire mon éloge funèbre. Elle s'est tue un instant, a enfin relevé les yeux sur moi. D'un geste machinal, elle a rassemblé ses cheveux en un chignon strict. Elle a posé l'index sur la photo, un portrait d'elle que j'avais choisi parce que c'était son préféré. L'arrière-plan sombre et sa coiffure savamment arrangée mettaient en valeur son long cou à la Modigliani. Sur le cliché en noir et blanc, ses lèvres semblaient moins pulpeuses, son visage plus anguleux et fier – sans âge, surtout.

Qui a pu nous faire ça ?

Je suis restée muette.

Elle a secoué la tête. Tu ne trouves pas ça étrange ? Cet été, on voit sa femme dans notre quartier, et maintenant tout le monde est au courant ? En fait, c'est un petit miracle que nous ne l'ayons jamais croisée avant, vu qu'on vit dans la même ville depuis toujours. Je me demande si ça veut dire quelque chose.

Anouk s'était mise à faire les cent pas dans la cuisine, de plus en plus agitée, les traits déformés par la colère. J'avais l'impression que sa bouche occupait tout le bas de son visage et que ses sourcils dessinés remontaient vers son front. Elle avait sa tasse à la main et le café tournoyait à l'intérieur de façon menaçante. Quand elle l'a reposé sur le plan de travail, elle en a renversé une bonne partie.

Elle a continué ses spéculations. La presse est sans doute au courant depuis un certain temps, pourquoi sortir ça maintenant ? Ils doivent avoir une raison. À moins que ton père ait quelque chose à voir là-dedans. Elle a secoué la tête. Non, impossible, il déteste attirer l'attention sur sa vie privée. Le pauvre, il doit être au trente-sixième dessous. Enfin, elle s'est rassise et m'a regardée comme si j'avais la réponse à toutes ses questions.

Je me suis lancée. Il y a d'autres gens au courant, dans son entourage. J'aurais voulu paraître confiante, mais ma voix n'était qu'un murmure.

Pas autant que tu le crois.

J'ai porté mon bol à mes lèvres d'une main tremblante. Le café était brûlant et amer. Anouk m'a saisi le poignet. Pour une fois, ses doigts étaient chauds, mais ce soudain contact physique m'a fait peur.

Tu devrais rester à la maison aujourd'hui.

Nous nous sommes installées devant la télé. Anouk se tenait droite dans son fauteuil, le corps rigide. Nous avons regardé les nouvelles, une émission de voyage, un reportage sur les marchés en Espagne. J'attendais qu'elle desserre les lèvres, mais elle gardait les yeux rivés sur l'écran. J'ai commencé à me demander comment David avait fait pour passer mon histoire à un autre journaliste. Celui-ci lui avait-il demandé sa source ?

J'avais imaginé qu'il lui aurait parlé de manière confidentielle en lui donnant les photos et que ça suffirait. L'article ne précisait pas qui avait divulgué l'affaire, mais je m'inquiétais de plus en plus. Je m'en voulais de ne pas avoir été plus prudente. David avait-il révélé mon rôle, parlé de nos mails ? Et s'il les avait fait lire à quelqu'un ?

Mathilde est arrivée au bout d'une heure. Sans un mot, elle a pris Anouk dans ses bras. Elles sont restées longtemps comme ça. Je n'avais pas souvenir de les avoir vues s'embrasser avant. Puis Mathilde s'est assise près de moi et m'a massé les épaules.

Qu'est-ce que vous allez faire, maintenant ?

Anouk a grimacé. Rien. Il doit être fou de rage, j'en suis sûre. Il ne voulait pas ça.

Je l'ai interrompue. En colère, tu crois ? Pourquoi ?

Tu connais ton père.

Ce ne sera peut-être pas si grave que ça, a dit Mathilde.

Bien sûr que si. Il va être dans le déni, je le sais.

Je suis intervenue. Mais enfin, vous avez déjà dû penser que ça arriverait, non ? Vous n'avez jamais imaginé ce que vous feriez ? Vous n'aviez pas un plan ?

Le plan, c'était de continuer comme toujours. Deux vies séparées pour ton père.

J'ai gardé mon téléphone à portée de main, comme le jour de mon anniversaire, en espérant qu'il allait appeler. Dans la journée, l'info a été reprise par d'autres médias. J'ai reçu des textos de filles de l'école, qui d'habitude m'ignoraient et qui exprimaient leur étonnement.

Tu es dans les journaux ! Tu te sens comment ? Je ne savais pas que ton père était célèbre.

Des messages de celles qui se rassemblaient dans la cour réservée aux fumeurs, Diane, Camille, Laura. Je n'étais pas assez populaire pour les côtoyer. De toute façon, Juliette et moi les trouvions superficielles.

Je suis allée dans ma chambre pour envoyer un texto à Juliette. Elle ne lisait pas les journaux et je préférais qu'elle n'apprenne pas la nouvelle par la bande. Je lui ai expliqué pourquoi je n'étais pas en cours. Mon cœur cognait dans ma poitrine quand j'ai tapé ces mots :

Les médias sont au courant pour mon père.

Elle m'a répondu une demi-heure plus tard, entre le cours de maths et celui de SVT.

Je suis tellement désolée pour toi. Tu me rejoins chez moi ce soir ? J'y serai vers 18 h 30.

Puis je suis retournée au salon et nous avons continué à regarder la télé. À midi, Mathilde a préparé une salade avec des radis et du fromage. Elle est descendue acheter une baguette et a rangé la cuisine. Elle a lancé le lave-vaisselle et nettoyé la cuisinière. Anouk s'était retranchée sur le canapé, genoux contre la poitrine, pianotant furieusement sur son téléphone.

À qui tu écris ?

Ça ne te regarde pas.

J'ai tenté de faire taire le vacarme de plus en plus présent dans ma tête. Je ne tenais pas en place. Nous n'avions aucune nouvelle de mon père. Mon portable restait muet. Où était-il ? J'ai pensé un instant à Madame Lapierre, imaginé une dispute entre eux. Il lui dirait qu'il n'avait pas honte de nous. Je tâchais d'oublier les mots d'Anouk. Furieux, mon père ? Je n'avais pas pensé que ça puisse être le cas. Mais s'il l'était vraiment, comment parlerait-il de nous ? Est-ce qu'il dirait du mal, prétendrait que nous n'étions rien, juste une erreur ? Il ne s'était jamais mis en colère contre moi. Depuis le balcon, je regardais la rue, et je me demandais si les gens devant notre immeuble guettaient notre présence dans l'espoir d'une interview.

Il faisait déjà sombre quand je me suis décidée à aller chez Juliette.

J'ai prévenu Anouk. Je dors là-bas.

Fais attention à ce que tu lui dis.

Juliette se moque de ce que les gens pensent, ai-je répondu sur la défensive. Elle ne lit même pas les journaux.

Et ses parents, tu les connais ?

Ils n'habitent pas Paris. Qu'est-ce que ça pourrait leur faire ?

Ça ne fait pas très longtemps que tu la fréquentes.

Il y avait une note de suspicion dans sa voix, comme si elle suggérait qu'on ne pouvait pas faire confiance à Juliette. Je lui en ai voulu pour ça. J'ai mis mes chaussures, salué Mathilde d'un geste, et je suis partie.

Juliette m'attendait dans l'entrée de son immeuble, retenant la porte du pied. Son studio était au septième étage, et toutes ces marches lui faisaient des cuisses en béton. Quand nous montions ensemble, elle s'amusait à me tirer par la main comme si j'étais une valise à roulettes. En arrivant à son appartement, j'étais toujours hors d'haleine. Je lui suis tombée dans les bras et j'ai dit : Il ne nous a pas appelées.

Je te jure que ce n'est pas moi. Je n'en ai parlé à personne, même pas à ma mère.

Nous nous sommes assises en tailleur sur son lit, face à face.

Je sais bien que ce n'est pas toi.

Elle m'a dévisagée. Qui, alors ?

J'ai haussé les épaules. Tu sais, pas mal de gens étaient au courant, à force.

Tu es soulagée que ça soit enfin sorti ?

Je me sens plus légère, c'est vrai. Mais ça m'inquiète, parce que d'après Anouk, il va nier.

Pardon ?

Il va dire qu'ils n'ont pas de liaison, que je ne suis pas sa fille.

Il ne ferait jamais ça.

Mais elle se trompait, je le savais. Comment Juliette aurait-elle pu prévoir ses réactions ? Elle ne l'avait jamais rencontré. Elle a répété sa phrase avec davantage de conviction, peut-être parce qu'elle lisait le malaise sur mon visage, puis elle a changé de sujet pour me parler des cours que j'avais ratés.

Nous avons fait nos devoirs ensemble, mais au bout de quelques minutes, je me suis remise à penser à mon père. Je me suis laissée tomber sur les coussins, avec l'impression d'avoir pris de la drogue. Juliette a compris que ce n'était pas la peine de me poser des questions. Je l'ai regardée continuer le problème de maths. Nous nous sommes endormies tôt, une heure après avoir dîné. Au milieu de la nuit, Juliette m'a réveillée en allant à la salle de bains. Elle a fermé les rideaux avec un trombone avant de revenir se coucher.

Je suis restée là pendant une éternité, les yeux fermés, à attendre que le réveil sonne. Enfin, à six heures du matin, nous nous sommes levées et avons pris notre douche chacune à notre tour. Nous avons mangé des céréales, avec du chocolat en poudre pour sucrer le lait. Juliette m'a montré son placard.

Prends ce que tu veux.

J'ai choisi un de ses jeans, que j'adorais même s'il était un peu trop étroit pour moi. Nous avons laissé nos bols dans l'évier et nous sommes parties pour le lycée.

*

La semaine s'est écoulée sur un rythme étrange, avec des journées interminables, comme si le temps n'était plus marqué que par le lever et le coucher du soleil. Au lycée, j'ai eu droit à quelques regards et murmures, mais la plupart de mes camarades avaient l'air de ne pas être au courant ou de s'en ficher. Quant aux profs, ils ne daignaient pas s'intéresser à nos petites histoires, en tout cas pas en public. Nous avons donc continué à jouer les élèves modèles, Juliette et moi, et à faire comme si de rien n'était. Assises côte à côte, nous écoutions les cours, nous prenions des notes, comme chaque jour depuis des années. Nous étions dressées pour ça.

Les jours suivants, d'autres articles ont paru. On y reparlait de la carrière d'actrice d'Anouk, on y disséquait et discutait sa composition inoubliable dans *Mère,* on se demandait si ses seule-en-scène contenaient des allusions cachées. Finalement, les critiques ne voyaient aucun lien entre son travail et sa liaison avec Lapierre.

Comme elle l'avait prédit, mon père a commencé par démentir toute relation, déclarant qu'il n'avait aucun rapport avec nous. Il lui a fallu une semaine pour avouer la vérité, dans un communiqué officiel. Ça m'a dévastée. Je voulais qu'il reconnaisse mon existence, et après la révélation, voilà qu'il affirmait que je n'étais pas sa fille et qu'il ne couchait pas avec Anouk Louve. On a vu paraître de nouvelles photos avec Madame Lapierre. Elle arborait une veste stricte dont le tissu raide plissait aux coudes, qui lui donnait l'air d'une statue de marbre. En temps de guerre, cette femme n'aurait sans doute acheté que la nourriture rationnée. Je concentrais tous mes reproches sur elle, comme si les dénégations de mon père émanaient d'elle. Les articles ont fleuri pendant quelques jours, puis se sont espacés. En deux semaines, le public a cessé de s'y intéresser. D'autres nouvelles ont fait les gros titres, et le vent a changé avec une rapidité remarquable.

J'attendais un mail de David. Nous ne nous étions pas parlé depuis que l'affaire avait éclaté. Il m'a écrit la semaine suivante pour me demander comment j'allais et s'il pouvait m'aider en quoi que ce soit. La réaction de mon père, avouait-il, n'était pas celle qu'il attendait.

Mon premier réflexe a été de lui en vouloir. Je savais qu'il n'était pas responsable des mensonges de mon père, mais son mail était bref et guindé, sans la chaleur des précédents, comme s'il cherchait à prendre ses distances après les fuites dans la presse. S'il pouvait m'aider ? J'ai répondu en deux lignes. Nous allons bien. Ça ferait très plaisir à ma mère que tu l'interviewes un de ces jours, elle a beaucoup aimé ton article sur Emmanuelle Devos.

Je n'avais pas prévu de lui demander ça. L'idée m'est venue en écrivant. Plus tard, elle m'a paru idiote. Si David et Anouk se rencontraient, il risquait de faire allusion à moi, et elle se douterait immédiatement de quelque chose, parce que je n'avais jamais mentionné notre rencontre. Elle était douée pour sentir les liens entre les gens, surtout quand elle avait des soupçons. Toutefois, ça faisait bien un an qu'elle n'avait eu aucun papier dans un magazine. Je savais qu'elle serait flattée et qu'elle sauterait sur l'occasion. Ce serait aussi un moyen de rappeler à mon père son talent de comédienne, une autre façon de lui dire : Nous sommes là.

Elle disait, l'air abattu, Il est temps d'assumer qui nous sommes. Je ne crois pas que sa femme soit derrière tout ça. Nier, c'est typique de ton père. De toute façon, ça n'intéresse plus les journaux, parce qu'il va rester avec elle. Un dénouement banal.

J'avais l'impression d'avoir joué ma seule carte, celle qui aurait dû changer notre vie en mieux, effacer ces années de secret pour rétablir notre existence légitime. À la place, ça avait juste exposé notre intimité à tous les vents et bouleversé nos deux vies.

Peut-être qu'il la quittera quand même, ai-je murmuré.

Il n'en aura pas le courage.

Tu es sûre ?

La tension et la fatigue brillaient dans les yeux d'Anouk.

Oh, il n'en a jamais été question de toute façon. Je te l'avais dit, non ?

On le verra quand ?

Je ne sais pas.

Elle s'est recoiffée pour me montrer les cheveux blancs qui soi-disant lui étaient venus d'un seul coup. Mais non, tu les as depuis longtemps. Quoi qu'il en soit, elle a insisté pour que je les lui arrache à la pince à épiler. Pas la peine de discuter. Je me suis installée à côté d'elle et je me suis exécutée, déposant sur la table un cheveu incriminé après l'autre, pour qu'elle les voie. Elle a regardé le petit tas de fils. Je suis comme Marie-Antoinette. Tu savais qu'après son arrestation, tous ses cheveux sont devenus blancs d'un seul coup ? En tout cas, ma mère n'avait pas perdu son sens du mélodrame. Ce moment aurait dû nous rapprocher, mais je ne m'étais jamais sentie aussi seule. Quelque chose me démangeait, une agitation nouvelle, et je l'ai laissée là.

Elle l'aimait. Je le savais, bien sûr, mais je m'en suis rendu compte avec plus d'intensité dans les derniers jours de septembre, en la regardant laver et repasser les mouchoirs de mon père. Il tenait à ce que son linge soit impeccable, et elle le faisait pour lui. Ça faisait longtemps que je n'avais pas vu mes parents sous cet angle. S'ils étaient restés ensemble tout ce temps, c'était peut-être par amour, pas à cause de moi. Au fond, si je n'étais pas née, mon père n'aurait-il pas quitté sa femme pour Anouk ?

J'étais bouleversée. J'observais les plis qui se creusaient autour de sa bouche, les cernes violets sous ses yeux. En posant le doigt dessus, j'aurais pu sentir son pouls. À part Mathilde et Théo, ses amis lui en voulaient de leur avoir caché la vérité pendant des années. Elle leur avait raconté que mon père était un acteur qui l'avait quittée avant ma naissance. Ils ont cessé de venir nous voir, et pour une fois notre appartement est devenu très calme. Anouk était une femme de principes – elle aurait emporté un secret dans sa tombe, et par conséquent ses amis se confiaient à elle sans retenue. C'était peut-être aussi pour ça que mon père l'avait choisie. Mais contrairement à elle, certaines de ses fréquentations étaient de vraies commères, prêtes à tout pour avoir l'attention de la presse. Mon père ne soupçonnait certainement pas Anouk de l'avoir trahi. En revanche, il la blâmait peut-être pour les indiscrétions de son groupe d'amis.

J'ai fini par demander : Pourquoi il n'appelle pas ?

Elle m'a regardée comme si je ne comprenais rien.

Parce qu'il a trop peur. Il veut toujours plaire à tout le monde, et il a échoué dans les grandes largeurs.

*

Un soir, je suis rentrée et l'appartement était vide. Anouk n'était pas sortie depuis deux semaines, et je m'attendais à la trouver là. J'ai inspecté les pièces une après l'autre. Il n'y avait que peu de traces de mon père, à part quelques vieux vêtements, ses mouchoirs, et un morceau de comté dans le frigo.

Plantée au milieu du salon, je me suis mise à regarder nos meubles avec des yeux neufs. Le canapé élimé, la table basse achetée aux Puces, la bibliothèque en contreplaqué. Mon père ne nous avait jamais offert de beaux objets, et je lui en voulais de nous avoir donné si peu. Anouk tenait à son indépendance, je le savais, mais en observant notre maison, j'avais honte à présent.

Il rangeait son violoncelle dans un placard, derrière nos manteaux d'hiver. C'était un instrument volumineux avec des courbes sensuelles, le seul bien de valeur que lui aient offert ses parents. Il l'adorait. J'ai observé un instant le lourd objet au vernis sombre, posé sur sa pique. Dehors, des gouttes de pluie s'écrasaient sur le balcon. J'ai pensé à mon père, chez lui avec Madame Lapierre, installé sur un canapé en cuir, en train de lui masser les pieds. Ils écoutaient eux aussi le flic floc de l'averse, comme une musique douce.

J'ai soulevé le violoncelle par le manche et je l'ai laissé retomber lourdement. La pique a défoncé la caisse de l'instrument. Une vague de plaisir a déferlé dans ma poitrine. Bien fait ! J'allais l'appeler, ou lui écrire, lui raconter ce que nous ressentions, avec les mots les plus durs. Il croyait donc pouvoir faire comme si nous n'existions pas ?

Mais très vite, je me suis sentie honteuse. J'ai tenté de ramasser les éclats de bois, tout en sachant que je ne pourrais jamais cacher à Anouk ce que je venais de faire.

Je suis allée dans ma chambre et je me suis allongée sur le lit, dans un état second. J'ai pleuré longtemps, recroquevillé en position fœtale, mordant le tissu de mon jean. Les yeux fermés, je rêvais de disparaître, même juste une seconde. Aussi violente qu'elle soit, c'était une pensée qui m'apaisait toujours. Je suis restée ainsi jusqu'à ce que la pluie s'arrête. Un vent froid entrait dans ma chambre par la fenêtre ouverte.

Dehors, j'ai entendu un couple se disputer dans la rue. Les talons de la femme martelaient le trottoir, elle devait marcher de long en large. J'ai capté quelques mots, assez pour entrer quelques instants dans leur monde : Tu as oublié le lait. Tu es toujours en retard. Bien sûr que je t'aime.

Bien sûr que tu étais désirée. Voilà ce qu'il m'avait dit dans la voiture, au retour de notre week-end en Normandie, quand je m'étais mise à pleurer parce que je ne voulais pas qu'il me laisse avec Anouk et s'en aille. Il ne voulait pas de fille, en fait, il ne m'avait pas reconnue à la naissance. Voilà ce que je lui avais reproché. Il a répété, Tu étais désirée, ma chérie.

En écoutant le couple, j'ai éprouvé soudain une bouffée d'espoir, un soulagement aussi intense que de l'alcool dans mes veines. Ça va passer.

9

Les semaines se sont enchaînées à toute vitesse. Septembre a laissé place à octobre, les feuilles ont viré du vert au jaune puis à l'ocre, jonchant le quartier. Du brouillard chaque matin. Nos vies continuaient tant bien que mal, avec les mêmes incertitudes et les mêmes espoirs. Nous avions des devoirs surveillés presque chaque semaine, des dissertations de philo, des problèmes de maths sur lesquels nous passions des heures, Juliette et moi. Nous nous appelions pour comparer nos résultats, parfois jusqu'à minuit, avant d'aller nous coucher pour nous lever à six heures du matin, et recommencer.

Contrairement à beaucoup d'autres mères, Anouk ne me harcelait pas au sujet de mes notes ou de mes devoirs. Elle trouvait que le système éducatif était barbare et étouffait la créativité. Tu es trop sérieuse, me disait-elle souvent. Elle avait peut-être raison, mais c'était ma façon de faire, et j'y tenais. De toute façon, je quêtais toujours l'approbation de mon père, et il avait sans doute à cœur que j'obtienne mon bac avec mention.

Un matin, Anouk m'a annoncé qu'elle avait été contactée par un journaliste, David Perrin. Celui qui avait écrit un article sur Fabrice Luchini.

J'ai répondu d'un ton neutre : Il doit être connu, alors.

Il veut m'interviewer, tu imagines ? C'est sans doute lié à l'histoire avec ton père.

J'ai senti son conflit intérieur. Depuis la révélation, elle avait refusé plusieurs interviews, car elle préférait ne pas s'exprimer sur sa vie privée. En fait, nous nous étions toutes les deux abstenues de parler, y compris aux amis qui voulaient en savoir trop. Allait-il lui poser des questions sur sa liaison avec mon père ? Elle n'allait pas le trahir après deux décennies de silence. Mais, professionnellement, elle ne pouvait pas refuser l'opportunité d'un entretien avec David Perrin. Avant même qu'elle ne le formule à voix haute, j'ai compris qu'elle allait accepter.

J'avais prévu, ce soir-là, de dormir chez Juliette. Je craignais de me retrouver dans la même pièce que David et Anouk, car elle était capable de sentir que nous n'étions pas des inconnus. Mais le matin, au moment où je partais au lycée, elle a insisté pour que je rentre juste après les cours. Elle voulait que je sois avec elle.

Je te rappelle que je déteste les interviews.

On doit montrer qu'on est proches. La complicité mère-fille.

J'ai une montagne de devoirs et Juliette m'attend.

Tu te comportes vraiment comme une enfant gâtée. Je te demande juste un service, pour une fois.

Elle m'a tourné le dos. J'ai senti qu'elle était nerveuse à l'idée de se retrouver en tête-à-tête avec un journaliste qu'elle admirait. Ça ne lui ressemblait pas de quémander mon aide, mais après deux semaines sous les feux de l'actualité, je comprenais que ce n'était pas facile pour elle.

Elle a continué à parler de David, de l'impact de ses articles, de son talent pour raconter les trajectoires intimes et dresser des portraits nuancés, en rejetant tout sensationnalisme. Il avait de l'intégrité. Il avait commencé sa carrière à Radio France, tout en bas de l'échelle ; Anouk avait un faible pour ceux qui réussissaient seuls.

Elle s'est mise à ranger le salon à la va-vite, avec des gestes qui montraient qu'elle n'avait pas l'habitude de faire le ménage. Elle a pris une pile de vêtements sur le canapé pour les emporter dans sa chambre, puis a mis les verres et les tasses à tremper dans l'évier, avant de passer une éponge sur la table basse. Tu seras là pour l'interview, a-t-elle conclu d'un ton sans réplique.

En cours ce jour-là, d'heure en heure, j'ai passé ma journée à redouter de revoir David et d'entendre les questions qu'il allait nous poser. Je n'avais pas le talent de comédienne de ma mère, et je ne savais pas maîtriser mes émotions quand les projecteurs se braquaient sur moi. Moi, j'étais plutôt dans l'omission.

J'ai fait la queue à la cantine avec Juliette pendant une demi-heure – à peu près le temps dont nous disposions entre deux cours. Pour une fois, je n'étais pas morte de faim. Au menu, c'était spaghetti bolognaise, et tout le monde se ruait sur les pâtes. Toujours trop cuites, elles étaient molles, mais les portions étaient généreuses – notre plat préféré avec le cordon bleu-frites. Je me suis installée en face de mon amie et je me suis mise à manger la sauce, en écartant les spaghettis tièdes. Le fromage ne fondait pas, mais nous en mettions quand même des tonnes, vu qu'il y en avait à volonté.

J'ai parlé à Juliette du journaliste qui voulait nous interviewer.

Qu'est-ce que tu vas lui dire ?

Je ne sais pas. C'est Anouk qui va parler, surtout.

Tu as eu ton père au téléphone ?

J'ai secoué la tête. Ça fait un mois qu'on est sans nouvelles. Et j'attends qu'il m'appelle, ce n'est pas à moi de le faire. Tu ne crois pas qu'il doit s'excuser ? Prétendre qu'il ne nous connaissait pas… Il lui a fallu une semaine pour avouer la vérité aux journaux.

Elle a dit : Il se comporte comme un gosse. On dirait mon père à moi. C'est toujours à moi de rompre le silence la première. Parfois, j'arrive à tenir plusieurs jours, je me dis que je vais avoir le courage de ne pas l'appeler. Et puis je craque, je lui téléphone. Je ne suis pas prête à couper les ponts.

Parce que tu te dis qu'il finira par changer.

Juliette a hoché la tête. Sa relation avec son père était compliquée, parce qu'il critiquait ses choix et insistait pour qu'elle adopte une voie professionnelle plus classique. Une fois par mois, il l'appelait pour lui dire que réalisatrice, ce n'était pas un métier, qu'elle finirait pauvre, qu'elle n'avait ni le talent ni la détermination pour y arriver.

Nous nous sommes concentrées sur nos assiettes. J'ai pris un morceau de pain pour saucer la bolognaise. Ces dernières semaines, j'avais perdu l'appétit – en fait, j'avais du mal à manger et les trop grandes quantités de nourriture me mettaient mal à l'aise. J'ai fini par reprendre la conversation.

Je ne comprends pas pourquoi il m'évite. Ses fils sont grands, et il n'aime pas sa femme. Comment ça se fait qu'il n'ait pas appelé ?

Elle a réfléchi un instant avant de répondre. Qui sait ce qu'il vit en ce moment ? Il te donnera sans doute des nouvelles quand les choses se seront calmées. Sinon, toi, tu peux essayer de lui téléphoner.

Pour lui dire quoi ? Je ne saurais même pas par quoi commencer. On ne s'est jamais disputés, lui et moi. Pas comme avec ma mère.

Juliette s'est essuyé la bouche avec une serviette en papier et nous a servi un verre d'eau à chacune. Elle avait des cils courts et clairs, à peine visibles, mais à ce moment-là, la lumière de la cafétéria s'y accrochait.

Tu sais, mon père, il a des côtés extraordinaires. Parfois, quand on discute, je comprends qu'il est fier de moi, qu'il ne veut pas vraiment me critiquer. Simplement, on ne voit pas le monde de la même façon. Peut-être que c'est pareil pour le tien. Tu devrais l'appeler. Ne tarde pas trop.

J'avais toujours pensé que je connaissais bien mon père, du moins en partie. Mais l'idée de lui téléphoner me terrifiait soudain, comme s'il s'agissait d'un parfait inconnu.

Tu as peur de lui montrer tes sentiments, a ajouté Juliette. Je comprends ça.

J'ai posé le menton sur mes mains jointes. J'avais peur, aussi, que mes émotions débordent au seul son de sa voix. Et si, dans ce moment de faiblesse, je lui avouais ce que j'avais fait ? Il me semblait plus sage d'attendre qu'il prenne son téléphone, de me retrouver en position d'écouter sagement.

Juliette a regardé mon assiette. Tu ne manges pas.

Elle avait déjà terminé la sienne, et il ne nous restait que cinq minutes avant le prochain cours.

J'ai enroulé les pâtes froides autour de ma fourchette et j'en ai enfourné une énorme bouchée. J'ai mâché jusqu'à ce qu'elle devienne sans consistance pour déglutir d'un seul coup.

J'ai soupiré. Ah, les papas… Comme si nous les connaissions par cœur. Comme si nous ne les aimions pas de tout notre être.

*

En rentrant, j'ai trouvé Anouk en train d'arpenter le salon. Un trait de khôl soulignait ses grands yeux sombres. Elle avait enfilé un pantalon noir et un chemisier de soie. Elle était pieds nus, avec ses orteils peints en rouge brillant.

Elle a jeté un coup d'œil à l'horloge. David arrive dans cinq minutes.

J'ai failli lui poser la main sur l'épaule pour la calmer. Elle a arrangé ses cheveux, les a secoués pour leur donner du volume. Rien qu'à leur aspect doux et léger, j'ai su qu'elle les avait lavés pour l'occasion.

Je suis sortie sur le balcon, le temps de calmer mon cœur qui battait la chamade. J'avais les mains froides et moites en même temps. J'ai regardé le trottoir en bas, le caniveau. Parfois, j'attendais là, quand j'avais oublié mes clés. De l'autre côté de la rue, le boucher est sorti sur le pas de sa porte, poings sur les hanches, son tablier ivoire comme des os. Il s'est essuyé le front avant de retourner à l'intérieur. Quand nous allions chez lui, il nous accueillait avec notre commande, toujours la même, quatre tranches de jambon et une de pâté de campagne. Une lumière fragile de fin de journée éclairait le quartier.

Je suis rentrée dans le salon, j'ai refermé la fenêtre derrière moi. Anouk était dans sa chambre à l'étage, en train de se remaquiller ou de se changer encore une fois. Je me suis installée sur le canapé et j'ai attendu. Il faisait sombre, j'ai allumé la petite lampe. Quelques instants plus tard, la sonnette a retenti et Anouk a dévalé l'escalier vers l'entrée. Je l'ai entendue parler dans l'interphone et appuyer sur le bouton. Elle s'est tournée vers moi.

Allez, ne reste pas comme ça.

David n'avait pas changé, même s'il avait les cheveux plus courts que lors de notre dernière rencontre. Il portait une tenue décontractée, chemise retroussée aux manches et jean, un blouson de cuir à l'épaule. Il s'est présenté sans donner l'impression que nous nous étions déjà vus. Je lui en ai été reconnaissante, et le tiraillement dans mon ventre s'est un peu apaisé. Au moment où il est entré, je me suis rendu compte qu'il n'était pas seul. Une femme l'accompagnait. Elle a salué Anouk avant de se tourner vers moi.

Tu dois être Margot.

Je n'avais jamais soupçonné que David puisse être marié, et encore moins qu'il emmènerait sa femme. Dans nos échanges, il n'avait rien dit qui puisse le laisser entendre, ni mentionné une compagne – en fait, la vie qu'il me racontait ressemblait à celle d'un célibataire –, et Anouk n'avait pas soufflé mot de sa présence non plus. David a expliqué qu'elle était écrivain et qu'elle l'aidait souvent à préparer ses articles.

Elle avait une peau éclatante, un vrai teint de pêche, et il émanait d'elle une étrange intensité, comme si elle était composée de particules électriques. J'ai cherché en vain des rides ou des imperfections sur son visage. Elle se tenait là avec assurance, tout simplement sublime avec ses chaussures Oxford masculines, son long pardessus qui effleurait presque le sol et son chemisier en coton blanc.

Elle s'est penchée et j'ai senti les effluves de son parfum, bois de cèdre et citron. Elle avait les yeux sombres mais tout aussi éclatants que sa peau, comme si une lumière l'éclairait de l'intérieur. Elle s'appelait Brigitte.

Nous nous sommes installés dans le salon avec un magnétophone posé sur la table entre nous.

David a commencé par dire qu'il admirait le travail d'Anouk depuis longtemps. À côté de moi, j'ai senti ma mère se détendre, ravie d'être l'objet de l'attention. Elle ne tarderait pas à oublier ma présence. Je me suis pelotonnée dans le canapé tandis qu'elle se rengorgeait. David a parlé d'*Antigone*, un des premiers rôles importants d'Anouk dans les années quatre-vingt. Il avait lu les critiques, qui retenaient en particulier un passage : Antigone, au bord de la scène, se penchait soudain en avant, vers le public, presque jusqu'à tomber sur les premiers rangs, comme suspendue. C'était un prodige d'équilibre, qui exigeait une grande maîtrise et des abdominaux d'acier pour paraître parfaitement naturel. Seule sa formation de danseuse classique avait permis à Anouk de réussir ce tour de force. Un critique parlait d'un pendule à peine contrôlé. Elle portait un parfum de jasmin puissant qui flottait jusqu'aux spectateurs, créant une impression d'intimité, comme si la distance entre eux et elle se fissurait soudain.

Je fixais la table du salon. Anouk hochait la tête, modeste, en écoutant la description de David. J'ai croisé le regard de Brigitte. La conversation semblait l'amuser. Elle s'est penchée soudain, coudes sur les genoux, comme pour intervenir. David s'est tu pour lui laisser poser sa question.

On nous a dit qu'il était là, c'est vrai ?

Les épaules d'Anouk se sont crispées, imperceptiblement.

Qui donc ?

Bertrand Lapierre. À l'époque, il débutait à peine en politique.

Nous nous sommes rencontrés après la pièce. Le soir de la dernière. Il adore le théâtre, vous êtes sans doute au courant. Il m'a impressionnée par sa connaissance d'Anouilh.

Vous pensez qu'il a été séduit par votre jeu ?

Nous n'avons pas beaucoup parlé ce soir-là. C'est bien plus tard que nous sommes devenus proches.

Il était au premier rang ?

Anouk a souri.

C'est à lui qu'il faudrait poser la question.

David a repris le cours de l'interview.

Beaucoup de gens se demandent aujourd'hui quelle influence il a eue sur votre carrière. Il a toujours été très impliqué dans les arts, surtout depuis qu'il est ministre de la Culture.

Il me soutenait et il venait voir mes pièces, mais il ne m'a jamais demandé de changer de vie pour lui. Je n'ai pas ressenti le besoin de mêler notre histoire à mon travail.

Vous êtes tous les deux des personnalités publiques. Comment avez-vous pu mener vos carrières respectives tout en gardant le secret sur votre relation ?

Nous nous sommes donné tout l'espace nécessaire pour réussir indépendamment l'un de l'autre. En fait, je crois que notre arrangement m'a offert un moyen de grandir en tant qu'actrice, en toute liberté. Et surtout, ça m'a permis d'être très proche de Margot.

Anouk s'est tournée vers moi pour poser la main sur mon genou. Son regard était voilé. Elle était en train de jouer la comédie.

Elle et moi avons développé un lien unique. Nous avons toujours été ensemble, rien que nous deux.

Vous n'avez pas eu d'autres compagnons ? a demandé David.

Non.

J'aimerais revenir à votre carrière, si vous permettez, a enchaîné Brigitte. Je me demande si ces révélations vont changer votre jeu, et en quoi. Car vos spectacles actuels sont très personnels. Allez-vous continuer à ne pas parler de votre relation ?

Je dois reformuler ce que je viens de dire, a répondu Anouk. Il fait partie de mon œuvre, depuis toujours. C'est peut-être simplement que les gens sont moins attentifs qu'ils ne l'imaginent.

Elle s'est tue pendant un moment, comme pour réfléchir à ce qu'elle allait dire ensuite.

Mais... votre question implique que nous sommes toujours ensemble.

J'ai senti un picotement dans ma nuque. Pas un seul instant je n'avais imaginé qu'ils puissent avoir rompu. Il nous était souvent arrivé de passer un ou deux mois sans que mon père vienne nous rendre visite, mais il finissait toujours par réapparaître.

Donc, vous confirmez que vous êtes séparés ?

Anouk a soutenu son regard.

Oui.

J'ai bondi du canapé, soudain incapable de respirer. Je vais chercher un verre d'eau, vous en voulez ?

Ma vision était trouble, c'est à peine si je distinguais Brigitte et David. Ils ont décliné, m'ont remerciée d'un hochement de tête. J'ai quitté le salon, consciente de la raideur de ma démarche, de mes épaules et de ma nuque contractées, de la chaleur sur mes joues. J'ai refermé la porte de la cuisine derrière moi, sans allumer, et je me suis appuyée au mur. Je respirais mal. D'un geste brusque, je me suis essuyé les yeux avant de me verser un verre d'eau.

La cuisine était plongée dans la pénombre, à peine éclairée par la lumière des voisins. Je me suis aspergé le visage, que j'ai essuyé avec un torchon qui sentait l'oignon, et je suis ressortie. Dans le couloir, je me suis retrouvée nez à nez avec Brigitte. Elle cherchait les toilettes. C'est par là ? a-t-elle demandé.

Oui, à gauche.

Elle est restée là, comme si elle voulait parler. J'ai attendu. Même dans l'obscurité, elle avait ce teint éclatant. Elle a dit : Je suis désolée si nous avons dépassé les bornes.

J'ai souri gentiment. Ce n'est pas nouveau, pour nous.

Je me souviens de comment j'étais à ton âge. Tu sais, tu as le droit de montrer que tu souffres, de temps en temps.

Sa voix était chaleureuse, mais j'y détectais une pointe d'agressivité, soit parce qu'elle se reconnaissait elle-même dans cette description, soit parce qu'elle me jugeait. Je n'ai rien répondu. Je ne savais pas comment réagir quand les adultes mentionnaient des choses qu'ils faisaient ou non « à mon âge ». C'était ma faute, peut-être ? Je n'avais pas d'autre expérience que la mienne.

Votre article sera bon, je le sais. Pas comme les autres.

Oh, je n'écrirai rien. C'est David qui s'en occupe.

Ça m'a surprise. Comme il l'avait emmenée, j'en avais ccnclu qu'ils seraient coauteurs du portrait. Allait-elle l'aider, tout de même ?

Pour l'interview, oui.

Qu'est-ce que vous faites d'autre ?

Dans la vie ? Elle a haussé les sourcils. Je prépare le café le matin. Je m'occupe du linge. J'écris, parfois.

Je me suis sentie assez détendue en sa présence pour tenter une blague.

Où David vous a-t-il trouvée ? On dirait que vous sortez tout droit des années cinquante.

Elle s'est mise à rire. Je suis si vieille que ça ?

Mes yeux s'étaient habitués à la pénombre du couloir. Je l'ai dévisagée. Une étincelle brillait dans son regard, et je me suis rendu compte qu'elle était plus jeune que je ne l'avais cru.

J'aimerais lire un de vos textes, un jour.

Oh, ça t'ennuierait sûrement.

Je ne crois pas, non.

En prononçant ces mots, je me suis sentie plus forte. Je me suis redressée.

Elle a rajusté le col de son chemisier, et j'ai aperçu un morceau de plastique qui dépassait. Elle avait oublié d'enlever l'étiquette.

Attendez, vous avez quelque chose, là.

J'ai arraché le fil en prenant soin de ne pas toucher sa peau, et je lui ai tendu l'objet du délit. Vous savez, il vaut mieux laver les vêtements neufs avant de les porter. Pour rincer les produits chimiques.

L'étiquette entre les doigts, elle m'a souri. Merci pour tes conseils, Margot. J'y penserai la prochaine fois.

Je l'ai regardée entrer dans la salle de bains et refermer la porte derrière elle. Je suis restée dans le couloir, à écouter les voix étouffées d'Anouk et David. Nous avaient-ils entendues ? Puis j'ai entendu le jet qui coulait, la fermeture éclair d'un jean, la chasse d'eau et le bruit du robinet. Au moment où je tournais les talons, j'ai entendu la porte de l'armoire à pharmacie s'ouvrir. Le bois gondolait à cause de l'humidité et elle faisait beaucoup de bruit, ce qui surprenait toujours nos invités. Je me suis demandé ce que cherchait Brigitte. Je l'ai imaginée en train de parcourir du regard les crèmes, les échantillons de parfum, les serviettes à main pliées, les vieilles boîtes de tampons. Nous gardions nos affaires de toilette dans la salle de bains du haut. Si elle cherchait un médicament, il faudrait qu'elle essaie ailleurs.

10

Un jour, Anouk m'a raconté cette histoire.

Avant ta naissance, ton père était très différent. Il venait me voir à vélo le week-end. Il arrivait tout essoufflé, avec des croissants. Tomber amoureux, pour lui, c'était une révélation. Ses fils étaient petits, il était toujours débordé chez lui. J'étais son jardin secret, son havre de paix. Notre relation était simple, sans souci. Elle comblait une partie de lui-même qu'il refoulait depuis des années. Il est de la génération d'après-guerre, ses parents lui ont toujours seriné qu'ils étaient pauvres et que, vu les circonstances, il devrait gagner sa vie le plus tôt possible. Il n'a pas fait comme tous les autres : au lieu d'opter pour médecine, commerce ou droit, il a choisi la voie littéraire. Mais même comme ça, il a dû se battre pour être toujours le premier de sa classe, devenir boursier, si bien qu'il a acquis son indépendance financière au début de sa vingtaine. Sa femme en revanche n'était pas du tout du même milieu, elle venait d'une famille d'intellectuels aisés. Il m'a toujours dit que c'était elle qui lui avait appris à se tenir à table. Tiens, par exemple, sais-tu qu'on doit toujours laisser la meilleure vue à une femme dans un restaurant ? Mais il faut aussi qu'elle voie la porte, au cas où son amant vienne à entrer.

Il avait cinq ans de moins que moi. Quand je l'ai rencontré, je me posais plein de questions parce que je me sentais devenir trop vieille pour la danse et pour la cruauté des feux des projecteurs. J'avais trente-six ans et l'impression d'être en fin de carrière. J'avais joué *Antigone*, bien sûr, mais pas encore *Mère*. Ton père a été une bouffée d'air frais, une deuxième jeunesse, parce qu'il était en admiration devant moi. J'étais plus âgée que sa femme, mais je n'avais pas d'enfant. Je dansais tous les jours et je rentrais encore dans les vêtements de mes vingt ans.

Je lui ai dit que je ne risquais pas de tomber enceinte, à cause de la danse, justement. J'ai eu mes règles très tard et je n'avais jamais vraiment fait attention. Les médecins m'avaient prévenue que je risquais d'être stérile. Parfois, je ne saignais presque pas. Mes hormones faisaient n'importe quoi, et je ne te parle pas de mes repas. Une alimentation équilibrée, avec tout ce que j'avais à faire dans une journée – les répétitions, les auditions, les cours, et puis ton père ? Pas question. Je mangeais les croissants qu'il m'apportait. Je me souviens qu'ils étaient toujours écrasés, à cause du transport à vélo, avec le papier tout gras.

J'en étais au troisième mois quand j'ai compris que j'étais enceinte de toi. Tu imagines le choc ? Mon docteur a parlé de miracle. Il a dit : Vu votre âge, madame, c'est très risqué, surtout du point de vue chromosomique. C'est rare de voir une femme de votre âge dans cet état.

Une femme de mon âge, tu te rends compte ? J'avais trente-neuf ans. Et lui qui m'expliquait que j'aurais dû avoir des enfants à vingt… Il m'a même dit : Vous avez de la chance que ce ne soit pas la ménopause.

Ton père a eu du mal à accepter la nouvelle. Il s'est mis à perdre ses cheveux, en quelques semaines. Il avait de l'eczéma sur les bras et les jambes, il me rendait moins souvent visite, comme pour éviter de voir à quel point je grossissais. Cela dit, pendant longtemps, avec une écharpe et un gros manteau, tu n'aurais pas deviné que j'étais enceinte.

J'ai décidé d'aller voir mes parents. Je ne les appelais que pour Noël et leurs anniversaires. Je leur ai téléphoné pour leur annoncer que j'étais enceinte et que j'allais venir en Bourgogne. Une de mes amies d'enfance se mariait près de là où ils s'étaient installés à la retraite, j'en profiterais pour passer les voir.

J'ai pris le train. Je me suis installée sur mon siège, pour deux heures de trajet, et j'ai posé les mains sur mon ventre. J'adorais faire ça, sentir mon ventre si rond et ferme. Te sentir, toi. J'avais l'impression de porter un extraterrestre, et ça me faisait peur, cette sensation d'abriter une autre vie dans mon corps. Parfois, j'avais envie de me retourner comme un gant, juste pour te voir.

J'ai posé la tête contre la vitre et je me suis endormie. C'est la voix du contrôleur dans le haut-parleur qui m'a réveillée. Quand je me suis levée, je t'ai sentie bouger pour la première fois. C'était extraordinaire, ce mouvement en moi. Ça faisait comme une décharge, comme un coup de pied venu du dedans. J'ai failli éclater de rire en plein milieu du wagon. J'ai attendu, et tu as bougé de nouveau, plus doucement. J'avais senti des papillonnements les semaines d'avant, mais là, c'était vraiment des coups. Je te sentais pleine d'énergie. Forte.

Je suis arrivée chez mes parents – tu connais la maison, elle n'a pas changé depuis, avec le grand escalier en spirale et les plafonds hauts. Pour une fois, les vitres avaient été faites, et la lumière entrait à flots.

Ma mère s'est occupée de moi pendant trois jours. Elle a fait la cuisine, et tous les matins elle allait m'acheter une baguette toute fraîche. Mais elle s'est débrouillée pour ne pas mentionner ma grossesse, à part pour me demander à combien de mois j'en étais. Mon père, lui, la seule chose qui l'intéressait, c'était de savoir si tu étais un garçon ou une fille. Ma réponse l'a ravi. Au bout d'un moment, ça m'a mise hors de moi. Tous ces changements en moi, toutes ces questions – qui était le père, ce que je ferais quand tu serais là –, elle s'en fichait, ou quoi ?

Le troisième jour, j'ai craqué. J'avais besoin de savoir pourquoi elle évitait le sujet. Elle passait son temps à s'occuper du ménage, de la cuisine et même du jardin – alors qu'elle se moque éperdument des mauvaises herbes ! Je suis allée la trouver et je lui ai parlé les yeux dans les yeux.

Elle m'a répondu : Qu'est-ce que tu veux que je te dise ? Tu as toujours fait ce que tu voulais. Le père, je crois que je sais très bien qui c'est : un homme marié. C'est ta façon de protéger ton indépendance, choisir un homme qui n'est pas libre, qui ne te demande pas de t'engager. Tu n'as pas besoin de moi.

J'ai eu envie de hurler. Pas besoin d'elle ? Mais on n'a jamais autant besoin d'une mère que dans ces moments-là ! Comment je peux faire, sans toi ? Je ne sais même pas si le père voudra rester avec moi !

Sauf que je n'arrivais pas à ouvrir la bouche. Elle m'a dit calmement : Tu es une adulte, mais je te dirais la même chose si tu étais une enfant.

Ce soir-là, je suis allée au mariage de mon amie. Ça se passait dans une ferme rénovée, à une demi-heure de route. Un endroit magnifique – la cérémonie avait lieu en extérieur, dans une clairière. On entendait le vent dans les arbres autour. Il y avait beaucoup d'enfants et de bébés. Je portais une robe bleu marine moulante, pour te mettre en valeur. Les autres mamans sont bien sûr venues me voir, avec les questions habituelles. C'était bon d'être au centre de l'attention. J'avais l'impression d'être enfin complète, de faire partie de leur monde à présent. C'est triste, n'est-ce pas ? J'avais besoin de leur approbation. D'autant plus que pendant ce temps, je me passais en boucle la conversation avec ma mère. Son attitude m'avait tellement blessée.

Et puis, pendant l'apéritif, une petite fille a disparu. Sa mère s'en est rendu compte au bout d'une demi-heure. La gamine – elle avait trois ans – jouait auparavant avec d'autres enfants à la lisière des bois. L'ambiance a changé d'un seul coup. Tout le monde s'est mis à chercher la petite, y compris les mariés. Il y avait des mares et des rivières pas loin, on en avait parlé plus tôt, c'était un endroit entouré de trous d'eau. La police est arrivée au bout d'une heure. La mariée était au milieu d'un champ, remontant haut sa robe, hurlant le nom de la petite fille. Léa. Nous avons fouillé partout, la maison, l'étable, la grange. Nous avons suivi les sentiers dans la forêt. Des garçons avaient trouvé des vélos et s'étaient élancés à travers les bois, parce qu'ils pouvaient aller plus loin que nous. Si tu avais vu la mère, elle ne tenait plus debout. Elle gisait par terre, le visage tordu d'horreur, tandis que les autres mamans regardaient leurs enfants avec un soulagement évident… Je les ai détestées pour ça.

C'est un ado de seize ans à vélo qui a ramené Léa, vers vingt heures. Elle s'était égarée en suivant un sentier et elle avait marché pendant deux heures avant de tomber sur un couple de randonneurs qui l'avaient accompagnée jusqu'à ce qu'ils trouvent le garçon. Il était trempé de sueur.

Au début, la mère n'a pas bougé. Elle a eu un moment d'hésitation, comme si elle croyait rêver ou halluciner. Elle devait se dire que ce n'était pas sa fille. Et puis la petite a crié Maman ! D'un seul coup, comme un signal, la mère s'est précipitée pour la prendre dans ses bras. Je n'avais jamais vu quelqu'un courir aussi vite. C'était un moment d'une intensité incroyable. On aurait dit deux aimants qui se rejoignent. Il y avait comme un champ magnétique autour d'elles. J'ai compris qu'elle ne laisserait plus jamais sa fille hors de sa vue.

Nous sommes restés sonnés pendant une bonne demi-heure, en attendant le dîner, pendant que la mariée faisait un brin de toilette. Mais quand nous sommes passés à table et que nous avons commencé à boire, c'était comme si quelque chose se relâchait enfin en nous. Ce repas de noces, je m'en souviens dans les moindres détails. Je revois l'agneau rôti fondant, les carottes et les oignons caramélisés, le pain de campagne à la croûte épaisse, le beurre dans de petits ramequins. Nous avons mangé et bu comme si c'était notre dernière nuit sur Terre. Nous avons dansé pendant des heures. Même moi, avec mes chevilles enflées. Je n'avais jamais vu ça – une peur animale, suivie par le soulagement. Tu sais ce qui m'a terrifiée ? C'est de penser qu'un jour, moi aussi je serais peut-être aussi impuissante que cette maman.

Je suis rentrée dormir chez mes parents. Je me suis réveillée vers midi. Je me demandais si ma mère aurait été différente si elle m'avait perdue comme la maman de Léa. Est-ce qu'elle avait déjà craint pour ma vie ? Sur la table de la cuisine, il y avait du pain frais, du beurre salé, un pot de confiture de cerises plein. Elle l'avait même ouvert pour moi, pour que je n'aie pas à me battre avec le couvercle.

J'ai commencé à préparer mes bagages pour rentrer à Paris. À ce moment-là, ma mère est arrivée dans ma chambre. Elle est restée sur le pas de la porte, un paquet à la main. C'était des vêtements pour toi, et un manuel de grossesse, celui qu'elle avait quand elle m'attendait. Elle l'avait trouvé utile.

Et elle m'a expliqué.

J'ai toujours voulu te laisser ta liberté, tu sais. Un jour, tu sauras à quel point c'est dur de laisser partir son enfant. Tu n'as pas idée du nombre de fois où j'ai failli te retenir, t'empêcher de t'éloigner de moi. Mais je me disais, Si je meurs ? Si je tombe malade, si je ne peux plus m'occuper de toi ? Te laisser dépendre complètement de moi, c'était t'empêcher d'avancer. Alors, je t'ai tenue à distance, je t'ai donné l'impression d'être indépendante. J'ai peut-être eu tort. J'ai fait ce que j'ai pu avec ce que j'avais.

Quand je suis rentrée à Paris, j'ai dit à ton père que c'était fini entre nous. Je t'élèverais seule, et je n'avais pas besoin de son aide, ni financière ni d'aucune sorte. Son attitude négative, il pouvait se la garder. J'ai dit que je voulais y arriver toute seule. Pour la première fois, je me sentais liée à toi. Je lui avais menti. Je n'étais pas seule : je t'avais, toi.

Il m'a stupéfiée. Il a dit non. Il voulait agir de façon responsable. Il assumait sa paternité, et il s'occuperait de nous deux. Il était moins anxieux, ses cheveux avaient repoussé et l'eczéma disparaissait. Il a décrété : On élèvera cette enfant ensemble. Et c'est vrai, il a déployé pour ça la même détermination que dans son travail. Il nous a offert de la stabilité en payant notre loyer. Mais je savais que notre histoire s'arrêterait un jour ou l'autre, comme elle avait failli s'arrêter ce jour-là. Je n'ai jamais eu la bêtise de croire que nous finirions notre vie ensemble.

*

C'est en écoutant le récit d'Anouk que j'ai enfin compris : elle avait toujours su que ça ne durerait pas. Pour elle, c'était une évidence.

D'accord, ça devait arriver. Mais tu es triste quand même ?

La tristesse est une émotion passagère, Margot. Comme la joie. Ce que je veux, c'est continuer à jouer, à être sur scène. Tu sais, ç'a été une relation fragile dès le début. Nous n'avons jamais été un vrai couple, lui et moi.

Anouk s'est penchée, comme pour me sermonner.

Mon rôle, ce n'est pas de tout t'expliquer. Je ne peux pas t'expliquer pour ton père, et tu ne pourras jamais comprendre ce qu'on a vécu. Le mariage, c'est un monde clos. Quiconque croit pouvoir l'expliquer de l'extérieur est un imbécile.

11

Un *mariage.* Le terme était lâché. C'était comme ça qu'elle voyait leur liaison : une alliance, même fragile. Le mot m'a hanté pendant des nuits, sans qu'Anouk se rende compte de l'effet qu'il avait eu sur moi. Au lieu de s'appesantir sur la fin de leur relation, elle a commencé à passer moins de temps à la maison, à donner plus de cours, à aider des amis qui répétaient et à aller voir des pièces le week-end.

Quatre soirées par semaine, elle animait un atelier de théâtre. Elle ne rentrait que pour dormir quelques heures et se levait avant moi. Elle travaillait davantage, pour payer le loyer que mon père n'assurait plus. Pourtant, je n'arrivais pas à avoir pitié d'elle – peut-être parce qu'elle prenait trop visiblement plaisir à ces absences et ces sorties, où elle pouvait tout à loisir jouer de son charme et de son assurance auprès d'inconnus. Pour fuir la solitude de la maison, je me réfugiais souvent chez Juliette.

Les jours devenaient plus courts. Parfois, je me réveillais dans la nuit noire avec l'impression que la ville avait disparu autour de moi. Comment imaginer d'autres présences vivantes quand notre immeuble était si calme ? Puis j'entendais, enfin, sonner le réveil des voisins, la musique d'une radio qui montait dans la cour. La lumière s'allumait derrière une fenêtre, éclairant les rideaux, chassant les ténèbres. Autant de preuves qu'ils étaient vivants. Je guettais le cliquetis d'une cuillère sur une assiette, les bruits familiers qui m'accompagnaient quand je me sentais trop éloignée de ma mère, quand j'avais peur que mon père ne revienne pas. Telle était la nature de mon espoir – croire que le changement n'était pas radical et rapide, que certaines routines restaient immuables.

Après les cours, de retour chez Juliette, nous nous préparions des farfalles. Elle mesurait la dose dans deux assiettes, les jetait dans la casserole d'eau bouillante. Nous y ajoutions du beurre, du fromage râpé en sachet et des petits dés de jambon qu'elle coupait à même l'emballage.

Un vendredi soir, après notre dîner, pendant que je nettoyais la vaisselle et la mettais à sécher sur un torchon posé près de l'évier, Juliette nous a servi deux verres de vin. En général, nous ne buvions pas d'alcool quand nous n'étions que toutes les deux, mais ce soir-là nous allions à une fête dans le VIIIe arrondissement, chez un copain du lycée. Toute la classe était conviée.

J'ai siroté mon verre pendant que Juliette enfilait sa robe – elle était bleue, cintrée à la taille avec des manches longues et amples. Le tissu épousait ses hanches à la façon d'un gant chirurgical. J'avais un peu honte de ma propre tenue, jean et vieux chemisier en synthétique. Je lui ai demandé de me prêter son parfum. Elle m'a dit, de toute façon tu n'as pas besoin de mettre une robe, les garçons te regardent quoi que tu fasses. Quand elle me faisait ce genre de compliment, ça sonnait parfois à mes oreilles comme une tentative de me rabaisser, ou de se comparer à moi, peut-être pour me pousser à prendre moins soin de mon apparence. Nous avions toutes deux conscience que notre amitié n'était pas toujours dénuée d'ambiguïté. Elle était beaucoup plus petite que moi, plus menue aussi, un petit format qui donnait aux garçons l'envie de l'entourer de leurs bras. Nous avons mis nos chaussures et quitté son studio.

Le sentiment de liberté, même pour quelques heures, a suffi à apaiser les remous secrets que nous ressentions, elle et moi. Ça faisait sept semaines que je n'avais pas parlé à mon père.

Nous avons marché dans la rue, bras dessus, bras dessous, les immeubles nous renvoyaient le claquement joyeux de nos talons sur le trottoir. Nous n'étions peut-être pas très populaires au lycée, où personne ne nous trouvait belles, mais nous étions jeunes, pleines de vie, dénuées de toute pensée mortifère.

Je connaissais bien ce genre de soirée. Lorsque quelqu'un nous invitait, Juliette et moi, nous y allions sans hésiter, même si nous ne connaissions pas bien l'hôte en question. Nous étions à la fois soulagées de ne pas être laissées pour compte et honteuses de céder si aisément. Nous aimions croire que nous étions au-dessus de choses aussi frivoles que l'envie d'être vues dans les fêtes. Je finissais souvent la soirée installée sur le canapé, à moitié enfouie parmi les manteaux empilés, à regarder mes camarades de classe manger des chips en buvant de la vodka. J'aimais cette sensation de me retrouver environnée par le brouillard des cigarettes, au milieu des vêtements et des écharpes, ma joue posée sur un tissu rêche où se mêlaient parfum et transpiration. J'aimais comment, des heures plus tard, mon corps vibrait encore au rythme de la musique, comment ma peau et mes cheveux empestaient la fumée même si je n'avais pas touché à la moindre cigarette. J'aimais sentir les autres me frôler, les vagues du son qui m'emportaient ailleurs. J'étais là et je n'étais pas là, comme le silence entre deux *beats*. Quand Juliette dansait, elle se lâchait complètement, dans l'espoir qu'un garçon du lycée la remarque, que quelqu'un l'embrasse. J'étais sans doute trop fière pour m'exhiber ainsi devant nos camarades. Elle avait quelque chose de magique, et finissait toujours la nuit avec un nouveau garçon.

Quand nous sommes arrivées, ce soir-là, la fête battait son plein. Tout le monde s'amusait. J'ai aperçu Diane et Camille, en minijupe et bottes à talons hauts, en train de discuter dans un coin. Elles nous ont jeté un coup d'œil avant de se détourner ostensiblement.

Nous avons dansé pendant des heures. Je sentais qu'on me regardait autrement depuis la révélation, et ça me rendait plus audacieuse, plus confiante dans mes mouvements. La stéréo envoyait à pleins tubes un rythme lancinant qui cognait dans nos veines, les basses remontaient le long de nos jambes. J'ai fermé les yeux pour mieux m'abandonner. Des taches multicolores ont explosé derrière mes paupières. L'alcool se répandait dans mon corps, dénouait les tensions qu'il y rencontrait. J'ai ri, tête en arrière. Juliette était dans les bras d'un garçon qui lui dévorait la bouche, prenant à peine le temps de respirer.

J'ai dansé avec un garçon que je n'avais jamais vu, l'ami d'un type de notre classe, qui allait dans un autre lycée. J'aimais qu'il soit plus grand que moi, même si son visage avait quelque chose de juvénile, avec ses traits arrondis et la mèche qui lui tombait sur le front. Je l'ai laissé me prendre par les hanches. Ses mains étaient chaudes et douces. Nous avons parlé un peu, puis il m'a embrassée. Il connaissait l'appartement, il y était déjà venu plusieurs fois. Je l'ai suivi dans un long couloir jusqu'à une grande salle de bains, à l'opposé du salon où les autres continuaient de danser. Il a dit : Attends-moi là.

Je suis restée quelques secondes à contempler le carrelage blanc, la baignoire sans rideau de douche. Il est revenu avec des coussins, qu'il a posés par terre. Il m'a embrassée de nouveau et m'a allongée dessus. Les coussins n'arrêtaient pas de bouger, il a dû les remettre en place plusieurs fois. J'avais envie d'aller jusqu'au bout. Il m'a dit qu'il n'avait couché qu'avec une seule fille, qui était vierge, et que c'était il y a longtemps.

Je prends la pilule, tu sais. J'ai prononcé cette phrase comme si c'était une donnée de base, suffisante pour qu'il ne perde pas son temps à me raconter sa vie sexuelle. Depuis que j'avais commencé la contraception, un an plus tôt, j'avais l'habitude de balancer ça fièrement, parce que je voyais à quel point ça rassurait les garçons. Je savais qu'il ne me demanderait pas avec qui j'avais couché. Nous sommes restés allongés un moment sur le côté, face à face dans le noir. Au-dessus de nos têtes, il y avait le lavabo et la glace, et sur la gauche une fenêtre entrouverte, par laquelle s'infiltrait la lumière des réverbères.

Il m'a pénétrée et s'est mis à bouger doucement, en retenant son souffle, les mains crispées sur mes côtes. J'avais envie que ça aille vite. J'ai émis quelques gémissements et ça a suffi. Il a joui en moi, a attendu quelques secondes, puis s'est retiré avant de se relever. Je détestais que les garçons fassent ça. Et le sperme qui coulait sur mes cuisses, alors ? Pensaient-ils qu'il allait s'évaporer par magie ? Ou bien était-ce pour exhiber ce qui restait de leur érection ? Je me suis essuyée avec du papier toilette, et j'ai fait pareil pour le sol. Il m'a regardé, l'air embarrassé, s'est rhabillé et il est sorti de la salle de bains en refermant la porte derrière lui.

J'ai réarrangé les coussins et je me suis appuyée contre le rebord frais de la baignoire, les jambes écartées. Je me suis caressée presque jusqu'à m'en faire mal, comme pour évacuer les pensées qui tourbillonnaient dans ma tête. Anouk en train de danser sur scène, qui tombait et se foulait la cheville, mon père qui traversait le salon en charentaises pour poser un livre sur l'étagère. J'ai pensé à un homme sans visage qui me soulèverait comme si je ne pesais rien. Mon sexe était gonflé et engourdi, et j'ai attendu longtemps qu'une vague de chaleur vienne me libérer.

*

Peu à peu, les gens ont quitté la fête, dévalant bruyamment les escaliers. Nous n'étions plus qu'une poignée à l'intérieur. Je me suis dirigée vers le canapé où ne restaient que quelques vestes. Le cavalier de Juliette était rentré chez lui, le mien me tournait le dos comme s'il ne m'avait jamais vue. Mon amie s'est assise à côté de moi et s'est penchée vers mon oreille. Elle avait le front brillant de transpiration et ses clavicules saillaient plus que d'habitude.

J'ai une idée. Viens, on s'en va.

Nous avons marché pendant près d'une heure. Je ne me souviens pas qu'elle ait dit où nous allions, ni lui avoir donné une adresse. Je l'ai suivie aveuglément, saturée d'alcool, un goût amer dans la bouche. Il était trois heures du matin quand nous sommes arrivées dans la rue où habitait mon père. Il faisait froid et je tremblais, mais je n'ai rien fait pour empêcher les frissons.

Juliette regardait la porte, le numéro sur la plaque de bronze qui luisait faiblement dans la pénombre. La rue était déserte.

C'est ici qu'ils vivent ?

Je l'ai tirée par le bras. On ferait mieux de partir.

Tu sais à quel étage ?

J'ai regardé les fenêtres. La plupart des persiennes étaient fermées. Mon père avait dit un jour qu'ils occupaient tout un étage. Madame Lapierre avait le sommeil léger, et ils gardaient les volets clos pour que le bruit des voitures ne la dérange pas.

Non, mais je sais que la chambre donne sur la rue.

Juliette s'est mise à rire, puis elle a poussé un long hurlement, qui s'est répercuté sur la façade et le trottoir. J'ai sursauté. Le quartier est resté silencieux, comme s'il doutait que le son se soit réellement produit.

J'ai murmuré : Qu'est-ce que tu fais ?

On va les empêcher de dormir cette nuit. Qu'ils sachent ce que ça fait ! Vas-y, essaie, tu te sentiras mieux.

Elle m'a poussée doucement pour que je me plaque contre la façade de l'immeuble, m'a pris le menton pour relever ma tête avec délicatesse. Je distinguais juste le rebord de la fenêtre à l'étage. Elle s'est appuyée à côté de moi, son épaule contre la mienne.

On y va ? Ensemble ?

Nous avons hurlé, toutes les deux, parfaitement synchrones sans même avoir compté jusqu'à trois, un cri venu du plus profond de nous-mêmes. Dans la rue, des fenêtres se sont ouvertes, mais dans l'ombre, personne ne pouvait nous voir.

Quelqu'un a crié : Qu'est-ce qui se passe ? Fermez-la, bande d'ivrognes !

Nous avons attendu que les fenêtres se referment. Alors, échappant à Juliette, j'ai couru jusqu'au milieu de la rue et, les mains en porte-voix, j'ai hurlé : PAPA ! PAPA ! PAPA !

Je n'avais pas prononcé ce mot depuis des semaines, et il est sorti de moi comme un nageur qui remonte à la surface, au bord de l'asphyxie. Je suis restée là, la gorge à vif, les larmes coulant librement sur mon visage. J'avais perdu la notion du temps. J'ai senti que Juliette me tirait en arrière et je me souviens que j'ai vu, à la fenêtre, une silhouette qui nous observait. Pas celle de mon père, celle d'une femme.

*

Après ce coup d'éclat devant son appartement, j'étais sûre qu'il appellerait. Les volets et les fenêtres s'étaient ouverts, et tout le monde dans son immeuble m'avait entendue. Il avait dû reconnaître ma voix, comme la mère de la fillette perdue au mariage, qui l'avait reconnue quand elle avait crié Maman.

Jusque-là, j'avais épluché de façon quasi-obsessionnelle les infos et les photos au sujet de Madame Lapierre. Désormais, je n'osais plus, je fuyais tout ce qui pouvait les concerner, de crainte de ce que j'allais trouver. J'avais peur de lire dans la presse les articles estimant que mon père était un lâche qui avait trompé sa femme, ceux qui suggéraient qu'il avait d'autres liaisons, et plus encore ceux qui affirmaient qu'il était toujours avec Anouk.

Je gardais l'image de cette femme à la fenêtre. J'avais supposé qu'il s'agissait de Madame Lapierre, mais rien ne le prouvait – une idée que je repoussais chaque fois qu'elle me venait. Au bout d'un certain temps, le souvenir s'est effacé dans ma tête, de moins en moins précis, jusqu'à ce que la silhouette disparaisse comme si elle n'avait jamais existé.

12

UNE semaine s'était écoulée depuis l'incident devant l'immeuble de mon père quand j'ai revu Brigitte, dans le café en face du lycée. Depuis l'interview, il m'était arrivé de penser à elle par intermittence. Je me remémorais notre rencontre dans le couloir, le bruit du placard à pharmacie dans les toilettes, ses lèvres rouge vif qui découvraient ses longues dents, ma surprise quand je l'avais vue pénétrer chez nous. Je n'imaginais pas que nous nous croiserions de nouveau.

J'avais fini mes cours et il faisait déjà sombre quand je suis entrée chez Albert. Ma table préférée, la petite au coin de la fenêtre, était occupée par une femme dont l'épaisse crinière masquait en partie le visage. Penchée sur un carnet, elle prenait des notes. Son stylo semblait courir sur les pages. Autour d'elle, des étudiants discutaient joyeusement et sirotaient leur café. Elle, au contraire, écrivait à toute vitesse, comme si elle avait un train à prendre. Je l'ai observée un instant. C'était la seule adulte du café, et elle détonnait. Mais personne d'autre ne semblait lui prêter attention, au point que je me suis demandé si elle n'était pas un effet de mon imagination. Elle avait quelque chose de familier. Enfin, elle a posé son stylo, écarté sa frange de son visage, et a regardé dans ma direction.

Je l'ai identifiée tout de suite. La femme de David. J'aurais pu faire semblant de ne pas la reconnaître et m'en aller, mais je suis restée là, figée sur place. Elle m'a fait un petit signe de la main.

Le temps que je m'approche d'elle, elle avait retrouvé mon prénom. Bonjour, Margot ! Elle m'a demandé si je voulais m'asseoir et prendre un verre de vin ou un café avec elle.

Mon lycée est juste en face, vous savez ?

Elle a écarquillé les yeux. Vraiment ?

Elle avait des cheveux d'un noir inhabituel, aux reflets violines. Ça ne m'avait pas frappée lors de notre première rencontre, mais c'était manifeste dans la lumière du café. Elle portait le même rouge à lèvres que la fois précédente, et j'ai observé de nouveau que ses lèvres couvraient à peine ses dents.

Je lui ai demandé si David et elle vivaient dans le quartier. Pas du tout, nous habitons dans le IXe. Mais elle était allée à la fac juste à côté, et elle aimait ce coin, ça lui rappelait ses années d'étudiante, c'était là qu'elle venait réviser avant ses partiels.

Elle a commandé un verre de blanc et m'a proposé de prendre la même chose.

Je préfère un café.

Nous avons attendu nos consommations en silence. Toutes les tables étaient prises, les conversations et les rires nous encerclaient. Les lycéens se balançaient sur leur chaise, échangeaient leurs devoirs, commandaient des gaufres au Nutella, la spécialité de la maison. Les vitres étaient embuées. Dehors, c'était presque l'hiver. Brigitte a bu une longue gorgée de son vin. Pas mauvais, a-t-elle commenté.

J'ai beaucoup aimé l'article de David, ai-je dit.

Il était sorti quelques jours plus tôt, et je l'avais lu avec Anouk au petit-déjeuner. Il mentionnait à peine sa liaison avec mon père et se concentrait sur sa carrière de comédienne.

Brigitte a souri. Le rédacteur en chef aurait voulu qu'on parle un peu plus de ton père, mais David a refusé. C'est un beau portrait, non ?

Oui, ma mère était ravie.

J'ai pris mon café à deux mains, je me suis aperçue qu'elles tremblaient un peu. David et vous, vous travaillez souvent ensemble ? Vous avez posé beaucoup de questions pendant l'interview, c'est pour ça que j'ai cru que vous l'aidiez à écrire.

Ça m'arrive parfois. Je l'assiste surtout dans ses recherches, et je relis ses articles avant qu'il les envoie. Mais j'écris aussi pour d'autres. Je suis une « plume de l'ombre », comme on dit.

Je l'ai regardée avec admiration. Vraiment ? C'est la première fois que j'en rencontre une. Donc, vous vous mettez à la place de quelqu'un d'autre ? Vous faites semblant ?

Elle a remonté les manches de sa chemise en coton épais, pour poser les coudes sur la table. Son verre de vin était presque vide.

Disons plutôt que je deviens la personne pour qui j'écris. Je m'approprie son langage. J'utilise ses mots pour décrire son monde.

Et ça vous plaît ?

Elle m'a dit qu'elle aimait se glisser dans cet univers, effectuer des heures de recherches, comprendre le fonctionnement mental de quelqu'un d'autre. Même transcrire les interviews l'intéressait. Le plus dur, c'était de traduire l'expérience individuelle pour le public, qui ne connaissait pas la personne en question. Apporter de la cohérence à un univers intime, lui donner sens pour un œil extérieur. L'anonymat de cette profession plaisait à Brigitte. Une façon d'écrire avec moins d'enjeux. Les critiques négatives la touchaient moins. David, lui, n'était pas comme ça.

Ah bon ? Je n'avais pas l'impression qu'il prenne les choses tellement à cœur.

Tu plaisantes ? Je lui interdis de lire les réactions à ses articles.

Comment êtes-vous arrivée à ce métier ?

Par hasard, ou presque. Je terminais mes études en psychologie de l'éducation. Je ne savais pas ce que je voulais faire ensuite, monter un cabinet, travailler en clinique, changer de voie. J'aimais cette discipline, mais l'idée d'y faire carrière ne me semblait pas appropriée. Pour autant, je ne pouvais pas rester étudiante toute ma vie. J'écrivais tout le temps, des dissertations, je faisais des recherches. J'avais développé ça comme un muscle, même si je ne me voyais pas comme une professionnelle. Dans notre couple, c'était David l'écrivain.

Elle a bu une gorgée de vin avant de reprendre.

En fait, nous nous étions rencontrés l'année d'avant, et nous cherchions toujours un peu à nous impressionner l'un l'autre. Un jour, il m'a appelée pour me parler d'une femme qui devait écrire un article pour un magazine. Une sorte de confession. La femme était une cheffe de cuisine très connue. Elle avait promis de raconter son histoire pour un numéro spécial, mais à mesure que la date approchait, elle ne cessait de demander des délais supplémentaires. Ils ont fini par comprendre qu'elle ne rendrait rien à temps, voire rien du tout.

David m'a présenté à son rédacteur en chef en lui disant que j'avais un don pour aider les gens à parler d'eux, un peu comme une thérapeute. Je pouvais peut-être apporter mon aide… Au début, le rédac chef m'a dit que mon rôle serait d'encourager la cheffe. De la guider par des questions. Je pensais que nous parlerions au téléphone, certaine qu'elle souffrait du syndrome de la page blanche ou du syndrome de l'imposteur – elle n'avait jamais dû se raconter par écrit.

Je l'ai appelée plusieurs fois. Au téléphone, elle restait très vague, raccrochait rapidement en prétextant un rendez-vous ou ses horaires professionnels. J'ai lu des articles à son sujet. Elle était très en vue, elle avait travaillé pour les meilleures tables de Paris. Elle avait épousé un autre chef, plus jeune qu'elle, star montante du moment. Sur les photos, elle n'était pas belle. Elle avait toujours les cheveux tirés en arrière, au point qu'on avait du mal à dire de quelle couleur ils étaient, et des lèvres pincées, sévères. Sa relation amoureuse faisait couler beaucoup d'encre – lui si beau et si jeune, elle nettement moins attirante et plus âgée. Elle était très discrète en public. Je n'avais trouvé aucune interview d'elle, alors que son mari était dans tous les journaux – apparemment, il adorait ça. Il la mentionnait dans tous ses entretiens comme la femme de sa vie.

Enfin, après deux semaines à la harceler, j'ai réussi à décrocher un rendez-vous. Elle acceptait à condition que je me rende chez elle.

Je savais qu'elle était originaire du Sud, de la région de Marseille, et qu'elle avait découvert la gastronomie tardivement par rapport à d'autres chefs. Elle n'avait appris la cuisine qu'à vingt ans passés, et ne venait pas d'un milieu de restaurateurs. En revanche, elle était très liée à son terroir. Un été, elle a proposé d'aider un ami de la famille qui venait d'ouvrir un restaurant dans le Luberon. Elle est tombée amoureuse. C'était la seule citation directe que j'avais trouvée d'elle : pour elle, toucher des ingrédients avait été une révélation magique. Elle parlait de la chair des pommes de terre, de la façon dont elles collent légèrement quand on les coupe en deux et qu'elles libèrent leur amidon ; elle parlait du poids d'une tomate mûre dans votre main, elle disait que caresser une fraise lui rappelait la peau granuleuse d'une poule. Penser qu'elle aurait pu passer à côté de ça toute sa vie, sans jamais prendre conscience de cette sensibilité – ses parents ne cuisinaient pas, elle avait été élevée à base de gaspacho en boîte et de plats surgelés.

Elle habitait sur une avenue près de l'Arc de triomphe. Je me souviens que j'ai pris l'ascenseur jusqu'au quatrième étage, un de ces ascenseurs étroits qu'on trouve dans les vieilles cages d'escalier. Je ne voulais pas arriver hors d'haleine. J'avais pris mon magnétophone au cas où, un carnet et un stylo, ainsi qu'une chemise en carton où j'avais classé toutes mes recherches.

J'ai sonné, et elle est venue m'ouvrir. La première chose que j'ai vue, c'était ses pieds nus, et puis son visage. Je ne l'aurais pas reconnue. Elle ne ressemblait absolument pas à ses photos. Dans la vraie vie, elle n'avait rien de figé ou de strict, elle était vivante, remarquable même. L'éclat de ses yeux gris, ses joues un peu rouges, les petites taches de rousseur sur son nez – elle était radicalement différente de la personnalité qu'elle offrait à l'objectif. Elle ne portait pas de maquillage. Ses cheveux bouclés étaient blonds, avec quelques mèches blanches. Elle était plus petite que je ne l'aurais imaginé. J'avais déjà croisé son mari dans des soirées avec David, je l'avais trouvé charmant, mais je me suis rendu compte qu'elle l'éclipsait, et de loin. Ça m'a déstabilisée.

L'appartement au parquet sombre, presque entièrement recouvert de tapis, était immaculé. Je l'ai suivie dans le salon. Je m'attendais à sentir des odeurs de cuisine – après tout, c'était son métier –, mais je n'en ai détecté aucune. Elle m'a expliqué que l'idée de l'article venait de son mari, pas d'elle. Au ton de sa voix, presque sarcastique, j'ai compris qu'elle n'avait jamais eu l'intention de l'écrire. J'ai demandé : Mais pourquoi ?

Je raccroche mon tablier. Il voulait que je m'explique.

Mais vous êtes au summum de votre carrière !

Elle a haussé les épaules. Vous trouvez que ce serait mieux de partir quand tout le monde vous a oubliée ?

Elle a passé la main dans ses cheveux qui encadraient son visage de façon harmonieuse.

Et si vous écriviez l'article à ma place ?

J'ai répondu que je n'étais pas écrivain.

Vous le ferez toujours mieux que moi.

Je suis ici pour vous aider, vous poser des questions, vous guider...

Je bégayais d'émotion. Elle m'a observée en plissant les paupières.

On m'a appris à regarder les plats en fermant les yeux à demi, pour mieux saisir les formes et les couleurs, la composition. Je me focalisais sur les détails. J'ai dû apprendre à reculer d'un pas pour avoir une impression d'ensemble. Mes recettes manquaient d'unité. En plissant les yeux, on élimine le superflu.

Je me suis lancée.

C'est vrai ? On a pourtant écrit que votre cuisine a un équilibre bien à elle, comme une « illusion d'harmonie ». À la première bouchée, on croit que toutes les saveurs vont s'accorder à la perfection, puis on découvre un arôme inattendu qui détruit cette impression d'ensemble. Comme dans votre crème dessert au céleri. Et c'est là que vous proposez l'antidote – un zeste de citron pour contrebalancer le salé et l'amer.

Elle a souri. Vous avez bien travaillé. Vous voyez que vous pouvez l'écrire. Vous parlez mieux de mon travail que moi.

J'ai rougi, mal à l'aise. J'ai répété que j'en étais incapable.

Elle m'a demandé mon âge. Vingt-huit ans. En fait, j'en avais vingt-sept, jusqu'à la semaine suivante. Pas la peine de le mentionner.

Vous voulez des enfants ?

J'ai hésité. Jusque-là, j'avais toujours répondu oui à cette question.

Je ne sais pas encore.

De toute façon, « Oui, mais pas maintenant », c'était un peu un cliché, non ?

C'est normal de penser ça à votre âge. Ça ne paraît pas urgent. On se dit qu'on décidera plus tard, quand on sera prête. Je peux vous parler franchement ?

Allez-y, je vous en prie.

Je me suis tournée vers elle, pour lui montrer que j'étais à l'écoute.

Je suis tombée enceinte à vingt-neuf ans. Ce n'était pas planifié. Je me souviens que mes mains tremblaient quand j'ai fait le test de grossesse. J'avais commencé à travailler, et je donnais tout à ma carrière. J'oubliais souvent de manger et j'étais debout en permanence. C'était un miracle que l'enfant soit resté accroché. J'ai caché mon état aussi longtemps que j'ai pu, d'autant plus que le père ne comptait pas vraiment pour moi. Dans ma famille, personne ne comprenait que je veuille garder cet enfant. Mais ç'a été une grossesse facile, et je n'ai pratiquement pas ralenti mon rythme de travail avant l'accouchement.

Ma fille est née au début du mois de novembre. Je revois encore cet après-midi-là. Les arbres avaient perdu presque toutes leurs feuilles et leurs branches, qui se découpaient comme des lances sur le ciel, avaient un air menaçant. On aurait presque dit un film d'horreur. J'avais mal à la tête, au point que je ne supportais plus la moindre lumière. N'empêche que quand j'ai accouché, tout a changé. Je me suis sentie différente d'un seul coup. Apaisée.

À ce moment de son récit, la cheffe s'est arrêtée de parler et a posé ses pieds, qu'elle avait petits et larges, sur le canapé. Lorsqu'elle s'est remise à parler, elle fixait le mur derrière moi.

J'ai appelé ma fille Romane. J'ai arrêté de travailler pour m'occuper d'elle – je ne pouvais pas faire autrement, si je voulais l'allaiter. Pendant ma grossesse, je n'avais jamais pensé à elle comme à un être vivant. Je n'avais jamais imaginé que je m'attacherais à elle à ce point, un véritable coup de foudre.

Elle venait d'avoir trois mois et je commençais à penser à retourner travailler. Un jour, elle ne s'est pas réveillée de sa sieste. Quand je l'ai trouvée, elle ne respirait plus. Elle était dans son berceau, les yeux fermés, comme si elle dormait. Je l'ai prise dans mes bras et j'ai sauté dans ma voiture. Je n'ai même pas pensé à appeler une ambulance, je ne pouvais pas attendre. Je ne pensais qu'à sa vie. J'ai toujours su quoi faire en cas de crise, quand quelque chose prend feu en cuisine ou qu'un fournisseur nous fait faux bond au dernier moment. Je suis arrivée sur le rond-point de l'Étoile. Il ne m'avait jamais fait peur – je me moquais des amis qui n'osaient pas l'emprunter – mais, là, j'étais paralysée. J'avais l'impression de me trouver au milieu d'un tourbillon, énorme et chaotique. Les autres voitures me terrifiaient. Je ne sais pas combien de temps ça a duré, peut-être pas plus de dix secondes. D'un seul coup, j'ai repris pied, j'ai vu une voiture de police garée sur l'avenue Victor-Hugo. Je me suis garée à côté, je leur ai sauté dessus et j'ai réussi à leur expliquer ce qui m'arrivait. Le conducteur m'a dit de le suivre. Il a allumé sa sirène et nous avons traversé l'Étoile comme Moïse séparant les flots. Je me suis dit que Romane allait s'en tirer grâce à lui. C'était comme une évidence. Un peu plus tard, une infirmière a prétendu que je n'avais pas bouclé la ceinture du siège bébé, signe qu'inconsciemment je savais déjà que c'était fini pour elle. Mais elle se trompait, je me souviens du déclic de la ceinture.

Le reste, vous le connaissez – les restaurants où j'ai travaillé, les étoiles au guide Michelin, ma rencontre avec Jérôme, notre mariage. J'ai bientôt quarante-trois ans. J'adore mon métier, mais j'ai envie de quitter tout ça. J'ai trouvé une maison dans le Sud, près de chez mes parents. Je veux avoir un enfant. Je ne sais pas comment, je sais juste que ça arrivera. J'en suis certaine. Mais pour ça, je dois arrêter de travailler en cuisine.

J'avais écouté son récit sans l'interrompre. J'ai demandé : Vous ne reprendrez pas, un jour ?

La cheffe a haussé les épaules. La cuisine a donné du sens à ma vie. C'était un cadeau du ciel. Mais je sens que ça s'efface peu à peu. Peut-être que c'était juste quelque chose que j'avais besoin de faire à un moment, un chapitre dans ma vie. Je l'ai gardé ouvert pour Romane mais j'ai décidé de le clore.

J'ai passé les trois jours suivants à écrire l'article, quasiment sans dormir. Je devais parler à sa place, utiliser la première personne. J'entendais sa voix dans ma tête en tapant. J'ai fini dans un état proche du délire. Quand je fermais les yeux, je me voyais dans sa voiture, piégée sur le rond-point de l'Étoile – sauf que les autres ne me laissaient pas passer. Comme elle m'avait dit que je pouvais utiliser tout ce que je voulais dans son histoire, j'ai parlé de sa fille. Je sentais que c'était ce qu'elle désirait. Quand elle a lu mon article, elle l'a adoré. Je l'ai envoyé au journal sans le montrer à David. J'ai attendu la réponse avec anxiété, persuadée que c'était mal écrit et que je n'avais pas fait ce qu'on attendait de moi. Du travail d'amateur, voilà ce qu'on allait me dire. Tu imagines ma surprise quand le rédacteur en chef m'a appelée pour me féliciter ? L'article est sorti quatre mois plus tard. La cheffe avait quitté Paris depuis longtemps.

*

Brigitte s'est tue, a regardé son verre vide. Le plus étrange, a-t-elle dit, c'est que j'ai eu l'impression d'être devenue elle. Bien sûr, je ne suis pas cuisinière, la gastronomie ne m'intéresse pas tant que ça, mais j'avais réellement ressenti sa douleur. Et je comprenais son choix de tout plaquer, de repartir à zéro, d'être libre enfin. De commencer peut-être une nouvelle carrière à laquelle personne n'aurait songé. Quand quelqu'un a un talent, on se dit toujours qu'il doit s'en servir, sans se demander s'il n'en a pas d'autres. Pendant un moment, j'ai aussi voulu tomber enceinte. C'est devenu une obsession, au point d'effrayer David. Puis c'est passé, comme à chaque fois que je termine un projet.

C'est comme ça à chaque fois ? Vous vous investissez totalement dans la personnalité dont vous racontez la vie ?

Pas toujours. Ça dépend des gens. Parfois, c'est juste un travail comme un autre, mon gagne-pain.

Ça doit être horrible de perdre un enfant si jeune.

Oui. Je n'imagine rien de pire. Cela dit, dès qu'on devient parent, on n'est plus jamais en sécurité.

J'ai réfléchi un instant.

Peut-être que certains parents sont plus préparés que d'autres à ce genre d'éventualité.

Ou trop préparés, ai-je pensé, comme ma mère.

Brigitte jouait avec son verre vide. Il était tard, presque l'heure du dîner. Le café se vidait peu à peu. Ce soir-là, Anouk donnait des cours. Y aurait-il quelque chose au frigo ? Je ne me souvenais pas de la dernière fois où nous avions fait les courses. Brigitte a saisi la carafe d'eau et a rempli deux verres, m'en a tendu un.

Je sais que c'est toi. C'est toi qui as parlé de ton père à David.

Ses mots m'ont prise au dépourvu. Je me suis figée sur la banquette. J'aurais dû me douter qu'entre mari et femme, ils partageaient tout. Le mariage est un monde clos, disait Anouk.

Ce n'est pas grave, Margot. Je comprends que tu sois déçue par ton père.

Elle a pris ma main, dans un geste d'une familiarité étonnante. Ses doigts étaient chauds, ils couvraient presque entièrement les miens. J'ai retiré ma main pour la poser sur mes genoux. J'ai dit : Peu importe, maintenant.

Il a été lâche.

Lâche ? Je l'avais qualifié ainsi, je me l'étais répété dans ma tête. Mais j'ai frissonné en l'entendant dans la bouche d'une autre, et mon premier instinct a été de le défendre.

Elle a poursuivi. Il aurait dû quitter sa femme. Mais c'est toujours plus facile de continuer comme on a toujours fait.

Ce n'est pas une mauvaise personne.

Qu'il soit bon ou mauvais n'entre pas en ligne de compte.

Tu parles comme ma mère !

Brigitte s'est mise à rire. C'est méchant, ça. Je n'ai vraiment pas envie de ressembler à ta mère.

La chaleur m'est montée aux joues. J'y ai porté la main, comme pour les rafraîchir. Nous nous sommes regardées en silence. Je me demandais ce qu'elle pensait de moi en cet instant.

J'ai dit : Il reviendra. Mais ça prendra du temps.

Parce que tu iras le chercher ?

Peut-être.

Je connais ton père, ou en tout cas je connais les hommes dans son genre. Il a besoin de temps, tu as raison. C'est à lui de faire preuve de loyauté envers ta mère et toi. Il te doit des excuses, non ?

Brigitte a insisté pour payer mon café. Elle a posé quelques pièces sur l'addition. Ça m'a fait plaisir de te revoir, Margot. Elle a enroulé son écharpe de cachemire autour de son cou et enfilé son long pardessus – le même que celui qu'elle portait le jour de l'interview d'Anouk. J'ai hésité à me lever pour lui faire la bise. Elle a effleuré mon coude, m'a dit de prendre soin de moi.

« Les hommes dans son genre » ? Qu'avait-elle voulu dire ? Quel genre d'homme était mon père ? Quelqu'un qui fuyait les conflits et les vérités embarrassantes, comme le prétendait Anouk ? Finirait-il par revenir, comme le pressentait Brigitte, ou au contraire s'éloignerait-il encore plus ? J'ai repensé au soir où j'avais hurlé dans la rue devant chez lui, et j'ai eu honte, comme à chaque fois. Pourvu que personne ne m'ait vue. Mais j'avais honte pour lui, aussi. Honte qu'il ne m'ait pas appelée. J'avais presque oublié le visage de la femme à la fenêtre. Je ne savais même plus à quel étage elle se trouvait, mais plus je pensais à elle, plus j'étais convaincue que c'était Madame Lapierre, et qu'elle m'avait vue pleurer.

*

J'ai beaucoup réfléchi à l'histoire de la cheffe et de sa fille. J'imaginais son incrédulité quand les médecins lui avaient annoncé que c'était fini. Tant qu'elle était dans la voiture, elle n'avait pas pensé au fait que Romane ne respirait plus. Ça ne comptait pas. Elle avançait, elle luttait contre les embouteillages pour atteindre l'hôpital, là où on soignerait son enfant. Tant qu'elle continuait à se déplacer, il y avait de l'espoir.

C'était différent avec mon père. Il n'y avait pas de moment de bascule, pas la possibilité de penser C'est fini, enfin. De faire son deuil – même si je me suis toujours demandé si l'amour d'un père peut être remplacé, si la plaie peut se refermer un jour.

Je me souviens que le samedi, j'ai dormi chez Juliette. Le matin, à travers les rideaux légers, le soleil est venu caresser nos visages. Le réveil a sonné et je me suis levée. Elle n'a pas ouvert les yeux. J'étais tellement habituée à sa sonnerie d'alarme que je ne la différenciais plus de la mienne. Je me suis passé le visage sous l'eau au robinet de la cuisine. Avant de partir, j'ai jeté un coup d'œil à Juliette. Les mains sous l'oreiller, elle avait un visage paisible. Je me suis dit qu'elle était ma seule amie intime, et cette pensée était à la fois puissante et douloureuse. J'ai failli me recoucher à côté d'elle. Mais je suis sortie sur la pointe des pieds et j'ai refermé la porte derrière moi.

Anouk m'avait laissé deux messages vocaux. Elle voulait savoir quand je rentrais. En général, elle me fichait la paix là-dessus. Avais-je fait quelque chose de mal ? Dans le métro, j'ai réfléchi aux devoirs à terminer avant le lendemain, je me suis dit qu'il me faudrait peut-être racheter du lait. Et puis j'ai repensé à la conversation avec Brigitte. Devais-je attendre que mon père fasse le premier pas et s'excuse, ou bien valait-il mieux l'appeler ? Jusque-là, je m'étais retenue de le faire, mais si c'était le seul moyen de le revoir… Juliette me conseillait de ne pas trop attendre. Je brûlais d'envie d'entendre sa voix, de le voir entrer dans notre appartement et dénouer ses lacets. Il lui fallait toujours un peu de temps pour se poser, ôter son manteau, ranger sa grosse serviette. Je savais aussi que, quand je l'appelais, il répondait presque toujours. Et comme il détestait les conflits, je pouvais faire comme s'il ne s'était rien passé entre nous. Lui demander comment s'était déroulée sa journée, ce qu'il avait mangé la veille, s'il était allé voir le dernier Audiard au cinéma.

La rame s'est arrêtée. Je me suis levée, le cœur réchauffé par l'idée de lui parler de nouveau. Oui, c'était tellement simple, il me suffisait de l'appeler. J'avais été idiote d'attendre. J'ai eu l'impression que le trajet jusqu'à la maison était encore plus long que d'habitude, et j'ai grimpé les marches quatre à quatre, si bien que j'étais en nage quand j'ai ouvert la porte.

Je pensais qu'Anouk serait encore dehors, comme souvent en ce moment, et au début je ne l'ai pas distinguée dans le noir. Elle était dans le salon, les stores baissés, recroquevillée sur le canapé, le visage en partie dissimulé derrière ses cheveux. Elle a levé la tête en m'entendant approcher. Qu'avais-je fait de mal ?

Elle a cligné des yeux à plusieurs reprises et c'est seulement là que j'ai vu les larmes sur ses joues, son air égaré. Et quelque chose d'autre aussi, quelque chose qui m'a terrifiée, une grimace qui lui tordait le visage. Les questions ont jailli dans ma tête. Il s'était passé quelque chose ? Elle était malade. On n'avait plus les moyens de payer le loyer. Ou était-ce mon père ? Il avait appelé, il ne voulait plus jamais nous voir. Il avait perdu son poste, il n'était plus ministre de la Culture – et tout ça à cause de nous, à cause de ce que j'avais fait. Je me suis penchée sur Anouk, je lui ai demandé si elle ne se sentait pas bien. Et puis, plus insistante : Qu'est-ce qui se passe ?

Elle m'a prise par la manche pour m'attirer vers elle. Il faut que je te dise quelque chose, Margot. Sa voix était tendue.

Ton père est mort la nuit dernière.

Je suis restée là, sans un mot, sans un geste. Elle a répété sa phrase.

Tout était silencieux, comme si l'appartement s'était évanoui, nous laissant dans le vide. Je suis tombée à genoux sur le parquet, la poitrine comme engourdie. Elle a pris ma tête sur ses genoux.

Ma pauvre chérie.

Sa voix s'est brisée. Tous les sons ont disparu, comme emportés ailleurs. Je ne sentais plus que mon cœur qui cognait contre mes côtes. Nous étions seules au monde, deux corps qui respiraient, transpiraient. C'est la sœur de mon père qui avait appelé Anouk, très tôt ; il avait eu une crise cardiaque, il était mort dans son sommeil.

Et puis les bruits sont revenus – le crissement des pneus d'une voiture dans la rue, la tuyauterie de l'appartement d'à côté, des chocs sourds à l'étage du dessous, et un hurlement perçant. Je me suis relevée, mais le cri venait de moi, pas de l'extérieur. Anouk a couvert ma bouche avec sa main.

13

Impossible de croire ce que me disait Anouk, même quand j'ai lu l'avis d'obsèques.

Nous avions déjà vu mon père malade. Son stress se manifestait par des signes visibles : des pertes de cheveux, de l'eczéma au creux des coudes, qu'il se grattait jusqu'au sang. Je savais qu'il avait des fragilités, comme tout un chacun, mais jamais je n'avais imaginé sa mort. Jamais je n'avais redouté sa disparition – le mot qu'on utilisait dans les journaux, on « déplorait sa disparition », comme s'il s'était enfui à bord d'un avion à destination d'une île tropicale. Vivant, quelque part.

Ce n'étaient que des mots, après tout. Tout en moi se révoltait, refusait d'accepter sa mort. Certains disaient : C'est parce qu'il n'était pas souvent là, parce que vous ne l'aviez pas vu depuis deux mois. Ils disaient aussi : Comment peut-elle être aussi triste pour quelqu'un qui ne vivait pas avec elle ?

J'attendais que quelque chose change en moi, que sa mort se traduise en une sensation d'absence réelle, et en même temps je m'y refusais. J'attendais qu'il m'appelle, et nous ririons des articles parus, ce n'était qu'une blague absurde. Je sentais sa présence. C'était un secret brûlant que je gardais pour moi, parce que personne ne me croirait, et parce qu'il me faisait du bien.

Le temps était à la fois lent et plus perceptible, avec une étrange douceur qui me manquerait plus tard. Ma peau était fine comme des pétales de fleur, et je me fondais en permanence dans ce qui m'entourait. Rien de bon ni de mauvais ne pouvait m'arriver. Quand j'étais assise quelque part, je ne sentais plus ni mes jambes, ni mes bras, ni mes pieds, comme si je disparaissais à mon tour.

Des souvenirs de mon père remontaient à la surface. Un jour, il m'avait montré une liste de dates, où figurait mon année de naissance.

Il m'avait dit : Ta mère a une mémoire d'éléphant, mais moi, j'oublie tout. Je ne retiens que les bons moments. J'ai noté ces années pour me souvenir des mauvais.

Qu'y avait-il eu d'autre l'année de ma naissance ?

Une autre fois, il avait exhibé ses cicatrices, ses difformités comme il les appelait, au cas où je doive un jour identifier son corps. Sur sa paupière gauche, la marque de varicelle ; sur son épaule, une cicatrice apparente d'une vieille opération chirurgicale ; la tache de naissance sur une jambe. J'avais imaginé son cadavre sans tête sur la table d'une morgue, et moi qui étais chargée de l'identifier.

La réaction d'Anouk était plus spontanée. Elle avait compris qu'il n'était plus là, et ça avait brisé quelque chose en elle. Contrairement à moi, elle ressentait son absence comme une douleur viscérale. J'ai passé les deux premières nuits sans dormir, à fixer le mur de ma chambre en écoutant le bruit de ses sanglots. Ils me mettaient en colère. Elle n'essayait même pas de cacher sa peine. Moi, j'étouffais mes pleurs dans mon oreiller. Mathilde et Théo sont venus s'installer chez nous, sur les canapés du salon. Ils nous préparaient les repas. Je me souviens des bruits de leur présence, les seuls à remplir l'espace de l'appartement. C'était Mathilde qui encourageait Anouk à prendre une douche, elle qui l'accompagnait la nuit à la salle de bains quand elle se levait pour vomir.

Le mardi suivant, Juliette est venue me voir pour m'apporter nos devoirs. Elle m'a étreinte, longtemps. C'était la première fois que quelqu'un me touchait vraiment depuis le matin où Anouk avait pris ma tête sur ses genoux. Quand Mathilde m'enlaçait, je me raidissais malgré moi, avec l'impression qu'elle était là pour ma mère, pas pour moi. Dans les bras chaleureux de Juliette, je me suis laissée aller. J'ai pleuré sur son épaule, la tête enfouie dans ses cheveux. J'avais du mal à respirer tant j'avais de choses à évacuer. Je voulais que tout sorte, à m'en faire mal aux côtes.

Juliette m'a tenue en silence en me caressant le dos. J'avais l'impression que si je parvenais à pleurer encore un petit peu plus fort sur elle, tout s'en irait. Mais quand je me suis arrêtée, la douleur était toujours là. Pire même, elle cognait dans ma gorge.

Le quatrième soir, Mathilde et Théo sont rentrés chez eux. Je me suis retrouvée de nouveau seule avec Anouk. Je lui ai fait couler un bain, et je me suis assise sur le rebord de la baignoire tandis qu'elle s'y plongeait. Elle a posé une serviette mouillée sur ses yeux, et je l'ai regardée. J'ai regardé les poils roux entre ses jambes, ses seins plats qui tombaient sur le côté, son mamelon ombiliqué à la pointe absente, comme un creux aspiré à l'intérieur. Elle a cherché ma main et je l'ai tendue pour qu'elle la saisisse. Les yeux et le nez ont commencé à me picoter, et elle a dû le sentir parce qu'elle a serré plus fort. La sonnette de l'entrée nous a fait sursauter toutes les deux.

Je suis allée ouvrir la porte. C'était Mme Bonnard, la voisine. Nous ne l'aimions pas. Elle votait Front national et passait son temps à épier ce qui se passait dans la rue derrière ses rideaux. Elle était persuadée que des dealers opéraient dans le parking souterrain voisin. Elle m'a tendu un bouquet de roses en regardant par-dessus mon épaule.

Ta mère n'est pas là ? Je voulais lui présenter mes condoléances.

J'ai répondu non, je l'ai remerciée et j'ai refermé la porte.

J'ai coupé les tiges dans la cuisine et mis les fleurs dans un vase. Je suis restée comme ça dans le noir pendant plusieurs minutes à observer l'immeuble d'en face. La plupart des gens étaient chez eux, leurs rideaux ouverts laissaient passer une lumière rassurante. J'ai entendu des pas derrière moi. Anouk était là, elle avait enfilé son manteau et mis ses bottes de cuir. La peau de son visage était encore rouge, mais j'ai vu qu'elle avait mis du mascara. Pour aller où ?

J'ai montré les fleurs. De la part de Mme Bonnard. Elle te présente ses condoléances.

Anouk a touché un pétale et secoué la tête.

Mets ton blouson. On va voir ton père.

L'espace d'un instant j'ai cru qu'elle était devenue folle.

Elle a précisé : Il y a une veillée funèbre ce soir. À leur appartement. On peut lui rendre visite.

L'enterrement avait lieu le lendemain.

Comment tu le sais ?

Elle n'a pas répondu à ma question. Elle m'a dit de me dépêcher, nous n'avions pas de temps à perdre.

*

Cela faisait à peine deux semaines que j'étais venue rue Mirabeau avec Juliette, mais j'avais l'impression de voir le quartier d'un œil neuf. Ce n'était pas notre Paris. Ici, l'air était frais comme à la montagne. Les rues étaient silencieuses, seulement peuplées du bruit du vent dans les arbres aux branches soigneusement taillées qui gardaient des maisons hors de prix. Pas le moindre commerçant, ni boucher ni boulanger en vue. Anouk s'est arrêtée devant l'immeuble. C'est ici. Elle a consulté un morceau de papier dans son sac avant de taper le code sur l'interphone.

Celui-ci a bourdonné. Elle a poussé la porte et nous sommes entrées dans le vaste hall. Nous avons lu les noms sur les sonnettes, appuyé sur celle où était inscrit LAPIERRE. Nous avons attendu. Il était presque onze heures, et Madame Lapierre dormait peut-être déjà. Au fond de ma mémoire s'agitait le souvenir trouble de ce que nous avions fait Juliette et moi – nos hurlements stridents au beau milieu de la nuit, notre ivresse. J'étais certaine qu'elle était perceptible dans nos voix bafouillantes ; on avait dû nous prendre pour des voyous. Mais j'avais crié Papa devant chez lui. Si Madame Lapierre m'avait vue, si elle savait qui j'étais, qu'avait-elle pensé de moi ? Que j'étais une pauvre fille mal éduquée en mal d'attention. Quoi qu'elle dise, ai-je décidé, je nierai. Je me répétais les mots que je lui renverrais : Vous vous trompez, j'étais chez moi ce soir-là.

Anouk a sonné de nouveau, plus longuement. Elle était décidée à nous faire entrer. Une voix masculine a répondu.

Oui, qui est-ce ?

Anouk Louve et ma fille Margot.

Silence.

Vous êtes là ? a-t-elle demandé.

La voix a dit : C'est au troisième, et la porte s'est ouverte avec un déclic.

Nous sommes montées sans un mot, et pendant un moment, dans cet escalier, nous sommes restées dans un temps suspendu. Allions-nous vraiment rencontrer l'autre famille de mon père ?

Un jeune homme a entrebâillé la porte, nous a regardées avant de l'ouvrir davantage. Il devait avoir autour de vingt-cinq ans, avec les cheveux sagement ramenés sur le côté. Il portait un costume et les mêmes chaussures de cuir de marque Heschung que mon père, classiques, avec des lacets. Leur ressemblance était frappante. Même posture, pieds écartés et mains derrière le dos.

Je suis Jacques.

Son fils, c'est ça ? La voix d'Anouk était chaleureuse. Ça m'a surprise.

Je suis restée silencieuse, les yeux toujours rivés à ses chaussures cirées bordeaux. J'imaginais les orteils nichés à l'intérieur. Son fils aîné.

Je ne peux pas vous laisser entrer. Il avait l'air de s'excuser, debout sur le seuil, la main sur la poignée. Je ne veux pas réveiller ma mère.

Mais vous nous avez ouvert. Vous nous avez laissées monter. C'est notre dernière chance.

Même dans le couloir mal éclairé, on pouvait voir que les yeux de ma mère étaient rougis et gonflés.

Je suis désolé.

Au moins, laissez Margot lui dire au revoir. Elle ne l'a pas revu depuis août.

Elle m'a poussée en avant. Les yeux du jeune homme se sont posés sur moi comme s'il n'avait pas remarqué ma présence jusque-là. Un tic nerveux a agité ma bouche.

Jacques a jeté un coup d'œil par-dessus son épaule. Nous attendions. Je savais qu'Anouk ne s'en irait pas. Ça m'a paru une éternité, même si ça n'a peut-être duré que quelques minutes, voire quelques secondes. La minuterie du couloir s'est éteinte avec un déclic. Il a poussé un soupir et s'est écarté. Viens,

Margot, tu peux le voir. Mais ne fais pas de bruit. Il vaut mieux que ma mère ne sache pas que tu es venue.

Anouk l'a remercié, m'a poussée en avant une nouvelle fois.

Et toi ? ai-je murmuré, en panique.

Il aurait voulu que tu sois là. Ça me suffit. Vas-y. Elle a posé la main dans mon dos et m'a obligée à entrer dans l'appartement.

J'ai suivi Jacques dans un couloir. Je sentais la présence d'Anouk derrière moi, très droite, immobile, le regard fier. J'ai pensé que j'allais vomir.

Nous sommes entrés au salon, où les lumières étaient tamisées, des longs rideaux aux fenêtres cachaient la rue. J'ai remarqué les grands bouquets de fleurs sur une table de verre, en gerbes compactes. Celles de Mme Bonnard lui auraient fait honte. Nous n'irions pas aux obsèques. Nous n'étions pas invitées.

Je te laisse seule un moment, a dit Jacques. Il a disparu dans le couloir.

Mon père était sur une table, de la même taille que lui, entourée de chaises pour les visiteurs. Je suis restée un peu à distance, de peur de sentir l'odeur de décomposition. C'était la première fois que je voyais un mort et ça me terrifiait. Je l'ai observé du coin de l'œil, la forme de son visage était à peine reconnaissable. Ce n'était pas lui.

J'ai attendu que mon vrai père arrive. J'allais entendre la chasse d'eau et il débarquerait dans cette pièce ; ma présence le surprendrait. Il me sourirait, comme toujours à pleines dents. Il me dirait : Margot, ma chérie, qu'est-ce que tu fais ici ? Est-ce qu'il serait choqué ? Est-ce qu'il m'embrasserait quand même sur les deux joues, ou est-ce qu'il me demanderait de partir sur-le-champ ? J'avais l'impression de flotter, comme emplie soudain d'air chaud, apaisée par l'idée qu'il allait se montrer.

Quand mes yeux se sont habitués à l'éclairage réduit, j'ai remarqué les photos encadrées sur un buffet près de la table. Son mariage avec Madame Lapierre. C'est à peine si je l'ai reconnue, jolie mariée en robe blanche. Lui était jeune, avec les cheveux ondulés. Ses deux fils debout dans une barque, jambes écartées pour garder l'équilibre. Une photo plus récente, eux quatre à la plage. Il était au centre, tenant ses fils par les épaules, et Madame Lapierre devant lui, tête appuyée contre son torse. Leur bonheur m'a coupé le souffle.

J'ai entendu des pas, un cliquetis de talons qui s'éloignait puis une voix de femme, en colère.

Comment osez-vous ?

Et avec la même force, la voix d'Anouk, dans le couloir.

Nous avons le droit d'être ici.

Elles étaient à la porte ; peut-être Anouk était-elle entrée dans l'appartement.

Vous croyez que vous n'en avez pas assez fait ?

Ne jouez pas les victimes, je vous en prie.

Il se laissait tourner la tête par n'importe quelle femme comme vous. Vous croyez vraiment que vous êtes différente des autres ?

Elles ont baissé la voix, mais j'entendais la violence dans leurs échanges. Je me suis agrippée au dossier d'une chaise et j'ai fermé les yeux.

Quand je les ai rouverts, un peu plus tard, elle était là, juste à côté de moi. J'ai sursauté. Elle avait traversé le couloir en silence.

Elle ne ressemblait en rien à la femme que j'avais vue dans la rue quelques mois plus tôt. Elle portait une veste et une jupe assortie, parfaitement repassées. Mais son visage était ravagé, sa peau livide. Ses cheveux, si brillants et si abondants sur les photos, étaient collés sur son crâne et en révélaient une forme irrégulière.

J'ai attendu son accusation.

Tu es si jeune, a-t-elle fini par dire, d'une voix entrecoupée.

J'ai croisé les bras. Jacques est arrivé derrière sa mère et l'a prise par le coude. Il lui a murmuré de me laisser seule un instant. Viens, maman.

Avant de le suivre docilement vers la porte, elle a dit, comme à regret : Tu as raison, tu n'as rien fait de mal. Tu es comme nous.

Ils sont sortis et je me suis trouvée seule de nouveau.

Ses mots m'avaient glacée. Mes mains tremblaient. Je me suis approchée de mon père. Il avait les lèvres plus fines que dans mon souvenir, comme si quelqu'un avait dérobé ses dents. Le plus étrange, c'était sa peau, privée de vie. On aurait dit qu'il s'était dégonflé. Je me suis penchée jusqu'à ce que mes lèvres frôlent ses cheveux. Ils étaient doux et sentaient son shampoing, celui qui avait une légère odeur médicinale. Je l'ai reconnu. J'ai pu respirer enfin. C'était lui.

J'ai murmuré : Tu nous manques. Rentre à la maison.

*

Je suis sortie sans voir personne, la porte s'est refermée derrière moi. Anouk était déjà descendue, elle m'attendait en faisant les cent pas dans la rue. Elle s'est arrêtée en me voyant. C'était comment ? Sa voix, d'abord agressive, s'est adoucie. Il était comment ?

Comme d'habitude.

J'avais la gorge si serrée que je pouvais à peine parler. Je me suis dit que si je me mettais à pleurer maintenant, je ne me le pardonnerais jamais.

Elle m'a prise dans ses bras. Ça m'a étonnée. Je me suis raidie encore plus, d'abord incapable de lâcher prise, de la laisser me réconforter. Elle m'a tenue jusqu'à ce que je me détende enfin un peu. J'essayais de me souvenir de la sensation des bras de mon père autour de moi, de son étreinte, de sa carrure, mais il n'était pas du genre à montrer ce genre d'affection.

Environnée du parfum de sa crème de jour à la rose, Anouk semblait invincible, comme si la confrontation avec Madame Lapierre avait rechargé son énergie. J'ai senti sa force se déverser en moi.

Je savais que cette sensation ne durerait pas. Jamais elle ne me laisserait croire à ce fantasme trop longtemps.

Ça m'a rappelé la fois où, en classe, une fille m'avait pincé la main dans une porte. J'avais six ou sept ans, et Anouk était venue me chercher à l'école pour m'emmener à l'hôpital. Le temps qu'elle arrive, ma main était violette et enflée. La mère de la petite fille était venue aussi. Elle a présenté ses excuses à Anouk, mais sur un ton détaché, avant de se tourner vers sa gamine pour la réconforter. Ce n'est pas ta faute, la porte s'est refermée toute seule. Mais moi, je savais que c'était faux. Elle l'avait fait exprès, elle m'avait même regardé dans les yeux en claquant la porte sur ma main. Elle m'avait traitée de menteuse quand j'avais dit que mon père était quelqu'un de connu. Tu n'as pas de père et ta mère est une pute. Tout cela, je l'ai murmuré à l'oreille d'Anouk.

Je me souviens qu'elle s'était ensuite levée pour aller s'en prendre à l'autre mère, les mains dangereusement proches de son visage. Elle la dépassait d'une bonne tête. En voyant sa mère ainsi brutalisée, mon agresseuse s'était mise à pleurer. Je ne connaissais pas les mots qu'employait Anouk, mais le ton de sa voix ne laissait aucune place au doute. J'avais honte.

Je voulais que ma mère s'occupe de moi au lieu d'insulter une inconnue. Je regrettais de lui avoir dit la vérité. Je détestais les moments où elle exprimait ses émotions en public – elle n'avait aucune pudeur ! Mais Anouk était comme ça, elle se fichait du regard des autres.

Devant la maison de Madame Lapierre, elle m'a murmuré : Rappelle-toi qui nous sommes. Puis elle m'a lâchée et nous sommes allées prendre le métro.

Nous étions les seules à pouvoir comprendre ce que signifiait de vivre dans l'ombre, de représenter le secret de mon père. Les gens s'apitoyaient, et Anouk avait dit une fois que nous étions des citoyennes de deuxième ordre. C'était un trait d'humour, parce que la vérité était trop énorme pour l'énoncer. Nous étions les élues, les meilleures. Meilleures que Madame Lapierre et ses fils. Celles qu'il aimait. Nous supportions tout parce que nous avions cet amour, parce que nous étions à part. Il était marié avec deux enfants, et pourtant il avait fondé une autre famille, il allait voir ailleurs pour son plaisir. Il y avait dans sa vie un gouffre qu'il devait remplir, et pendant des années c'est nous qui l'avions comblé. Voilà qui nous étions – et cette idée me faisait du bien.

14

J'AI senti un changement chez Anouk après cette soirée. Elle s'est montrée de plus en plus distante. J'avais l'impression que c'était ma faute – parce que j'avais été la seule à voir le corps de mon père. Elle m'en voulait sans doute d'avoir pu entrer alors qu'elle avait été obligée d'attendre à la porte de l'appartement. Avec Mathilde, elle parlait désormais ouvertement des sacrifices qu'elle avait consentis pour moi pendant des années – pas devant moi, bien sûr, mais elle savait pertinemment que je pouvais l'entendre. Ce qu'elle regrettait le plus, c'est de m'avoir élevée dans des conditions aussi privilégiées. J'étais une enfant gâtée, non ? J'ignorais tout de la valeur des choses. (C'était son père qui payait cet appartement ; il la comblait de cadeaux pour se faire pardonner ses absences.) Je n'imaginais pas à quel point elle devait travailler dur, à quel point cette obligation de donner des cours chaque jour épuisait son énergie créatrice. (J'ai besoin de me ressourcer. Il me faut du temps pour réfléchir, je rêve d'écrire un nouveau spectacle, comment tu veux que je m'y mette si je passe mes journées à donner des cours pour payer le loyer ?)

Tu sais, tempérait Mathilde, elle vient juste de perdre son père…

Je me sentais chavirer. De plus en plus souvent, je me demandais si c'était moi qui avais causé la crise cardiaque de mon père. Si nous étions restées hors des feux de l'actualité, peut-être serait-il encore en vie. L'épuisement et le stress du scandale ne l'avaient-ils pas fait sombrer ? Et la nuit où j'avais crié Papa sous ses fenêtres, cela l'avait peut-être profondément affecté et avait nui gravement à sa relation avec Madame Lapierre. Anouk m'avait prévenue, il n'aimait ni le changement ni les confrontations. Il avait passé toute sa vie à se tailler une réputation de mari fidèle et de bon catholique, et j'avais mis le feu à cette image, révélé son imposture. Je repensais au jour où il s'était endormi dans la voiture, l'épuisement et la vulnérabilité sur son visage. Il n'avait pas l'énergie inépuisable d'Anouk.

Certains jours, j'étais sur le point de tout lui dire. J'avais tellement envie de lui avouer ce que j'avais fait que je sentais les mots se bousculer dans ma gorge. Je me mettais à transpirer, et mon cœur battait si vite et si fort que je me demandais comment elle pouvait ne pas l'entendre. Mais je me retenais toujours au dernier moment. Je redoutais trop ses réactions. Peut-être refuserait-elle de m'adresser la parole pour le restant de nos jours, et je ne voulais pas la perdre.

Mes notes ont commencé à chuter. Un jour, j'ai eu un 4/20 en physique-chimie. Mme Roullé m'a épargné l'humiliation de rendre ma copie avant celle des autres, elle a simplement écrit : *De gros efforts sont nécessaires.* Reste que cette note était un échec cuisant. J'ai retourné la feuille pour ne plus la voir, me jurant de me plonger à corps perdu dans le travail. À côté de moi, la note de Juliette, accompagnée d'un *Très bien !* en rouge, me fixait d'un air méprisant. J'en voulais à mon amie d'avoir une vie si facile.

Elle s'était mise à écrire un scénario. Elle voulait commencer à le tourner très vite, d'après elle, les meilleurs réalisateurs avaient commencé jeunes. Elle devait attendre deux ans, sans doute dans une prépa, avant de passer le concours de la Fémis. Je lui ai demandé de quoi parlerait son court-métrage. Tu verras quand il sera terminé, m'a-t-elle répondu avec des airs mystérieux.

Comédie ou film sentimental ?

Elle savait que je me moquais d'elle, mais elle a fait semblant de prendre ma question au sérieux.

Tu me prends pour qui ?

Pour une débutante…

Tu penses que je pourrais convaincre ta mère de jouer dans mon film ?

Nous étions sur un banc en face du lycée. Juliette portait un gros manteau bleu et ses vieilles tennis élimées dont les lacets blancs avaient viré au gris. Sa question sonnait comme une prière, mais j'ai secoué la tête.

Ce n'est pas vraiment le moment de lui en parler. En ce moment, on a du mal à se supporter l'une l'autre.

Bien sûr, a fait Juliette d'une voix douce. Je comprends.

J'avais un peu honte de lui dire non, mais je ne me voyais pas demander cette faveur à Anouk alors qu'elle ne cessait de se plaindre d'avoir trop de travail. Et puis, je n'étais pas certaine de pouvoir garantir le résultat – comment savoir si le film serait bon ? J'ai aspiré une grande goulée d'air glacé. Il faisait déjà sombre. Désormais, quand nous sortions du lycée, la nuit était tombée.

Dans ce cas, a-t-elle repris, ce sera toi, mon actrice.

Je ne sais pas jouer.

On s'en fiche, c'est juste du cinéma. Je te rendrais sublime en postproduction.

Je lui ai souri, incapable de la prendre au sérieux. On verra.

Elle m'a remerciée et m'a prise par le bras. Elle a posé sa tête sur mon épaule.

*

Chaque matin, je me réveillais avec l'impression très nette d'avoir le cœur brisé. Ma raison me disait que quelque chose en moi était meurtri, une blessure du passé dont il ne restait désormais qu'une tristesse flottante. Il me fallait quelques secondes – quelques secondes d'un oubli béni – pour que ça revienne. Il était mort. Mon estomac se contractait violemment.

Je m'obligeais à penser à autre chose. Juliette à sa fenêtre, fumant une cigarette. La simplicité de son geste quand elle faisait tomber la cendre. Mathilde qui nettoyait et découpait des poireaux du marché. Théo en train d'écouter la radio au salon.

Je marchais dans la rue sans voir les bus ni les voitures. J'aimais ce sentiment d'être coupée du monde. Je n'aurais jamais osé l'avouer, mais je prenais du plaisir à voir à quel point il m'était facile de perdre du poids – mon estomac était noué en permanence –, et à me perdre dans des rêveries dont le klaxon d'une voiture me tirait en sursaut. Je passais mes nuits à sangloter et je m'éveillais anéantie, lèvres, joues et paupières irritées par le sel des larmes versées. J'attendais qu'Anouk le remarque. En vain.

À la place, elle se plongeait à corps perdu dans ses projets. Je ne captais d'elle que des bouffées de son parfum Hermès, sa voix derrière la porte de sa chambre quand elle parlait à Mathilde au téléphone. Plus tard, j'ai compris qu'elle tentait de me protéger. Elle prenait son rôle de mère au sérieux, à sa façon.

Pourtant, quand je l'observais à son insu, je voyais ses yeux vides, sa main qui tremblait quand elle épluchait une pomme. En rentrant du lycée, je remarquais ses joues creuses. Et ça me rendait encore plus furieuse contre elle, parce qu'elle n'était même pas fichue de me dissimuler ça.

Les rares fois où nous dînions ensemble, c'était sans un mot. Nous nous appliquions consciencieusement à remplir nos estomacs en mangeant les mêmes plats d'une semaine sur l'autre. Elle disait : Du carburant pour la journée de demain. Des plats préparés à base de riz et de saumon dans des sachets sous vide qu'on mettait à réchauffer au bain-marie, ou une salade tomates-mozzarella, du melon avec une tranche de jambon de Parme, ou encore des pommes dauphine surgelées qu'elle faisait réchauffer au four. Quand le frigo était vide, je me rabattais sur des céréales.

Un soir, elle s'est mise à soliloquer sur une pièce dans laquelle elle jouait pour faire plaisir à un ami. C'était devenu son obsession – un spectacle à tout petit budget, pour lequel elle était sous-payée, mais son ami, le metteur en scène, était un homme de talent. Elle avait commencé par évoquer le projet avec enthousiasme, mais à présent sa voix n'était qu'amertume. Il se passait quelque chose. J'ai demandé : C'est quoi, le problème ?

Son ami couchait avec la jeune première. Il avait trente-trois ans de plus qu'elle, mais c'était surtout la différence de notoriété qui perturbait Anouk. La comédienne était une quasi-inconnue, c'était son premier rôle. Si tôt dans une carrière, séduire le metteur en scène constituait une grossière erreur.

En quoi ça te gêne, toi ?

Je le connais depuis longtemps. Il a le bras long, il peut faire ou défaire une carrière. Le pire, c'est qu'il n'a aucun scrupule, il est capable de la mettre enceinte. Pour elle, ce serait la fin de tout. En plus, elle est exactement son genre : des jambes interminables et une bouche comme une pieuvre.

Elle est amoureuse de lui ?

Tu plaisantes ? Il est gros avec des dents pourries.

Dans ce cas, c'est lui qui l'a séduite, pas le contraire.

J'ai vu comment elle le regarde, sa façon de lui caresser le genou sous la table pendant les répétitions.

Si elle heureuse avec lui…

Anouk a vérifié du bout de sa langue qu'elle n'avait rien entre les dents.

Ce que tu peux être cruelle envers les gens qui te ressemblent trop…, ai-je dit.

Pour toute réponse, elle a poussé un soupir impatient, elle a pris mon assiette sans me demander si j'avais terminé et l'a vidée avec la sienne dans la poubelle. J'étais peut-être allée trop loin, mais comment savoir ? Nous avions toutes deux un seuil de tolérance élevé face aux pires méchancetés que nous nous jetions mutuellement à la tête. Jamais nous n'aurions osé parler comme ça à quelqu'un d'autre, même pas à Théo et Mathilde, parce que nous sentions bien à quel point nous nous disions des horreurs.

J'aimerais qu'elle fasse ses choix en conscience, a repris Anouk. Pour son avenir.

Non. Tu veux la sauver. Tu vas faire quoi ? Lui dire de le quitter ?

J'espère juste qu'elle prend ses précautions.

Bien sûr. Elle insinuait que la maternité était un obstacle à la carrière. Anouk n'aimait-elle pas être mère, n'était-elle pas heureuse de m'avoir eue ? Je rêvais d'une mère avec qui je puisse rire, me sentir complice. Quand j'en parlais à Mathilde, elle me conseillait d'être patiente. Elle fait de son mieux, tu sais. Elle est là pour toi, jour après jour, non ?

Il y avait du vrai dans ses paroles, je le savais. Peut-être qu'Anouk rêvait, elle aussi, de ne plus toucher à son assiette, de marcher dans la rue sans regarder autour d'elle. Elle qui n'avait jamais accordé d'importance à ce qu'elle mangeait s'appliquait maintenant à se nourrir, à bien mâcher, peut-être pour me donner l'exemple. Parfois, quand nous nous promenions, elle me prenait par la main.

Je pensais à ça quand je ramassais le bazar derrière elle, quand je rangeais un livre dans la bibliothèque ou que je faisais la vaisselle. Je me disais qu'elle laissait ces traces exprès pour que je les voie. Et parfois, oui, en pliant un foulard ou en récurant l'évier, je sentais une vague de chaleur monter en moi.

*

Novembre est arrivé. Le froid, le gris, la pluie sur les trottoirs en permanence, tout m'épuisait. Notre appartement était aussi humide que le temps dehors. Anouk n'était pas du genre à gaspiller de l'argent pour des broutilles comme le chauffage.

Le samedi, je passais ma journée chez Albert, à boire des cafés à la petite table ronde du coin. Je regardais l'entrée de notre lycée de l'autre côté de la rue, les grilles imposantes verrouillées pour le week-end, la plaque argentée où était gravé son nom en lettres capitales. Parfois, je faisais mes devoirs, mais la plupart du temps je feignais juste de prendre des notes dans un carnet, l'esprit entièrement vide. J'étais accro au café, parce qu'il dissipait ma somnolence et agitait mes mains de tremblements électriques. Il rendait dynamique le simple fait d'exister.

Un jour, pendant la première ou la deuxième semaine de novembre, j'ai vu, en entrant dans la rue du lycée, un homme qui ressemblait à mon père. Le bâtiment gris aux grandes fenêtres en arrière-plan et, tout près de moi, cet homme qui marchait. Il m'a croisée sans un regard. D'âge et de taille moyenne, un foulard autour du cou, les pieds en canard, avec une démarche qui ressemblait à celle de mon père et, un instant, tout s'est obscurci autour de moi.

Je me souvenais de la peau de ses chevilles, pâle, que j'apercevais quand il faisait ses lacets. Le pantalon en coton aux ourlets élimés par le temps, toujours impeccablement repassé, qu'il mettait le week-end. Ses mains chaudes, parcheminées. Il m'avait massé les épaules un jour que je préparais le bac de français en me disant que je m'en sortirais très bien. J'aurais dû prendre le téléphone et l'appeler. Il avait attendu ça, sans doute. Paupières closes, j'essayais de retrouver son visage, mais je ne voyais que sa gorge, la peau douce autour de la pomme d'Adam qui montait et descendait. J'ai plaqué la main sur mes yeux.

Une violente douleur à l'estomac m'a pliée en deux en pleine rue. Une femme sur le trottoir m'a demandé si j'avais besoin d'aide. Sans lui répondre, j'ai piqué un sprint vers Chez Albert, où je me suis précipitée aux toilettes. J'avais l'habitude de cette souffrance qui me tordait le ventre et le corps tout entier.

Je ressentais de moins en moins sa présence.

Je me suis lavé les mains avant de ressortir. La table du coin, ma table, était occupée par deux garçons que je ne connaissais pas. J'ai cherché une place du regard, mais la salle était bondée, inhabituel pour un week-end. Des camarades de classe étaient là, penchés sur leurs manuels, mais je n'en connaissais aucun suffisamment pour m'incruster. J'ai pensé que je ferais mieux de rentrer chez moi, bien que je n'en aie aucune envie. Même avec toutes les lumières allumées, l'appartement était sinistre. Téléphoner à Juliette pour m'inviter chez elle ? Impossible : je savais que sa mère venait la voir ce week-end. J'ai avancé vers la porte. Au comptoir, une femme a bougé brusquement, bousculant son voisin au passage – je l'ai entendue s'excuser.

Elle me tournait le dos. Sa longue chevelure noire m'a semblé étrangement familière. Elle me rappelait quelqu'un, mais qui ? Je me suis arrêtée juste derrière elle, assez près pour la toucher. Alors, comme si elle sentait ma présence, Brigitte s'est retournée.

II

1

Ils habitaient au premier étage d'un vieil immeuble dans le IXe arrondissement, une moquette sur les marches de l'escalier étouffait le bruit des pas. Dans leur appartement, le parquet gondolé par le temps et l'humidité donnait l'impression que toutes les pièces étaient de guingois. C'était Brigitte qui avait choisi cet endroit, pour sa proximité avec la rue des Martyrs et ses commerces. Selon la légende, saint Denis, après son supplice, y avait marché en portant sa propre tête. J'aimais les rues étroites et tortueuses de ce quartier, qui grimpaient vers le paradis du Sacré-Cœur en traversant les bas-fonds de Pigalle.

David avait grandi dans le Sud, du côté de Nîmes, il préférait les petites villes et la banlieue. Il avait proposé d'emménager dans une agglomération de la petite couronne, mais Brigitte s'y était farouchement opposée. Elle détestait ces villes horriblement bourgeoises, les maisons aux façades décrépies et aux intérieurs rongés par le salpêtre, avec un unique W.-C. au sous-sol – des maisons fantômes entretenues avec les reliquats de fortunes aujourd'hui englouties. Elle préférait de loin vivre dans un appartement, au cœur de la vie parisienne. L'idée même de ces vieilles bâtisses lui donnait des envies de suicide. Quel horrible endroit pour élever des enfants. L'hiver n'est jamais une saison agréable, mais dans ces endroits-là ? J'adorais la confiance avec laquelle elle s'exprimait. Elle avait une façon bien à elle d'égrener les clichés.

Leur palier était sombre – la cage d'escalier était aveugle et la porte d'entrée peinte en noir. Mais l'intérieur de l'appartement était clair, avec des boiseries patinées par les siècles, de grandes fenêtres qui laissaient entrer une lumière dorée où voletaient quelques particules de poussière. Le salon était l'endroit de prédilection de Brigitte pour travailler. Elle s'installait sur le canapé en cuir, en tailleur, un livre sur les genoux. Au fond, la cuisine donnait sur une cour. Le bureau de David se trouvait dans le couloir près de la salle de bains, une petite pièce avec un tapis indigo et un canapé-lit une place.

Dans l'entrée étaient accrochés deux tableaux représentant chacun une déesse japonaise au corps rebondi et aux tétons orange, qui dansait dans les vagues. Je les trouvais sublimes avec leurs pieds qui effleuraient l'eau, leur visage paisible et le délicat triangle de poils entre leurs cuisses bien en chair.

Rencontrer Brigitte chez Albert ce samedi-là avait tenu du miracle. J'étais sortie des toilettes le ventre noué, et j'avais failli ne pas la voir en passant à côté d'elle. C'est seulement parce qu'elle s'était retournée pour fouiller dans son sac à main que j'avais reconnu sa grande bouche écarlate, son menton pointu. Elle avait suspendu son manteau au crochet fixé sous le bar, mais il était trop long et traînait par terre. Je m'étais sentie gênée de me trouver là, tout près d'elle, comme si je la suivais. Elle avait dit, Margot, ça me fait tellement plaisir de te voir. J'avais esquissé un sourire forcé. Tu es toute pâle, tu es sûre que ça va bien ? J'avais fait un geste vers la rue, c'est à cause du temps.

Elle m'avait expliqué qu'elle partait rejoindre David à un dîner, m'avait proposé son tabouret. Je m'étais installée tandis qu'elle enfilait son manteau et qu'elle dégageait ses cheveux du col.

Elle avait touché mon poignet. Margot. Il y avait tant de douceur dans sa voix. J'imagine à quel point ce que tu vis est difficile.

J'étais incapable de parler, comme si mon cou était enflammé, comme si le nœud dans ma gorge avait gonflé jusqu'à obstruer ma bouche. Je luttais pour n'afficher aucune expression, de crainte de m'effondrer. Je réussis à hocher la tête, et elle avait paru saisir tout ce que je ressentais.

Si tu venais à la maison, un de ces jours ? J'aimerais beaucoup. Avait-elle vraiment envie que nous passions du temps ensemble ?

Tu es libre quand ?

À peu près tous les jours, le soir. Après les cours, je ne fais pas grand-chose.

Parfait. À lundi, alors ?

Oui.

J'ai souri.

*

Le lundi suivant, elle m'a accueillie avec un clafoutis. Il était dix-sept heures trente, je venais directement du lycée. Anouk avait commencé à répéter chaque soir pour sa nouvelle pièce, elle ne me demandait plus où j'étais. Brigitte m'a ouvert la porte et m'a planté une bise sur les deux joues. Une délicieuse odeur douce et sucrée de beurre et de fruits mijotés embaumait l'appartement, et quand elle m'a expliqué pourquoi, je l'ai complimentée. Elle a souri, contente d'elle, et m'a emmenée à la cuisine.

Le clafoutis était sur la table, tout juste sorti du four. Les tranches de poire caramélisées nageaient dans le flan ferme et fondant, l'ensemble était parsemé de fins éclats d'amandes légèrement dorés. Elle a coupé une part qu'elle m'a servie sur une assiette à dessert, avec une petite cuillère tout embuée de chaleur. Elle s'est mise à parler presque tout de suite, comme si nous nous connaissions depuis toujours.

Elle avait pensé à moi récemment. En faisant le ménage dans la bibliothèque, elle avait trouvé un exemplaire de *Bonjour tristesse*, qu'elle avait lu des années plus tôt. Je connaissais ?

Bien sûr. Françoise Sagan. Un classique, mais je ne l'avais pas lu.

Il a fait beaucoup de bruit quand il est sorti, m'a-t-elle expliqué. Sagan n'avait que dix-huit ans. Bien sûr, ce n'est pas un chef-d'œuvre, il a des défauts, mais il est d'une intensité incroyable. Elle décrit exactement ce que ça fait d'avoir cet âge. Elle n'aurait pas pu l'écrire à un autre moment de sa vie. Son histoire est authentique, il n'y a rien d'artificiel dans ce livre.

Brigitte s'est tue un instant pour reprendre sa respiration et se servir une part de clafoutis à son tour.

C'est un des premiers romans que j'ai lus en arrivant à Paris. J'avais juste un an de plus que toi.

Il t'a marquée, on dirait.

Elle a hoché la tête. Tu connais un peu l'histoire ? Cécile, la narratrice, vient de finir sa terminale. Elle a dix-sept ans, elle a raté son bac. Elle vit avec son père depuis deux ans. Le roman se déroule l'été pendant leurs vacances sur la Côte d'Azur.

La vie de Cécile était tellement différente de la mienne, a continué Brigitte. Luxe, alcool, bains de soleil. Mais en lisant le roman je me sentais très proche d'elle. Peut-être à cause de ce qu'elle dit de la cruauté, de la jeunesse, du passage du temps. Comme elle, j'avais l'impression de comprendre les adultes et leurs petits jeux – je les regardais de haut –, et pourtant j'étais souvent déçue. Car au bout du compte, une fois que leurs petits jeux avaient fait leur temps, je me retrouvais toujours larguée, n'ayant pas anticipé les conséquences de mes actes.

Je lui ai demandé si elle voulait bien me prêter son exemplaire.

Bien sûr !

Elle a fini son clafoutis et m'a demandé si j'en voulais encore. J'ai tendu mon assiette. J'ai attaqué ma deuxième part avec l'impression qu'elle m'observait.

J'ai eu une idée.

Elle parlait lentement, comme pour m'expliquer quelque chose de compliqué.

J'espère que je n'abuse pas, mais je voudrais t'en parler. Tu vas peut-être la trouver ridicule.

Ses yeux semblaient plus clairs que d'habitude, comme s'ils absorbaient la lumière alentour. J'ai remarqué que sa peau s'affaissait un peu sous son menton, surtout quand elle tournait la tête. Le seul endroit de son visage qui ne soit pas tout à fait lisse. J'ai reposé ma cuillère pour lui montrer que j'écoutais. Qu'est-ce que c'est ?

Elle a ri nerveusement. Bon, voilà. Tu as déjà pensé à écrire ? Pour parler de ton père, de ta famille, de tout ce qui t'est arrivé ?

Je ne voyais pas bien où elle voulait en venir. Écrire un journal, tu veux dire ?

Pas vraiment. Je ne parle pas d'écriture thérapeutique, même s'il n'y a rien de mal à le faire pour se sentir mieux. Je pensais plutôt à Françoise Sagan. Un livre qui parlerait de toi et de ton père.

Un livre ? D'abord surprise, je me suis mise à rire. J'ai balayé son idée d'un revers de la main. Si elle me voyait comme une Sagan en puissance, elle se trompait. Je n'étais pas une romancière.

Écoute-moi, Margot. Je sens que tu veux parler de lui. Tu te sens lésée. Au fond de toi, tu savais que quelque chose n'allait pas et tu voulais le réparer. Sans quoi tu n'aurais pas pris la décision d'en parler à David. Tu souhaitais que ça change. Tu voulais montrer ton monde aux autres. C'était ce que tu désirais, mais quand tu l'as fait, quand tu lui as offert la chance de devenir publiquement ton père, il a refusé d'obtempérer. Les gens ne connaissent toujours pas la vraie nature de vos liens. Ils s'imaginent qu'il était juste un géniteur, probablement même qu'il t'avait abandonnée. Ils ignorent la vérité, le fait qu'il s'occupait de toi et de ta mère. Qu'il vous aimait énormément. Parce ce qu'il vous aimait, non ?

Je suis restée silencieuse tandis que ces mots s'enfonçaient sous ma carapace, comme de petites explosions dans une matière tendre. Je n'avais jamais compris, jusqu'à maintenant, à quel point je brûlais de parler de lui, après une vie passée à me retenir, à tout garder en moi, à assurer à Juliette et même à Théo et Mathilde qu'il m'adorait vraiment. Il ne s'agissait pas juste de révéler son identité, mais de le décrire, de raconter sa relation avec moi, de prouver que je comptais aussi à ses yeux. Ils avaient pitié de moi, je le savais. Ils pensaient que j'avais été privée de père, que ma vie avait été amputée d'une certaine manière. Mais j'avais un père. Pas comme le leur, voilà tout.

Est-ce que tu n'aimerais pas qu'on se souvienne de lui autrement que comme du « ministre qui avait une maîtresse » ? m'a demandé Brigitte. Autrement que comme l'homme qui a nié l'existence de sa fille ? Et peut-être que tu regrettes d'avoir raconté ton histoire sans en parler à tes parents.

Je l'ai regardée sans un mot. J'ai simplement battu des paupières, mais elle a dû lire la douleur sur mon visage, car elle s'est immédiatement excusée.

Pardonne-moi. Ce n'est pas ce que je voulais dire.

Bien sûr que si, ai-je rétorqué. C'est le gendre du célèbre Alain Robert, sa carrière politique était devant lui, et aujourd'hui, tout ce dont on se souvient, c'est qu'il a mené une double vie pendant vingt ans. Voilà ce que les gens retiennent de sa nécrologie, ils oublient tout le reste. J'aurais tout aussi bien pu le pousser sous un bus. C'est pourquoi je te fais penser à la narratrice de *Bonjour tristesse.* J'ai agi sans en mesurer les conséquences.

Les mots sortaient avec peine et je luttais contre le tremblement qui agitait mes lèvres. Je me suis essuyé les yeux et j'ai continué.

C'est vrai. Parfois, je m'assieds par terre dans ma chambre et je ferme les yeux pour imaginer ce qui se serait passé si je n'avais pas rencontré David. Si je n'avais pas ouvert la bouche. J'aurais dû savoir que ça pouvait le tuer. Je pense aux fois où il venait chez nous, je peux presque le voir dans l'appartement. Mais les souvenirs s'estompent un peu plus chaque jour et bientôt il ne me restera rien. Je n'ai jamais été séparée de lui aussi longtemps. Anouk a déjà donné ses vêtements, et on a jeté tout ce qu'il gardait au réfrigérateur. Quand je pense à ce que j'ai fait, je n'ai qu'une seule idée en tête : tout effacer.

Margot, il est mort à cause d'un problème de santé. Tu ne pouvais pas savoir qu'il avait une défaillance cardiaque. Peut-être que tu ne veux pas l'entendre, mais il avait un travail très accaparant, avec des horaires à rallonge. Il n'avait pas choisi la facilité. Tu as lu les articles ? Le témoignage de Madame Lapierre ? Il ne dormait pas plus de trois heures par nuit, c'était un véritable bourreau de travail.

J'ai ravalé mes larmes. Je me sentais de plus en plus mal.

Qu'est-ce que je peux y faire ? Je ne sais pas écrire. Anouk, elle, en fera peut-être une pièce un jour. Elle doit même avoir commencé à l'écrire. Elle lui rendra hommage à sa façon.

Je ne te parle pas de publier un roman, juste de tout écrire tant que c'est frais dans ta tête. Ce que tu ressens, les souvenirs que tu as de lui, les émotions de chaque instant, comme celui-ci. Ta mère n'a pas la même transparence que toi. Elle racontera les choses à sa façon, pour le théâtre.

Peut-être. Dans quelques années, alors.

Tu devrais écrire maintenant.

À quoi bon ?

J'étais épuisée. J'ai relevé la tête pour regarder Brigitte et répété ma question.

Parce que ton expérience du monde est différente. Ta famille, le drame avec ton père, c'est tout ce qui compte à tes yeux. Tu n'as jamais été amoureuse, si ? Ton monde est encore restreint, petit et intense, et tout ce qui change le statu quo te renverse. Ça te coupe le souffle, littéralement. Je le vois à ton visage. Quand tu seras plus âgée, tu vivras tout ça avec davantage de distance et d'indulgence. Les événements ne te bouleverseront pas au même point, parce qu'il ne s'agira plus de vie ou de mort. Là, tout de suite, tu aimerais que ça s'arrête. J'ai vécu ça – on ferme les yeux, on se met aux abonnés absents. Et ça, avec le temps cela s'en va, comme l'immédiateté des émotions. Françoise Sagan n'aurait pas pu écrire *Bonjour tristesse* après ses vingt ans. Ç'aurait été un autre roman, avec une énergie complètement différente.

Brigitte s'est arrêtée un instant, a inspiré profondément avant de se remettre à parler plus lentement, comme pour maîtriser le flot de paroles qui sortait de sa bouche.

Si j'avais eu une histoire comme la tienne, je l'aurais écrite avant d'être plus vieille.

Mais je ne suis pas toi, ai-je répondu d'une petite voix. Je n'avais pas sa passion.

Elle a hoché la tête, avec un sourire doux. Bien sûr.

Parce que toi, tu es écrivain. Tu sais raconter les histoires.

Ce que tu as est précieux. Je ne veux pas te forcer. C'est ton histoire. Parfois, j'ai une idée qui me tourmente. David me traite d'obsessionnelle. Je sais que ça peut mettre les gens mal à l'aise.

Elle s'est levée pour prendre nos assiettes et les poser dans l'évier. J'ai réfléchi à ce qu'elle venait de me dire. J'avais terni la réputation de mon père. Il n'avait pas eu le temps de s'en remettre. Un jour, il m'avait dit : Notre bonne renommée, c'est tout ce qu'on possède. J'ai repensé à ce que Brigitte venait de me dire. Je la comprenais : il y avait urgence. Mais je ne pouvais pas le faire seule. En la regardant ouvrir le robinet et nettoyer la vaisselle avec une éponge, j'ai eu une idée.

Et si tu l'écrivais pour moi ?

Elle m'a jeté un coup d'œil indéchiffrable. Elle a dit : Pardon, je suis allée trop loin. Oublions ça. Je ne voulais pas te bouleverser.

Dans la cuisine sombre, son rouge à lèvres était la seule tache de couleur visible. J'aimais la façon dont il transformait son sourire. Quand je serai plus vieille, ai-je décidé, je porterai moi aussi du rouge à lèvres pour unique maquillage.

J'ai continué. Ou plutôt, si on l'écrivait ensemble ? C'est toi, l'écrivain. Tu sais trouver les mots. Moi, je ne peux pas. Je peux venir après les cours, deux ou trois fois par semaine. Ce sera comme avec la cheffe dont tu m'as parlé. Je n'ai pas les moyens de te payer, mais je te raconterai tous mes souvenirs de lui. En échange, je peux transcrire des interviews, te préparer des fiches de lecture, aller à la bibliothèque à ta place.

Brigitte s'est essuyé les mains avant de revenir à table. Elle s'est mise à jouer avec une serviette en papier, qu'elle dépliait et lissait du dos de la main. Nous avons entendu la porte d'entrée s'ouvrir et se refermer bruyamment. Brigitte m'a souri.

David est rentré. Il annonce toujours son arrivée.

Son pas lourd dans l'appartement. Le bruit d'une mallette ou d'un sac jeté au sol. L'eau dans la salle de bains. Puis de nouveau, ses pas dans le couloir, se rapprochant de la cuisine. Il s'est encadré sur le seuil, toujours vêtu de son blouson en cuir, l'air surpris de me trouver là. Quand il s'est approché pour me faire la bise, j'ai senti l'odeur légèrement animale du cuir. Brigitte est restée assise en face de moi, attendant qu'il vienne l'embrasser.

Il a posé la main sur son épaule, à la base de la nuque, près du col du chemisier. Puis il a accroché son blouson à la chaise sur laquelle elle était assise.

Il a dit : Elle n'est pas belle, ma femme ? Brigitte a rosi très légèrement. J'ai répondu : Si, très belle.

Lors de nos deux dernières rencontres, elle était seule ; mais à présent, dans cette cuisine, leur complicité sautait aux yeux. La tendresse dans la voix de David me troublait, et je me suis rendu compte que j'avais sans le savoir espéré qu'ils s'entendent mal. Immédiatement, je m'en suis voulu de la cruauté de cette pensée.

J'ai l'impression d'interrompre quelque chose, a dit David. Je vous laisse.

Il a quitté la cuisine. Brigitte a bu un verre d'eau, une trace humide est restée sur sa lèvre.

Ce n'est peut-être pas une mauvaise idée, que je t'aide à écrire un livre.

Elle parlait lentement, choisissant ses mots, comme si elle hésitait sur la direction à prendre. Elle a répété : C'est peut-être une bonne idée, non ?

Je me suis demandé à qui s'adressait la question.

Je préfère qu'on n'en parle pas à ma mère.

Pourquoi ?

Elle ne comprendrait pas.

Brigitte a hoché la tête.

Parce qu'elle voudrait qu'on parle d'elle, c'est ça ?

Brigitte avait déjà cette capacité à tirer les phrases de ma tête – même si, la plupart du temps, elle se contentait de les reformuler de façon plus élégante et claire. Comment ne pas faire confiance à une femme qui articulait mes pensées comme si elles étaient les siennes, sans jugement, et qui pour une fois était de mon côté ?

*

En quittant leur appartement, j'ai regardé les déesses japonaises dans l'entrée et admiré leur nonchalance. Elles assumaient leur nudité, comme si elles se fichaient qu'on se moque de leurs rondeurs. J'ai pensé à leur peau qui devait se distendre bien plus que la nôtre, et leur corps formidable était une source de réconfort et d'horreur à la fois.

2

C'EST en décembre que les choses ont basculé peu à peu, comme un parquet trop vieux qui s'affaisse ou un ourlet qui se défait quand on tire sur un fil.

Tout a commencé par une histoire qu'Anouk m'a racontée. Elle l'avait entendue à la radio un matin en s'habillant. Une mère était dans un train avec ses enfants. Ils fuyaient une guerre, et les wagons filaient dans la campagne, jour après jour, sans s'arrêter. Il n'y avait rien à manger à bord. Ses enfants avaient le ventre vide, ils n'avaient pas eu le moindre repas depuis leur départ. Enfin, le train s'arrête, au milieu de nulle part. Au loin, la mère aperçoit un village, le clocher d'une église qui pointe. Elle laisse les enfants, traverse les champs dans cette direction. Ils ne tiendront pas un jour de plus sans rien à manger, elle n'a pas d'autre solution. Mais tandis qu'elle marche, le train repart. Les enfants sont à la fenêtre, ils guettent le retour de leur mère. Ils supplient le conducteur d'attendre, mais il ne veut rien savoir. Ils arrivent le lendemain à leur destination, une grande ville industrielle. Les enfants survivent, mais ils ne revoient jamais leur mère.

Anouk était persuadée que la mère était morte sur place, sans doute parce que le village était abandonné et qu'elle n'avait rien trouvé à manger. À son retour, le train était parti. Ou bien la guerre l'avait rattrapée et une balle perdue l'avait tuée. Si elle avait vécu, elle aurait fini par retrouver ses enfants, même si elle avait dû y consacrer sa vie. Elle aurait su où chercher.

Comme Anouk, l'histoire a commencé à me hanter. Nous nous repaissions de cette tragédie, nous imaginions sans cesse ce qui avait pu se produire. Qu'avait trouvé la mère dans le village ? Qu'avaient ressenti les gamins au moment où le train s'était ébranlé, quand il s'était éloigné d'elle à jamais ? Avaient-ils pensé à en sauter ? J'étais persuadée que la mère s'était sacrifiée pour eux, par amour.

Je connaissais désormais par cœur le trajet jusqu'à l'appartement de Brigitte et David. Je prenais la 12 à Sèvres-Babylone. J'arrivais chez eux à la tombée de la nuit. Les gens se regroupaient aux terrasses des cafés, dans la lueur orangée des parasols chauffants, fumant et buvant du vin.

Nous ne nous connaissions que depuis quelques semaines, mais notre relation avait pris très vite une grande intensité, à l'instar de mon amitié avec Juliette – une sensation d'admiration mutuelle, comme une faim difficile à rassasier. Les jours où j'allais chez Brigitte, je prêtais davantage attention à ma tenue ; je faisais un détour pour acheter un gâteau ou une pâtisserie à la boulangerie du quartier. Je n'aimais pas arriver les mains vides, comme c'était elle qui me rendait service.

Au début, j'ai eu du mal à parler de mon père. Mes pensées allaient dans tous les sens et j'étais incapable de les structurer. J'avais perdu le sens de la chronologie. Je commençais à raconter un épisode en partant du milieu, et un quart d'heure plus tard je revenais à son point de départ. Vu de l'extérieur, je m'en rendais compte, mes histoires n'avaient aucun sens. Mais Brigitte était patiente. Elle savait quand poser une question et quand se taire pour m'écouter. Ses yeux mordorés et pétillants restaient rivés sur moi. Je savais qu'elle prenait des notes, puisqu'à la fin de chaque séance son carnet était recouvert de son écriture, mais au cours de nos conversations je n'ai pas le souvenir d'avoir vu ses mains bouger ou tourner les pages.

Afin de me libérer le temps de ces entretiens avec Brigitte, j'inventais de vagues excuses à destination de Juliette, ou je prétendais que j'étais fatiguée. Elle l'acceptait sans rechigner, pensant sans doute que j'avais besoin d'espace pour faire mon deuil. Pendant les cours, j'étais assaillie de remords devant sa gentillesse et sa discrétion. Mais comment lui expliquer que, soudain, mon père me semblait plus présent que jamais ? Que d'une certaine façon, les heures que je passais avec Brigitte le ramenaient à la vie, rendaient justice à l'amour qu'il me portait ?

Nous en étions arrivées à un point de notre collaboration où je ne pouvais plus révéler à Anouk ce que je faisais sans crainte de la blesser. J'étais trop engagée dans le projet, et je refusais de le partager avec quiconque. Inconsciemment, pourtant, je devais sentir que ma décision comportait de gros risques.

Quand Anouk m'appelait, ce qui n'arrivait que rarement, je lui disais que j'étais chez Juliette, en train de réviser. Je me débrouillais pour aller chez Brigitte les soirs où Anouk répétait. Elle s'apprêtait à remonter sur scène, son premier rôle depuis l'été, et même si j'étais restée à la maison, nous n'aurions pas passé beaucoup de temps ensemble. En semaine, je me levais une heure plus tôt pour être à jour dans mes devoirs ; je ne dormais que cinq ou six heures, si bien qu'il m'arrivait de piquer du nez en cours. Je me plantais les ongles dans la paume pour rester éveillée.

Un soir, j'ai parlé à Brigitte de l'histoire des réfugiés du train. Je voulais savoir ce qu'elle en pensait, pourquoi la mère n'avait pas retrouvé ses enfants et si, d'après elle, elle aurait mieux fait de rester à bord avec eux.

Nous étions dans le salon. Brigitte avait un bloc-notes devant elle. Elle a éteint son enregistreur.

Si c'était mes enfants, jamais je ne les aurais laissés. C'était trop risqué : elle pouvait ne pas revenir à temps ou mourir en chemin.

Mais tu ne crois pas qu'elle a agi par amour ? Elle a tenté de leur sauver la vie.

Peut-être. Mais une mère peut toujours réconforter ses enfants par sa présence, par ses câlins, par les histoires qu'elle raconte. Elle a les moyens de leur faire oublier la faim.

Tu penses qu'elle a eu tort de quitter le train ?

C'était peut-être plus facile pour elle. Peut-être a-t-elle pensé : si je ne reviens pas à temps, je n'aurais pas à les voir mourir. Et si je ramène à manger, ils seront saufs. Ou bien elle s'est sentie libérée en marchant dans la campagne ? On ne sait rien d'elle. On part du principe que c'était une bonne mère, mais peut-être qu'elle avait subi des choses inimaginables pendant la guerre. À moins qu'elle soit simplement restée trop longtemps dans le village, à la recherche de provisions inexistantes.

Tu vois son acte comme une forme d'abandon.

Elle aurait pu emmener ses enfants.

Les yeux de Brigitte se sont assombris. Elle m'a expliqué que sa propre mère aurait été capable d'agir ainsi. Face à une tragédie, elle aurait saisi le moindre prétexte pour s'enfuir. Dieu merci, Brigitte et sa sœur avaient grandi dans un pays en paix. Sinon, elles n'auraient pas survécu.

Je sentais que Brigitte venait d'un autre monde, loin de ce nid douillet du IXe arrondissement. Elle m'avait décrit un appartement sombre, avec deux chambres. Elle partageait l'une d'elles avec sa sœur, à qui elle ne parlait plus aujourd'hui. Elle avait mentionné un père absent et paresseux. Elle égrenait ces détails d'un ton sarcastique, pour bien montrer qu'elle avait pris ses distances avec sa famille. J'ai tenté de la questionner davantage, mais chaque fois, elle changeait de sujet.

Nous sommes comme les serpents, disait-elle. Nous abandonnons nos existences successives derrière nous comme des mues. Nous changeons en permanence, nous ne sommes jamais les mêmes. Rien, pas même une tragédie, ne peut nous consumer en entier.

Je me demandais si par ces mots elle cherchait à se rassurer. Car lorsque je lui avais parlé du choix impossible de la mère du train, elle n'avait pas pu s'empêcher de faire un parallèle avec sa propre enfance.

J'ai demandé : Tu voudrais avoir des enfants, toi ?

Elle a souri, évasive. C'est mal élevé de demander ça à une femme de mon âge.

Mortifiée, j'ai bredouillé que ça ne me regardait pas, mais que je pensais qu'elle ferait une très bonne mère.

Pourquoi donc ? Je n'ai pas le moindre instinct maternel.

Peut-être, mais tu sais qui tu es, et ça compte.

Je suppose que je ne pourrais pas être pire que ma propre mère…

Anouk me disait la même chose quand j'étais petite. Qu'elle essayait de faire mieux que sa mère, d'être meilleure qu'elle, d'être consciente de ses défauts et de ne pas répéter les mêmes schémas toxiques.

Brigitte est demeurée pensive un instant. Elle a griffonné quelque chose sur son bloc-notes. Notre conversation m'avait épuisée. Avais-je dit quelque chose d'inadéquat, ou au contraire donné l'impression d'être intelligente ? Je tentais de me souvenir de tout ce que m'avait dit Anouk sur le fait d'être mère, mais j'avais probablement vexé Brigitte. Pour la première fois depuis le début de nos entretiens, nous n'étions peut-être pas sur la même longueur d'onde. C'était très déstabilisant, parce qu'en général, elle me complimentait sur mon instinct, me poussait à exprimer mes opinions et semblait toujours d'accord avec celles-ci. Elle a rallumé l'enregistreur et m'a posé une nouvelle question sur mon père.

Je lui ai raconté qu'il adorait le cinéma. À quinze ans, il avait monté un ciné-club au lycée où il était interne, à trente kilomètres de la petite ville de ses parents. Il projetait des longs-métrages peu connus en VO sous-titrée, rédigeait des articles sur les dernières sorties. Son film préféré, c'était *Les Quatres Cent Coups*. Nous l'avions visionné ensemble en mai dernier. Anouk était assise derrière nous, les pieds sur son masseur électrique, en train de lire une nouvelle pièce.

En racontant mes souvenirs à Brigitte, je revenais souvent à des moments précis comme celui-là. Je me rappelais qu'il s'agissait d'une journée plutôt fraîche, quelques semaines avant la fin des cours. Je portais une robe et quand j'étais sortie pour acheter du pain, j'avais senti le vent froid sur mes mollets. L'appartement était rempli de poussière en suspension – nous n'avions pas passé l'aspirateur depuis longtemps. Mon père avait fait une remarque à ce sujet et proposé même d'embaucher une femme de ménage.

Il avait grandi dans un milieu très différent du mien, ai-je expliqué à Brigitte. Il voulait que ses enfants reçoivent tout ce qui lui avait manqué, et plus encore. Ses parents avaient du mal à joindre les deux bouts. Quand ils pouvaient acheter de la viande, ils la donnaient en priorité à leurs enfants, et se contentaient pour eux-mêmes de faire cuire du riz ou des pâtes avec ce qui restait de jus dans la poêle. Pourtant, mon père n'a jamais considéré qu'il avait eu une enfance difficile. Ses parents lui avaient offert tout ce qu'ils pouvaient, il n'avait jamais eu froid ou faim, et il leur en était reconnaissant. Il savait, je pense, que tout ce qu'il possédait n'était que temporaire, et qu'on doit toujours être prêt à revenir à une vie plus simple.

Qu'est-ce que tu entends par là ? m'a demandé Brigitte.

Eh bien, il m'a souvent dit qu'il était fier de ce qu'il avait accompli. Je n'aurais jamais rêvé d'aller aussi loin, voilà ses mots. Comme si sa carrière avait dépassé ses espérances. Ça me donnait l'impression qu'il était conscient de la nature éphémère de la réussite et de la gloire.

Tu veux dire que quelqu'un qui grandit dans l'opulence n'imagine pas qu'il peut tout perdre, tandis que lui qui venait d'un milieu plus précaire, si ?

Oui. Je pense qu'il se sentait mieux équipé en cas de revers.

Laisse-moi te poser une question difficile, a continué Brigitte en se penchant vers moi. Tu crois vraiment qu'il aurait pu abandonner son existence douillette, son statut d'homme public ? L'appartement dans le XVIe avec sa femme, leur famille, ses ambitions politiques ?

Je suis restée silencieuse, les yeux fixés sur elle, attendant qu'elle continue.

Je vais reformuler ma question. S'il désirait vraiment une existence plus simple, pourquoi avoir choisi de mener une double vie ? Pourquoi ne pas avoir quitté sa femme et ses fils s'il vous aimait autant ou davantage, Anouk et toi ? Pourquoi vous avoir tourné le dos ?

Parce qu'il était fidèle à ses deux familles.

Et pas parce qu'il aimait le parfait confort bourgeois qu'il avait créé avec son épouse ?

Une petite flamme m'a brûlé l'estomac, bleue et intense comme celle d'un bec Bunsen. Oui, j'avais toujours voulu le protéger d'un danger mal défini. Je sentais une fragilité en lui. Mais je me suis souvenue qu'il s'identifiait à Antoine Doinel. C'est pour ça qu'il aimait Truffaut – il voulait être ce gosse qui erre dans Paris la nuit, se réfugie dans l'imprimerie, vole du lait sur le pas d'une porte. Le gamin qui sait comment survivre dans la rue.

J'ai dit à Brigitte : Peut-être qu'il rêvait d'être cet homme-là. Le genre d'homme qui peut tout abandonner, il y voyait de la noblesse.

Elle a prolongé ma pensée. Peut-être qu'au fond, il méprisait les gens qui sont nés avec tout pour réussir. Il ne voulait pas devenir comme eux, être de ceux pour qui tout est facile. Il avait peur d'y perdre son identité, ses racines.

Un moment s'est écoulé. Dehors, les voitures roulaient sous la pluie, soulevant des gerbes d'eau qui s'écrasaient sur le trottoir avec un bruit mat. Je redoutais la longue marche qui m'attendait du métro à notre appartement.

Pour répondre à ta question de tout à l'heure, a lancé Brigitte dans le silence, oui, je voudrais avoir des enfants. Ça fait un certain temps qu'on essaie, David et moi, mais apparemment, ça ne marche pas. Le médecin n'a diagnostiqué aucun problème. En attendant, mes amies en sont à leur deuxième ou leur troisième. Certaines ont des enfants qui ont déjà atteint l'âge adulte.

Sa voix était dure, même si elle tentait de le dissimuler sous une certaine légèreté. Elle a détourné le regard. De profil, elle semblait plus jeune. Dans la lumière du soir, ses longs cheveux donnaient même à sa silhouette quelque chose de juvénile.

J'ai dit : Ma mère est tombée enceinte très tard. Elle ne pensait pas que c'était encore possible.

Peut-être, mais elle était plus jeune que moi.

Je ne sais pas, tu as quel âge ?

Trente-neuf ans.

Elle avait le même âge, alors.

Brigitte a lentement hoché la tête.

Je sais que ce n'est pas si vieux, de nos jours – beaucoup de femmes ont des enfants au-delà de quarante ans. Mais ça fait tellement de temps qu'on essaie, il doit y avoir un problème. Nous avons trop attendu.

Que répondre ? Comment la réconforter ? J'ai repensé à ce qu'Anouk m'avait confié récemment.

Quand ma mère a dit à son médecin qu'elle était enceinte, il ne l'a pas crue. Il a dit que ça devait être la ménopause. Tu sais quoi ? Je pense que c'est bien d'avoir des enfants sur le tard. On est meilleure mère, plus sage aussi.

Brigitte a ri en secouant sa chevelure. Son ventre était admirablement plat. Quand elle rentrait les pans de son chemisier dans son jean, celui-ci bâillait même un peu à la taille. Elle a refermé son bloc-notes et rangé l'enregistreur.

Je crois qu'on a suffisamment travaillé pour aujourd'hui. Allons manger quelque chose.

3

CELA a peut-être commencé par les films qu'on regardait, de plus en plus souvent. Quand nous avions terminé nos conversations au sujet de mon père et d'Anouk, pendant lesquelles Brigitte me poussait dans mes retranchements, parfois j'avais la gorge si serrée que je ne parvenais plus à lui répondre. Nous faisions une pause pour grignoter quelque chose, ou bien nous mettre devant la télévision. J'ai appris que Brigitte adorait les films d'horreur mais qu'elle n'aimait pas les visionner seule.

Elle aimait les sensations qu'ils procuraient, la décharge d'adrénaline. Imaginer la lame tranchante d'un couteau qui écarte le rideau de douche. Une main qui saisit la cheville pendant qu'on dort. Un visage ensanglanté qui se rapproche.

Peu à peu, cette expérience de terreur partagée a créé une familiarité. Vautrées sur le canapé, nous nous tenions la main pendant les scènes les plus horribles.

Son préféré, c'était *Trouble Every Day*, le seul film d'horreur de Claire Denis. Un couple d'Américains passe sa lune de miel à Paris. Mais l'homme a un objectif caché. Il veut voir un médecin capable de le guérir du mal qui le ronge : l'excitation sexuelle lui donne envie de manger de la chair humaine. Son désir se transforme en cannibalisme. Il rencontre une femme qui souffre du même syndrome. Elle s'attaque à des inconnus, par exemple des chauffeurs de camions au bord de l'autoroute. Son époux, le médecin, qui n'a pas trouvé de remède, la garde cloîtrée. Dans une de ces séquences violentes, elle dévore le visage d'un homme, lui arrachant la bouche après l'avoir embrassé.

Les images ne me faisaient pas le même effet qu'à Brigitte, qui se cachait les yeux ou se bouchait les oreilles en me demandant de lui signaler quand c'était fini. *Trouble Every Day* m'a fait voir notre peau d'une autre manière – une membrane si fine qui sépare nos organes vitaux des dents acérées d'un autre être vivant.

Brigitte trouvait extraordinaire cette capacité des humains à contenir un tel volume de liquide dans une enveloppe presque transparente. Pour le prouver, elle montrait les veines au creux de mon coude. Elle disait, Je vois ces canaux d'irrigation, juste là.

Je prétendais que je m'arrêterais, moi, à la première bouchée ; je n'aimais pas le goût métallique du sang, j'étais incapable d'avaler un steak tartare.

Brigitte était moins catégorique. Et si elle, elle aimait ça ? Après tout, au début, on fait tout goûter aux bébés, et ils décident ce qu'ils aiment ou non. Peut-être que si on ne leur donne pas de viande crue, c'est pour une bonne raison. Mieux vaut ne pas éveiller certaines tendances.

Elle commandait ses steaks saignants, presque bleus.

Mais avec les humains, c'est différent, concédait-elle. Il n'y a pas que la chair. Il y a la graisse, les tendons, les os, sans parler des poils.

Ses exagérations me faisaient rire, mais quelque chose dans sa voix sonnait juste – cette peur de perdre le contrôle qui justifierait un acte inexcusable, comme si elle rêvait d'une opportunité de faire voler en éclats son monde étroitement cadré.

Cela semblait en phase avec son ambition, qui m'intimidait. Au lycée, je travaillais dur, mais la concernant, cela allait beaucoup plus loin, comme si elle était consumée d'un feu intérieur. Elle continuait tard dans la nuit à transcrire nos interviews, m'envoyait des mails alors que j'étais couchée depuis longtemps.

Les quelques détails qu'elle m'avait révélés sur sa mère me hantaient. Celle-ci lui répétait : si tu manges trop, tu deviendras grosse. Elle la forçait à avaler des boules de coton trempées dans de l'eau tiède pour tromper sa faim. Elle la pesait tous les matins à jeun. Dès son plus jeune âge, Brigitte avait appris que beauté et minceur sont des qualités essentielles pour une femme afin de réussir dans la vie. Compris, aussi, que la sensation des organes qui, privés de tout, s'entre-dévorent, était une chose agréable.

Malgré ce que je reprochais à Anouk, je n'avais jamais connu une telle cruauté maternelle. J'avais plus de chance. Mais je me retrouvais en Brigitte, dans sa façon de rejeter ses origines.

Un après-midi, elle m'a demandé si j'avais pensé à la réaction de Madame Lapierre quand elle avait découvert que mon père avait une relation avec une autre. Comment l'a-t-elle vécu, d'après toi ?

J'ai dû avouer, à ma grande honte, que je n'y avais pas réfléchi. J'ai commencé par expliquer que je l'avais vue pour la première fois, l'été précédent, et que ç'avait été un choc quand Anouk m'avait révélé son identité. Cette femme n'avait rien à voir avec ma mère. Mon père avait choisi des opposés. Pendant longtemps, son physique m'avait obnubilée, et je ne m'étais pas posé de question sur son état émotionnel, sur ce qu'elle savait et ce que ça lui faisait. J'avais demandé à mon père de la voir. Je voulais savoir si elle était au courant de notre existence. Il avait répondu par la négative, mais je ne le croyais pas vraiment. Ça n'avait aucun sens, qu'elle ne sache rien alors qu'Anouk et moi étions au courant depuis toujours. Voilà sans doute pourquoi j'étais persuadée qu'elle était moins innocente qu'il n'y paraissait.

Pourtant, elle ne se doutait de rien apparemment, m'a informée Brigitte.

Comment tu le sais ?

Tu n'as pas lu son interview dans *Madame Figaro* ?

J'ai secoué la tête. J'avais cessé de lire la presse après les obsèques.

Elle dit qu'elle n'a jamais soupçonné l'existence d'une autre femme.

Tu la crois ?

Elle a déclaré qu'elle s'était sentie profondément humiliée quand le scandale avait éclaté. Elle ne soupçonnait rien. C'était une chose d'apprendre que son mari la trompait depuis vingt ans, mais qu'il ait un enfant avec une autre… ? Ça l'a anéantie.

Brigitte avait parlé avec les yeux baissés. Elle m'a ensuite regardée comme si elle attendait une réponse.

Tu dis ça comme si c'était notre faute.

Non, je dis juste que tu dois te demander qui d'autre a souffert.

Elle a enroulé ses cheveux autour de sa nuque. Ils m'évoquaient un long animal sans tête. J'ai senti les larmes ruisseler sur mes joues, sans pouvoir me retenir. En général, je parvenais à les empêcher de couler en public, à bloquer les sanglots dans ma gorge, mais cette fois ça m'a échappé. Brigitte est restée assise en face de moi tandis que je couvrais mon visage de mes mains.

Au bout d'un moment, elle a repris, d'une voix plus douce. Je sais que tu ne voulais pas leur faire de mal. Elle m'a tendu un mouchoir en papier pour essuyer mes larmes. Pas facile de savoir à qui en vouloir, n'est-ce pas ? À ton père, que tu aimais profondément, ou à ta mère, qui l'a choisi et qui est restée avec lui.

Tu n'as rien compris, Brigitte. C'est lui qui est resté, pas elle.

Tu crois que ta mère l'aurait quitté ?

Je me suis tue, soudain moins sûre de moi. Elle avait peut-être raison.

Tu veux rester dîner ?

Nous prenions souvent un goûter dans la cuisine. Un thé ou un café quand il était tôt. Des toasts au fromage. Des amandes et des abricots secs. Souvent, j'apportais une pâtisserie achetée en chemin. Brigitte la découpait en petits morceaux et l'accompagnait de confiture de poires ou de prunes maison. Mais je partais toujours avant le dîner, pour ne pas m'incruster. Chez moi, je mangeais souvent seule, une brique de soupe, une boîte de sardines ou de filets de maquereaux. Je me forçais à les finir, à mâcher les petites arêtes et à saucer l'huile avec du pain. Ça me donnait la nausée, mais je ne voulais pas jeter les restes à la poubelle au risque d'empuantir la cuisine.

Ce soir-là, Brigitte nous a préparé un repas. Je l'ai regardée mettre l'eau à bouillir pour les spaghettis. Elle a fait revenir et caraméliser des oignons émincés avec des lardons. Elle a ouvert une bouteille de vin blanc pour déglacer la poêle – le liquide s'est évaporé presque immédiatement. Pendant que les pâtes cuisaient, elle a composé une salade de radis avec des herbes.

Je me suis demandé comment j'allais avaler tout ça. Sous mes yeux, Brigitte a égoutté les spaghettis et les a mélangés à la sauce en ajoutant quelques cuillerées de crème fraîche. Quand elle a posé les assiettes sur la table, j'ai senti une contraction familière dans mon estomac. La faim.

J'ai pris tout mon temps pour manger, enroulant les spaghettis autour de ma fourchette. Comme dessert, elle nous a servi des carrés de chocolat noir après avoir ouvert une bouteille de vin rouge.

Nous en avions bu la moitié quand David est rentré du bureau. Dans la lumière de la cuisine, je l'ai observé. Malgré le temps que je passais ici, je le voyais peu finalement et nous n'avions pas vraiment parlé depuis nos échanges de mails avant l'interview. J'ai retrouvé sa silhouette, ses cheveux épais, la chaleur et l'énergie qui émanaient de lui tandis qu'il se servait un verre de vin, l'odeur de sa transpiration quand il est passé près de moi.

Si on se regardait un film ? a proposé Brigitte en finissant son verre. Margot, tu restes avec nous ?

Il faut juste que je prévienne Anouk.

J'ai pris mon téléphone pour lui envoyer un texto lui disant que j'étais chez Juliette.

Qu'est-ce qu'on choisit ? a demandé David.

Nous sommes passés au salon. David s'est installé dans le canapé tandis que Brigitte passait en revue les jaquettes des DVD en boîte et ceux en vrac. J'ai posé mon verre sur la table basse et je me suis assise à côté de lui.

Il m'a soufflé à l'oreille, C'est la place de Brigitte. Elle s'assied tout le temps là. Tu crois que je cherche à remplacer ma femme par une plus jeune ? Il parlait d'un ton léger, avec une grimace pour bien montrer qu'il plaisantait, mais son commentaire m'a perturbée. Je me suis pelotonnée à l'autre bout du divan.

Brigitte s'est tournée vers nous, triomphante, un DVD entre les doigts. *Le Mépris* de Godard. Elle m'a jeté un coup d'œil inquisiteur.

Tu as maigri, non ? Avant que j'aie pu répondre, elle a ajouté que ça m'allait bien.

J'ai posé la main sur mon estomac.

Je n'en reviens pas, Margot. Tu ressembles à Bardot quand elle était jeune. Comment ai-je pu ne pas le voir jusqu'à maintenant ?

J'ai bégayé, flattée. Pas du tout. Je ne suis même pas blonde.

Elle non plus, au début. Elle a teint ses cheveux une fois, et ensuite elle les a gardés comme ça.

Elle ressemblait à quoi ?

Brigitte a cherché une photo sur son téléphone. Elle en a trouvé une en noir et blanc, prise sur la plage de Cannes. Seize ans à peine, la taille mince et de longues jambes de danseuse.

Je l'avais déjà vue, celle-là, a déclaré David en regardant par-dessus mon épaule. C'est vrai, tu as la même bouche, Margot.

Les dents, tu veux dire ? J'ai l'air de l'âne Balthazar ?

Au hasard Balthazar ! s'est écrié David. Tu adores ce film, Brigitte, pas vrai ?

Elle a corrigé : C'est toi qui l'aimes. Puis elle s'est tournée vers moi. Non, c'est les lèvres. Tu as les mêmes que ta mère.

Je te l'avais dit, a murmuré David, si doucement que Brigitte n'a pas dû l'entendre. Puis il a pris la télécommande et appuyé sur un bouton. L'écran s'est allumé.

Brigitte a inséré le disque dans le lecteur avant de s'approcher du canapé. Lève-toi une seconde, s'il te plaît ? J'ai obéi. Elle a pris ma taille entre ses mains. J'ai senti ses doigts durs, elle a serré plus que je ne m'y attendais. J'ai pensé à sa mère, qui exigeait d'elle qu'elle garde le ventre vide pour devenir belle. Elle a retiré ses mains.

Tu as une taille magnifique, Margot. Je portais des robes comme ça quand j'avais ton âge.

Tu peux toujours.

J'aurais l'air d'une vieille sorcière. Tu sais, j'ai une amie avec des cheveux superbes, pas une mèche grise, et une silhouette magnifique, très sportive. Elle a presque soixante ans, mais on la croit toujours beaucoup plus jeune, surtout de loin ou quand on la voit de dos. Une fois, un garçon – il devait avoir ton âge, pas plus – l'a sifflée dans la rue. Quand elle s'est tournée vers lui et qu'il a vu son visage, il s'est excusé et il est parti en courant. Je ne voudrais pas lui ressembler. Quelle situation atrocement gênante !

Les fenêtres du salon étaient ouvertes, et le petit vent du soir, humide, apportait l'odeur d'un repas qui cuisait dans une cuisine toute proche. Il faisait chaud pour la saison. Nous avons regardé le film sans un mot. Sur l'écran, les couleurs de la Méditerranée étaient éclatantes, en particulier l'orange vif de la spectaculaire villa avec son escalier extérieur en pyramide inversée menant au toit. Mon père m'en avait montré des photos, quand j'étais petite. Je me souvenais que c'était l'écrivain italien Curzio Malaparte qui l'avait fait construire.

Brigitte était installée entre David et moi. Il avait passé le bras autour de ses épaules. Du coin de l'œil, j'ai vu qu'il lui caressait la nuque. Ils semblaient fusionner, parfaitement à l'aise dans l'espace de l'autre. Voilà probablement ce à quoi ressemblait un mariage, vu de l'intérieur.

Plus tard, nous avons terminé la bouteille. J'ai repensé à la scène d'ouverture, avec Bardot nue sur le lit, son corps doré et luisant comme celui d'une sirène. J'ai agité les jambes en l'air – oui, elles me semblaient longues et gracieuses – et je l'ai imitée.

Et mes cuisses, tu les aimes ? Mes genoux, tu les aimes ?

Brigitte a éclaté de rire, un peu ivre. Elle a répondu en jouant le jeu, d'une voix grave pour imiter Piccoli, Oui, énormément.

J'ai senti qu'une nouvelle complicité s'était établie entre nous.

L'heure du dernier métro était passée et David a proposé de m'appeler un taxi, mais Brigitte a insisté pour que je reste dormir. La pluie avait repris, et un taxi mettrait du temps à arriver.

Tu peux t'installer sur le canapé du bureau de David.

Elle est allée chercher un oreiller et des draps dans une armoire, et nous avons fait le lit ensemble. Elle m'a prêté une vieille chemise de nuit, élimée au point d'en être presque transparente, et m'a souhaité bonne nuit.

Fais comme chez toi. Prends ce qu'il te faut dans la salle de bains, et si tu as besoin de quoi que ce soit, frappe à la porte de notre chambre.

J'ai enfilé la chemise de nuit de coton, qui sentait la lessive. Le tissu était doux sur ma peau nue. Je suis restée assise un moment sur mon lit de fortune. Dans la cuisine, David et Brigitte s'occupaient de la vaisselle. Puis j'ai entendu leur pas dans l'appartement tandis qu'ils se préparaient à aller se coucher. Je repensais à notre soirée, à Brigitte. Je revoyais ses yeux noirs braqués sur le téléviseur, à ses mains sur ma taille, à ses ongles parfaitement limés. Je me sentais coupable d'avoir abandonné Juliette dans son studio. Elle m'avait demandé si j'avais des projets pour le week-end et je lui avais menti, prétendant que je le passais avec Anouk. Pas de problème, Margot, je voulais travailler à mon film de toute façon.

L'appartement était silencieux, à présent. Je suis sortie du bureau pour aller à la salle de bains. Un rai de lumière filtrait sous la porte. Il m'a attirée. Je me suis arrêtée pour écouter leurs voix étouffées. Ils parlaient trop bas pour que je distingue les mots. Mais si je retenais mon souffle une seconde, je pourrais peut-être les comprendre… Je savais que j'aurais dû m'éloigner, à la place je me suis agenouillée devant la porte et j'ai posé la tête au sol, joue sur le parquet, pour pouvoir regarder dans leur chambre.

J'ai vu d'abord leurs pieds, qui se déplaçaient. David, plus lourd, faisait craquer le parquet. J'ai changé de position pour distinguer leurs mollets, leurs genoux. Quand ils se sont allongés, je les ai perdus de vue. J'ai attendu qu'ils éteignent la lumière, mais ce n'est pas arrivé.

J'ai entendu le froissement des draps quand ils se sont glissés à l'intérieur du lit, et un bruit de baiser. J'ai imaginé leurs langues qui se cherchaient, leurs corps enlacés, leurs mains qui se trouvaient. Est-ce qu'ils faisaient souvent l'amour ? La tête du lit a cogné contre le mur. J'écoutais leurs soupirs, de plus en plus forts, et je sentais presque l'alcool dans leur haleine, leur moiteur. J'étais paralysée par la crainte qu'ils devinent ma présence de l'autre côté de la porte. Puis le lit a cessé de bouger et j'ai vu de nouveau leurs pieds sur le parquet. Mon ventre s'est serré violemment, comme si on m'avait précipitée dans un puits. Je me suis préparée à être découverte.

Mais ils sont restés à côté du lit. Je voyais maintenant leurs jambes, je distinguais même les poils sur les chevilles de David et le vernis rouge vif sur les orteils de Brigitte. Elle s'est tournée face au sommier pour s'y accouder. David, derrière elle, s'est mis sur la pointe des pieds, faisant saillir ses muscles. Je ne distinguais rien au-dessus de leurs cuisses, mais leur respiration est devenue rauque tandis qu'il la pénétrait, sa peau claquant contre la sienne, et elle m'est parvenue, enfin, l'odeur de leurs transpirations mêlées. Elle lui a parlé, juste assez fort pour que je l'entende. C'est ça, que tu veux ? Sa voix était douce et délicate. Puis elle a ajouté quelque chose, plus bas, que je n'ai pas compris. Les jambes de David ont fléchi.

J'ai fermé les yeux en tentant de m'imaginer à la place de Brigitte, et un sentiment d'euphorie m'a envahi. Je redoutais jusque-là qu'ils ne découvrent ma présence. À présent, ça n'avait plus d'importance ou presque. Je me suis assise, les mains serrées entre mes cuisses, et pendant un très long moment je n'ai pas osé bouger, le souffle court, des gouttes de sueur ruisselant des tempes jusqu'à mon cou. J'ai attendu qu'ils éteignent, puis je suis retournée dans le bureau où j'ai sombré dans un sommeil profond.

Le lendemain matin, il m'a fallu un moment pour me rappeler où j'étais. Mes pieds touchaient l'accoudoir du canapé, et un jour bleuté pointait par les interstices des volets. J'ai plié les draps et tapoté le canapé pour effacer la trace de mon corps. Par la fenêtre, j'ai vu dans la cour un vieil homme qui balayait les feuilles mortes et les jetait dans un sac en plastique.

4

Que peux-tu me dire au sujet de ton père que personne d'autre ne sait ?

Ma mère dit toujours qu'il n'était pas fait pour la politique. Mais ce n'est un secret pour personne ! D'accord, il est devenu ministre de la Culture, et c'est une réussite remarquable. Mais professeur de lettres en était déjà une ! Anouk répète qu'il lui manquait un élément vital pour la politique. Il était trop rigide, avec un sens moral sans nuances, une définition trop absolue de la justice. Ce qui peut paraître ironique quand on pense à sa façon de gérer sa vie intime. Mais du point de vue professionnel, son intransigeance aurait fini tôt ou tard par lui coûter sa carrière.

Pour te donner un exemple : imagine trente passagers qui montent à bord d'un bateau. Le capitaine sait que, dans le groupe, se trouve un criminel qui n'hésitera pas à assassiner les autres passagers pour les voler. Il peut donc choisir de le garder à bord ou de le jeter à l'eau. Un bon capitaine n'hésitera jamais à éliminer le voleur, même si ça contrevient à son sens moral.

Mon père n'avait pas cette capacité. Il était intelligent et travaillait dur, mais au niveau des relations humaines, il ne comprenait pas les motivations fondamentales d'autrui. Il n'avait pas une empathie suffisante pour manipuler les autres, il ne savait pas faire preuve de diplomatie ou choisir entre deux maux. Ce type de situation le paralysait. Peut-être aurait-il dû s'inspirer de la façon astucieuse dont il gérait sa double vie…

Ta mère ne croit pas qu'il aurait pu se présenter à l'élection présidentielle, malgré sa popularité auprès de l'électorat centre droit ?

Non, peut-être, parce qu'elle a toujours cru pouvoir l'orienter plus à gauche.

Pour toi, d'où venait ce point faible ?

De sa famille. Du village où il a grandi, d'un sentiment d'infériorité qui ne l'a jamais vraiment quitté, même quand il a gagné en statut social et financier. Anouk l'a observé un jour en compagnie d'un grand bourgeois du XVIe – là où mon père habitait avec sa femme. Elle m'a raconté qu'en sa présence, il s'était métamorphosé. L'autre homme ne s'en rendait pas compte – sans doute qu'il s'en fichait – mais Anouk a vu comment mon père rougissait, comment son corps exprimait à la fois de la soumission et de la rage, en réaction aux propos du type en question. Il montait sur ses ergots, comme un coq. La plupart du temps, il arrivait à faire taire cette impression d'infériorité, mais dans certains échanges, comme celui-là, son insécurité refaisait surface.

Quelle impression te donnait-il en privé lorsqu'il vous rendait visite ?

Il avait une faiblesse, celle de croire que les beaux objets attestent un statut social. Il n'était pas radin. Au contraire, il voyait sa générosité comme un signe de sa réussite. Il voulait montrer aux autres qu'il avait les moyens, qu'il pouvait les aider. Laissez, c'est pour moi ! Il adorait payer l'addition au restaurant. Je crois que ce qu'il détestait le plus quand il faisait les courses, c'était d'être obligé de prendre la marque générique d'un supermarché. Il était persuadé qu'elle était toujours de qualité inférieure. Il était un client idéal pour le marketing – la moutarde, c'est Maille, la lessive, c'est Ariel, les éponges, c'est Spontex... Il n'avait même pas besoin des pubs pour s'en convaincre, il était entièrement pénétré de l'idée qu'acheter des produits reconnus est un marqueur social, qui dénote l'étendue des ressources.

C'était pareil pour le reste. Avoir une montre hors de prix, il s'en fichait, mais il voulait les meilleures chaussures, le meilleur coiffeur, celui qui ne prenait que les politiciens, les acteurs et les célébrités. À partir du moment où il en a eu les moyens, il a préféré conduire à Paris. Il n'a jamais eu de voiture voyante, juste des modèles solides et durables, souvent une Saab, s'offrant ainsi le luxe de ne pas avoir à prendre le métro.

Il m'emmenait faire du shopping en voiture, d'une boutique à l'autre. Souvent, il en profitait pour me parler de sa grand-mère, qui avait été femme de ménage dans des bars jusqu'à sa retraite. Le vomi et l'urine dans les toilettes, les énormes sacs-poubelles qu'elle avait dû sortir sur le trottoir même bien après soixante ans. Il l'admirait plus que tout. Elle ne s'était jamais plainte de son travail et, quand il était chez elle, elle le gâtait tant qu'elle pouvait. Elle lui préparait un chocolat chaud tous les matins et lui achetait ses magazines préférés.

Je me souviens d'une fois où il m'a emmenée chez Lipp. Nous allions rarement dîner dehors, mais sa femme et ses fils étaient absents, et c'était il y a longtemps, à une époque où il craignait moins de croiser des gens qu'il connaissait. C'était son genre de restaurant, traditionnel, intemporel, où le client est vraiment roi. Il a commandé des poireaux vinaigrette, une sole meunière, des endives et un gratin dauphinois. Ce qu'il aimait chez Lipp, c'était peut-être l'anonymat – le simple fait d'y dîner vous rend respectable – et tout à la fois le fait que ça symbolisait une certaine ascension. Il connaissait la carte par cœur.

Et ta mère ?

Quand je me sens d'humeur indulgente, j'essaie de l'imaginer à vingt ans, avant qu'elle rencontre mon père. Est-ce qu'elle me ressemblait ? Est-ce qu'on serait devenues amies ?

Elle a grandi au Vésinet, dans une famille bourgeoise. Tout le contraire de mon père. Ses parents possédaient un studio du côté de Saint-Germain-en-Laye, elle s'y est installée dès qu'elle a pu. Elle n'avait pas encore les moyens de vivre à Paris. J'aime l'imaginer dans son petit appartement, pas plus grand que notre salon aujourd'hui, avec un canapé-lit qu'elle dépliait tous les soirs. Le studio était juste à côté du parc. Elle m'y a emmené l'année dernière. C'est un jardin magnifique, dessiné par Le Nôtre, avec une terrasse d'où on peut admirer Paris. Je me souviens qu'elle était tout excitée à l'idée de me le faire découvrir. Il y avait des grandes grilles en fer forgé et, sur les pelouses, des groupes de lycéens assis en rond, leurs sacs de classe au centre, histoire qu'on ne les leur vole pas. Depuis la rambarde, elle m'a montré la tour Eiffel et la Défense. Elle m'a expliqué qu'après ses répétitions, elle venait là pour se ressourcer. Elle y avait passé de longues heures, aussi, quand elle avait découvert qu'elle était enceinte. Elle se demandait si elle allait me garder, ce qui allait changer dans la vie, comment évoluerait sa relation avec un homme marié, quel avenir ils pourraient donner à leur enfant à naître.

Elle regardait Paris sans appréhension ni envie, mais avec la joie de quelqu'un qui le possède déjà, qui n'attend plus que l'occasion d'y vivre comme un poisson dans l'eau.

Mais ce que tu ne sais peut-être pas sur mon père, c'est qu'il n'a jamais pris un seul vrai jour de congé, ni pour sa femme et ses fils, ni pour nous. Même pendant les vacances, il était toujours rivé à son téléphone, et quand tout le monde allait se coucher il continuait à travailler. Parce qu'il se sentait l'immense responsabilité de prendre soin de nous tous. Il avait peur, peur que nous lui demandions quelque chose qu'il ne pourrait pas nous donner. C'était ce qu'il redoutait vraiment, se retrouver les mains vides. Il aurait préféré s'endetter ou vendre ses chaussures favorites que nous refuser la moindre chose. Et puis, il adorait travailler, être celui qui, dans une crise, redresse la situation. Il aimait être dans l'œil du cyclone.

Au bout du compte, en quoi ta mère est-elle si différente de Madame Lapierre ? Elles viennent toutes les deux de familles bourgeoises, non ?

Le père d'Anouk était médecin. Il a eu un cabinet au Vésinet pendant des années, avec des patients qui lui étaient très attachés. Son épouse a travaillé, elle aussi, jusqu'à la retraite. Anouk était une enfant difficile, et c'est pourquoi ils l'ont envoyée en pension pendant quelques années. Une école privée catholique. Ça ne lui a pas vraiment réussi. Elle bravait les profs, elle refusait de suivre le catéchisme. Elle n'avait pas de très bons résultats, parce qu'elle ne travaillait pas. Elle se fichait des notes, elle voulait juste avoir son bac. Oui, mes grands-parents sont des privilégiés. Ils ont une belle maison en Bourgogne et voyagent souvent en Europe. Ils fréquentent des hôtels cinq étoiles. Mais ce ne sont pas des grands intellectuels comme la famille de Madame Lapierre. Ce ne sont pas des célébrités. Pas comme Alain Robert. Lui, je suis certaine que toutes les rédactions de France ont déjà préparé sa notice nécrologique, et qu'elle sera publiée deux minutes après sa mort. Et Anouk ne s'est pas coulée dans le moule comme Madame Lapierre. Elle a grandi en se rebellant contre son éducation. Elle rêvait d'être une artiste, une créatrice. Il n'était pas question qu'elle se marie, encore moins à l'église, ni qu'elle fasse baptiser ses enfants si jamais elle devenait mère. Elle voulait faire tout le contraire de mon père et son épouse.

Est-elle consciente du rôle de ses parents dans sa réussite en tant que comédienne ? L'éducation qu'ils lui ont donnée, le studio à Saint-Germain-en-Laye, le chèque qu'ils lui envoyaient chaque mois pendant des années – c'est ce qui lui a permis de prendre confiance en elle et de réussir sa vocation. En fait, à leur façon, ils l'ont toujours soutenue.

Oh, oui, elle le sait. Et elle déteste ça.

5

Dans la semaine, c'est à peine si je croisais Anouk. Elle donnait des cours chaque soir et s'installait au studio pour répéter sa pièce. Elle rentrait tard, souvent par le dernier métro. Quand je partais pour le lycée, à sept heures et demie du matin, elle dormait encore. Trois soirs par semaine, j'allais chez Brigitte et David. Les deux autres soirs, je restais avec Juliette. Je passais mes week-ends à flotter mollement dans l'appartement, seule. Parfois, je faisais le ménage. La plupart du temps, je restais sur le canapé, à regarder les plantes sur le balcon qui perdaient leurs feuilles jusqu'à ce qu'il ne reste plus que des tiges noires et racornies.

Un matin, c'est le réveil d'Anouk qui m'a tirée du lit. J'ai attendu qu'elle l'éteigne, mais il a continué à sonner, de plus en plus fort jusqu'à ce que je finisse par me lever, à moitié endormie. J'ai pensé soudain qu'il lui était arrivé quelque chose pendant la nuit – une pensée étrange, perverse et puissante. J'ai éteint le réveil, cherché la forme de son corps sous les draps.

Je l'ai secouée par l'épaule.

J'ai cru que tu étais morte. T'es sourde, ou quoi ? Tu aurais pu te réveiller.

Laisse-moi dormir, Margot.

Elle a grommelé, refermé les yeux et m'a tourné le dos, visiblement agacée. Elle m'avait réveillée ? Tant pis pour moi, je n'avais qu'à me débrouiller. D'un pas chancelant, je suis repartie me coucher. Mais le sommeil ne viendrait plus. J'ai posé la main sur mon ventre, mais il n'y avait là qu'une masse de tuyaux. Mes doigts ont glissé plus bas, et j'ai repensé à Brigitte et David.

La pièce d'Anouk approchait ; enfin, ce fut le soir de la première. Théo et Mathilde nous avaient réservé des places au deuxième rang – Anouk refusait qu'on soit au premier, ça la déconcentrait. Je lui avais proposé de venir assister aux dernières répétitions, mais elle s'en fichait.

Voir Anouk, pendant deux heures, autrement que comme la femme qui m'avait enfantée, était une expérience déroutante. Elle est apparue sur la scène et ses yeux ont glissé sur nous sans le moindre signe de reconnaissance. J'aurais voulu, juste une fois, qu'elle regarde dans ma direction et me montre qu'elle était consciente de ma présence. Je me suis concentrée sur les autres acteurs. La comédienne qui couchait avec le metteur en scène était une révélation. Anouk ne s'était pas trompée : elle avait beaucoup de talent, et le public a été immédiatement séduit.

Il faisait horriblement chaud à l'intérieur du théâtre. Dans nos vêtements d'hiver, nous transpirions abondamment. Mathilde ne cessait de s'éponger le visage tandis que Théo nous éventait avec un programme. La peau d'Anouk, en revanche, ne luisait même pas. Elle existait dans une autre dimension que la nôtre. Assise à côté de moi, Juliette la dévorait du regard, conquise. J'ai tenté de m'imaginer ce qu'elle ressentait. J'ai fermé les yeux, écouté la voix d'Anouk.

Après la pièce, nous sommes allés dîner dans une brasserie toute proche, réputée pour ses huîtres et son steak-frites. Tandis que nous attendions qu'on nous serve en picorant des morceaux de pain, Anouk nous a raconté une anecdote.

La semaine d'avant, elle avait assisté à une conférence sur la place des femmes dans l'art. Il y avait d'abord eu une présentation, le matin, puis les interventions d'un réalisateur, d'un acteur à la retraite et d'un enseignant de la Fémis. Une matinée longue et plutôt ennuyeuse, qui s'était prolongée bien au-delà de 14 heures. Quand les organisateurs avaient enfin annoncé la pause déjeuner, tout le monde était affamé.

Le public, exclusivement constitué de femmes, a été invité à passer dans une autre salle où les attendait un superbe buffet. Sandwichs en abondance, à base de fromages, de charcuterie, d'œufs durs et de tomates. Anouk était en grande conversation avec le professeur de la Fémis. Elle a vu les femmes se jeter sur la nourriture, et prendre au minimum deux sandwichs chacune, alors que ceux-ci étaient constitués de demi-baguettes. Qui aurait pu en avaler plus d'un ? C'était étonnant de les voir se comporter comme ça, comme si elles craignaient de manquer.

Tout en les observant, impressionnée, Anouk avait continué à discuter. Peu à peu, la foule autour du buffet s'était dissipée. Il ne restait rien sur les tables. Celles qui avaient eu le malheur de passer aux toilettes ou de sortir un moment n'avaient plus une miette à se mettre sous la dent. Les autres mangeaient debout, par petits groupes, en discutant gaiement. Elles ne s'interrompaient que pour mordre dans leur premier sandwich, et gardaient l'autre sous le bras.

Mais tu devais mourir de faim, non ? a demandé Juliette.

Anouk a secoué la tête. Elles m'avaient coupé l'appétit. Si tu les avais entendues mastiquer, ça t'aurait fait pareil. J'entendais le bruit de leurs mâchoires et j'avais l'impression que mon estomac rétrécissait à vue d'œil. J'ai attendu de voir si elles terminaient leurs sandwichs. La plupart n'ont même pas fini le premier – ils étaient énormes ! Quand j'ai vu que les gens commençaient à reposer leurs assiettes à moitié entamées, je suis partie.

Au moment où Anouk finissait son histoire, le serveur a apporté nos plats. Elle a coupé un morceau de steak et l'a mis dans sa bouche en poussant un gémissement de plaisir.

Il est délicieux.

Juliette et moi, nous avons regardé nos frites.

J'ai demandé : Et le professeur, il a remarqué ? Il a vu que tu n'avais rien à manger ?

Pas du tout, il n'y a même pas prêté attention. Mais ces femmes n'avaient pas tort. Si tu as faim, il faut agir vite. J'aurais peut-être fait la même chose à leur place. Après tout, on ne se connaissait pas. On ne se devait rien.

*

Quelques jours plus tard, après les cours, Juliette m'a prise à part pour m'annoncer que l'histoire d'Anouk l'avait inspirée. Elle m'a dit : Je n'ai pas arrêté de penser à ces femmes affamées. Je les imagine autour de la table, avec l'équivalent d'une baguette entière dans leur assiette, sans une pensée pour celles qui n'ont rien eu à manger.

Je l'ai suivie dans le hall. Elle a poussé les lourdes portes du lycée. Dehors, le vent était froid, comme chargé d'escarbilles de glace.

C'était sans doute moins dramatique, en réalité. Tu sais qu'Anouk a tendance à exagérer. Peut-être qu'elle a même eu un sandwich, en fait. Il faudrait demander à quelqu'un qui se trouvait là.

Je sais comment elle est, Margot. Mais ça m'a marquée, cette scène. Je t'avais dit que je voulais faire un film d'horreur, mais je n'avais pas de vraie idée avant qu'elle ne nous raconte son buffet.

Nous avons traversé la rue pour nous réfugier chez Albert. Notre table du coin était libre. Nous avons enlevé nos manteaux et commandé deux cafés et un panini jambon-fromage-mayo, et fourré de frites. C'était notre plat préféré, on essayait de ne pas en manger plus d'une fois par semaine.

Raconte-moi ton film d'horreur.

Elle s'est frotté les mains pour les réchauffer. C'est une femme qui se fait dévorer par d'autres femmes.

J'ai ri et, comme le faisait mon père, j'ai bu mon café en deux gorgées alors qu'il était encore brûlant.

Dis-m'en plus.

Le panini est arrivé. Je l'ai coupé en deux dans l'assiette. Juliette a rapproché sa chaise pour m'expliquer son film. Elle l'avait écrit sous la forme d'une nouvelle, et elle m'a donné tous les détails, pour que je visualise mieux les scènes et les personnages.

*

L'histoire se déroule dans une ville lointaine, au milieu de nulle part. Les hivers y sont terribles. De mémoire de citoyen, le maire a toujours été une femme. Elle change tous les dix ans. Elle n'est pas élue, mais choisie lors d'un rituel ancien. Une fois par décennie, toutes les femmes qui ont entre dix-huit et quarante ans se rassemblent à la mairie sous la houlette des femmes plus âgées. La présence des hommes est interdite, mais tous les détails de la cérémonie sont notés pour être racontés plus tard.

Le matin de la sélection, c'est l'effervescence parmi les candidates. Impatientes, elles attendent dans la mairie en se tordant les mains ou en discutant à voix basse. La plupart n'ont pas réussi à dormir la veille. On remarque leurs paupières rougies, elles ont frotté leur peau pour masquer leurs cernes. Elles ont toutes un chignon strict, avec du gel dans les cheveux pour contenir les boucles folles.

La maire actuelle est une femme très sage. Elle avait trente-neuf ans, pratiquement l'âge limite, quand elle a été choisie, et en dix ans elle a tout appris de la nature humaine. Elle observe les femmes plus jeunes avec un sourire bienveillant – même celles qui approchent la quarantaine sont des gamines à ses yeux. Leur excitation est contagieuse, elle sent des picotements lui parcourir la peau. La tête lui tourne, car elle n'a pas mangé depuis une quinzaine d'heures. Elle a vidé ses intestins une dernière fois le matin même, mieux vaut rester présentable jusqu'à la fin. Par les grandes fenêtres, le soleil, déjà haut dans le ciel, emplit la salle d'une lumière chaude et crue. La cérémonie doit commencer.

La maire se lève et s'avance au milieu de la pièce. Une ancienne décrit le rituel. En l'écoutant, elle sent son cœur battre plus fort. Un début de terreur apparaît. Elle se doutait qu'elle aurait peur, mais n'imaginait pas la façon dont le temps s'accélère et ralentit à la fois, à l'image de son rythme cardiaque erratique. Soudain, elle a l'impression d'être nue. Elle est habillée, mais elle est très consciente de sa vulnérabilité sous les vêtements, comme la première fois qu'elle s'est dénudée devant quelqu'un qu'elle aimait.

Les femmes plus jeunes doivent se mettre en file et, l'une après l'autre, mordre l'ancienne maire. Celle qui lui donnera le coup de grâce prendra sa place. Elles n'ont le droit d'utiliser que leurs dents. Certaines d'entre elles ont déjà assisté deux fois au rituel. Elles se sont entraînées longtemps, le soir, d'abord sur des oranges non pelées, puis sur de petits animaux – des cochons ou des veaux, surtout. Les plus impliquées se sont exercées sur des vaches. Elles savent que, ce qui compte, c'est d'être patiente, de commencer par de petites bouchées. Elles auront sans doute plusieurs tentatives, et plus le temps passe, plus elles auront de chance d'administrer la morsure fatale. Mais cela dépend aussi des autres femmes. Elles prennent souvent le temps de choisir où mordre, car elles n'ont droit qu'à une bouchée à chaque tour.

L'une d'elles choisit une partie du corps trop charnu, c'est à peine si ses dents laissent une marque de sang sur la peau. Pour la suivante, ses cheveux se défont au moment où elle se penche pour mordre, on a du mal à distinguer ce qu'elle fait. La plus jeune – elle a eu dix-huit ans le jour même – arrache une bouchée de chair de la cuisse, et la vomit immédiatement.

Et la maire ?

Elle commence debout. Puis elle s'agenouille, comme en prière. Elle fait de son mieux pour laisser ses membres exposés et accessibles. Elle a été à leur place, elle ne veut pas leur faire honte en les obligeant à aller chercher ses bras et ses jambes avec leur bouche. Bien trop vulgaire. Pour finir, elle tombe sur le côté, recroquevillée sur le sol.

Les aînées louent son courage ; elles sont tristes de la voir partir. Il y a tant de grâce dans sa façon de présenter sa nuque, tant de douceur dans son regard quand elle regarde s'avancer les prétendantes. Vingt ans plus tôt, la cérémonie a tourné au désastre. La maire de l'époque hurlait et se débattait. Il a fallu l'enchaîner. C'était terriblement gênant. Celle-ci est silencieuse, majestueuse, même quand sa poitrine se couvre de sang. Les novices se demandent si on l'a droguée, mais non, elle est lucide. Elle sait comment se comporter, comme si elle avait déjà vécu ça.

Il est presque midi quand elle meurt. Parfois, c'est difficile de savoir qui exactement a achevé l'ancienne maire – elle saigne juste à mort, par toutes ses blessures.

Elles transportent son corps mutilé à l'extérieur. Sa robe est lourde du sang qui l'imbibe. Dans les rues, les enfants sentiront l'odeur métallique pendant des jours et des jours. La nouvelle maire s'essuie la bouche et le visage. Elle aura vingt-quatre ans dans un mois. Le dernier souffle de l'ancienne, le râle qui a déchiré ses poumons épuisés, la hantera longtemps. Elle se passe la langue sur les dents avant de sourire à la foule.

*

Ça m'a rappelé *Trouble Every Day* mais je ne l'ai pas dit à Juliette. Depuis l'année précédente, nous avions vu pratiquement tous les films ensemble, elle m'aurait demandé pourquoi je ne lui avais pas parlé de celui-là et avec qui je l'avais regardé ; ça aurait mené à des millions de questions sur Brigitte. J'ai pensé qu'il était contre-nature de mordre de la chair humaine, de blesser quelqu'un avec pour arme la partie la plus tranchante de notre anatomie.

Je veux que tu joues les deux maires, m'a annoncé Juliette, m'interrompant dans mes réflexions.

Sa requête m'a surprise. Quand elle m'avait parlé d'un rôle dans son court-métrage, je ne l'avais pas crue. Chaque fois que quelqu'un me demandait si je voulais devenir comédienne comme ma mère, je répondais par la négative. Juliette savait que ça ne m'intéressait pas, que je n'étais pas attirée par une carrière sur les planches ou à l'écran.

Ça me rendrait vraiment service, a-t-elle insisté en sentant mon hésitation. Je n'ai personne d'autre à qui demander.

Mais comment tu veux que je joue deux personnages à la fois ?

Pour l'ancienne maire, on ne verra que des morceaux du corps. On se débrouillera avec des gros plans de tes bras et de ta peau. C'est pour mon dossier, pour avoir plus de chance d'être prise dans une prépa.

Elle m'a tendu le dernier morceau de panini. Des brins d'origan adhéraient au fromage fondu, et quelques frites étaient tombées dans l'assiette. Je me suis mise à rire et j'ai posé ma main sur son bras.

OK, je suis partante.

L'ancienne Margot aurait refusé, sans doute, mais je venais de penser que ce projet allait nous rapprocher au moment où ma façon d'éviter Juliette devenait de plus en plus difficile à justifier. Un jour, elle me demanderait où j'allais, pourquoi je paraissais si souvent distraite ; je bégaierais, je rougirais. Et si le livre sur lequel je travaillais avec Brigitte finissait par être publié, qu'allais-je lui raconter ? La plupart du temps, je chassais ces questions importunes – tout ça semblait bien loin, sans réalité. En attendant, son projet de film offrait une distraction bienvenue. J'ai terminé le panini en lui laissant les frites. Elles étaient tièdes mais restaient moelleuses.

Nous sommes sorties du café bras enlacés.

Tu penses que mon film sera bon, Margot ? Tu crois que les gens vont l'aimer ? Juliette semblait inquiète. Elle ne quêtait que rarement mon approbation, et en général c'était à propos d'un garçon. Tout ce qui me venait à l'esprit, c'était que Brigitte adorerait son histoire. Je l'ai attirée contre moi.

Je trouve ton idée géniale.

Nous étions arrivées au pont. Soudain, nous avons remarqué un attroupement sur le parapet. Une dizaine de personnes regardaient la Seine, montrant une forme dans l'eau. J'ai très vite compris de quoi il s'agissait : un homme flottait sur le ventre. Malgré l'obscurité, on devinait à la surface ses épaules, comme deux crânes chauves. L'eau noire léchait son corps pâle. Quelqu'un a dit, Il est mort.

J'ai reculé d'un pas, la gorge comme prise dans un étau. Au loin a retenti la sirène d'une ambulance. Est-ce que ça s'était passé comme ça pour mon père, une sirène en pleine nuit, déchirant le silence de leur quartier ? J'ai eu l'impression que mon sang se retirait de mon corps, remplacé par une vague glacée. Avait-il réveillé Madame Lapierre ? Avait-il eu le temps ? Quelqu'un lui avait-il porté les premiers secours, lui avait-il parlé, et si oui, quels avaient été ses derniers mots ? À quoi avait-il pensé à cet instant précis ?

J'ai regardé vers l'autre rive, où le fleuve coulait, impassible. Ça m'arrivait souvent. J'oubliais qu'il n'était plus là et puis, en un éclair, le brouillard se dissipait, et je retrouvais toute ma lucidité.

J'avais de plus en plus de mal à croire que mon père allait m'appeler un jour ou l'autre, qu'il était bien en vie mais en voyage, pour un moment encore. Avec le temps, ce fantasme perdait son pouvoir apaisant, comme si j'avais développé une immunité, comme si la drogue n'agissait plus.

6

C'est au début de notre amitié que j'ai le plus appris sur Brigitte et David. Elle, par exemple, n'était jamais aussi heureuse qu'en automne, la saison où nous nous étions rencontrées, et elle gardait une partie de cet éclat avec elle à mesure qu'on avançait vers l'hiver. Depuis la fenêtre de la cuisine, elle regardait souvent l'homme que j'avais vu balayer les feuilles mortes dans la cour. Elle trouvait apaisants ses mouvements réguliers, son pas lent. Ça lui faisait penser aux automnes de son enfance, chez ses parents, où elle voyait les arbres de la cour de récréation en contrebas. Ils vivaient au vingtième étage d'un immeuble aux cloisons si minces qu'on entendait les voisins tousser la nuit. Ce monde-là, Dieu merci, avait disparu. Ça lui rappelait tout ce qu'elle avait accompli. Elle aimait aussi quand le temps devenait froid. Sa peau se contractait et il lui semblait devenir une version plus svelte d'elle-même. L'été, elle se sentait distendue, comme si ses organes étaient sur le point de fondre.

Brigitte me faisait parfois penser à mon père. Elle avait des côtés snobs. Elle refusait par exemple de boire l'eau du robinet. Elle critiquait David quand il achetait de l'Évian alors qu'elle préférait le goût de l'Acqua Panna. Même le thé et le café, elle les faisait à l'eau minérale. Elle avait tendance à critiquer mes tenues – en particulier quand elle trouvait que j'exhibais trop de peau. Elle n'était pas prude mais avait des idées bien arrêtées en matière de style.

Par bien des aspects, David était à l'opposé de Brigitte. Il aimait l'été et s'épanouissait quand il faisait chaud. Il appréciait même l'odeur des poubelles en train de macérer au soleil dans la rue. Brigitte était tombée amoureuse de son odeur, mélange de sueur aigre et de déodorant. Aujourd'hui encore, il lui arrivait d'être excitée quand elle le sentait. Chez n'importe qui d'autre, ça la dégoûtait. Elle se douchait deux fois par jour.

Mes moments préférés avec elle, c'était de la regarder cuisiner. Contrairement à moi, qui étais novice dans presque tous les domaines, elle faisait les choses à fond.

Un jour, elle m'a montré comment obtenir des œufs mollets. Elle a rempli une casserole d'eau et l'a mise sur le feu. L'hiver, elle gardait ses œufs sur le rebord de la fenêtre. Elle en a pris deux dans la boîte et les a laissés tomber dans l'eau bouillante, les doigts juste au-dessus de la surface. Elle a baissé le feu et remué pendant trente secondes. Puis nous avons attendu six minutes.

Elle agissait sans avoir besoin de réfléchir, ayant fait cuire des œufs des centaines de fois, alors que je savais juste préparer ceux au plat ou brouillés. En attendant la fin de la cuisson, elle a versé un peu d'huile d'olive sur des tranches de pain. Nous avons dégusté les œufs avec du gros sel et une goutte de vinaigre de vin.

Elle avait appris la recette de la cheffe des années plus tôt, qui lui avait expliqué qu'on pouvait les servir sur du pain frit. Brigitte avait adapté la recette à sa façon.

Tandis que nous mangions, Brigitte m'a dit qu'elle avait beaucoup cherché à imiter les autres pendant son enfance. Comme moi, elle n'était pas contente de son corps, de son esprit, de ce que ses parents lui avaient donné. Elle comprenait mes insécurités. Mais à la différence de moi, elle avait tout fait pour adopter les attitudes de ses camarades de classe, celles qui semblaient heureuses et confiantes. Elle voulait leur ressembler.

Je lui ai dit que si ces filles la voyaient aujourd'hui, elles en tomberaient raides de jalousie.

Ça m'a coûté des années de discipline, Margot. Tu n'imagines pas tout le travail que ça représente, même encore aujourd'hui, m'a répondu Brigitte avec une certaine tension dans la voix.

Pour illustrer ses propos, elle m'a parlé d'une amie du collège, Éloïse. Elle l'admirait parce qu'elle avait des cheveux blonds bouclés et une peau parfaite. Les profs l'adoraient. Brigitte s'asseyait à côté d'elle en cours et entortillait ses cheveux avec ses doigts pour qu'ils bouclent – sauf qu'ils étaient raides et noirs comme du charbon. Elle avait l'impression que cette fille avait un superpouvoir, et elle voulait l'apprendre à son tour.

Ce qu'elle aimait le plus chez Éloïse, c'était son écriture. Des lettres rondes, régulières, parfaitement posées entre les interlignes de ses cahiers. Après les cours, Brigitte s'entraînait à les imiter, jusqu'à ce qu'elle parvienne à son tour à former des caractères arrondis. Elle y avait passé des heures, au point que ses doigts gardaient la trace du stylo-plume, mais elle était fière de sa réussite.

Et puis un jour, dans la marge d'une copie, un professeur avait indiqué qu'elle ne devait pas copier l'écriture de quelqu'un d'autre. Brigitte a été terriblement blessée. Elle savait qu'elle avait commis une erreur. C'était une humiliation, comme si elle avait été prise en train de tricher. Chez elle, elle avait pleuré pendant des heures ; elle avait failli ne pas retourner au collège le lendemain. À partir de là, elle avait tenté de désapprendre ce qu'elle s'était donné tant de peine à acquérir, mais n'y avait pas vraiment réussi. Aujourd'hui encore, son écriture portait des traces de celle d'Éloïse. Au début, les lettres arrondies la dégoûtaient, mais avec le temps elle avait fini par les considérer comme les siennes. Ç'avait été une grande leçon. Elle manquait de personnalité au point de ne pas avoir d'écriture propre. Elle avait appris que ceux qui se font prendre à imiter les autres sont punis.

L'histoire de Brigitte m'a glacée. Je l'ai imaginée, adolescente, rentrant dans l'appartement sombre de sa famille ; j'ai pensé à sa mère qui l'obligeait à se peser tous les matins ; j'ai pensé au moment où elle avait jeté à la poubelle toutes ses pages d'écriture. L'imitation doit être invisible et sans effort, ou bien se dérouler dans un contexte admis, comme celui de son métier d'écrivain fantôme.

La sonnerie du téléphone a déchiré le silence. Brigitte s'est levée brusquement. Je dois répondre.

Elle a disparu dans le couloir. J'ai attendu dans la cuisine en vidant nos assiettes avant de les nettoyer dans l'évier, puis en feuilletant un vieux numéro de *Marie Claire*.

J'ai entendu David entrer, plus tôt que d'habitude. J'ai attendu que ses pas se rapprochent. Il est arrivé dans la cuisine et s'est assis en face de moi. J'ai dit : Elle est au téléphone.

Il a hoché la tête. Je l'ai vue en passant.

Tu as encore beaucoup de travail ? ai-je demandé en jetant un coup d'œil à l'attaché-case qu'il avait posé à ses pieds.

Une heure ou deux, pas plus.

Je ne veux pas te mettre en retard.

Non, pas de problème.

Tu n'es pas obligé de me tenir compagnie. Brigitte va revenir.

J'ai baissé les yeux sur mon magazine.

J'ai des articles à rendre pratiquement tous les jours, tu sais. J'ai l'habitude. Je peux tout à fait prendre cinq minutes. Mais peut-être que je te dérange ? a-t-il demandé en posant ses coudes sur la table.

J'ai rougi et refermé le magazine. Brigitte t'a expliqué sur quoi on travaillait ?

Elle ne m'a pas dit grand-chose. Elle est très discrète sur ses projets. Vous écrivez un livre ensemble, c'est ça ?

Ça m'étonnerait que ça devienne un livre. Je pense que ça n'ira pas aussi loin.

J'étais surprise que Brigitte ne lui ait pas expliqué pourquoi nous passions tant de temps ensemble.

Elle ne parle pas du tout de ce qu'elle écrit ? ai-je demandé, curieuse. Je pensais que vous partagiez tout.

David s'est mis à rire. C'est comme ça que tu nous vois ? Un vieux couple qui se confie tout ?

Vous n'êtes pas vieux.

Je suis plus vieux que toi, en tout cas.

Peu importe. Qu'est-ce que j'y connais en couple ?

Avec un soupir, j'ai levé la tête, regardé le plafond. De petits insectes noirs se pressaient autour du plafonnier. Tu sais, j'ai toujours cru que mes parents étaient un couple normal. Je pensais qu'on pourrait vivre heureux tous les trois. Mais tout le monde savait probablement ce qui allait se passer. Toi, tu t'en doutais.

Je me doutais de quoi ?

Qu'il resterait avec eux. Qu'est-ce qu'il aurait fallu pour qu'il quitte sa femme ? Qu'est-ce qui pousse quelqu'un à partir ? J'en sais rien.

J'avais beaucoup réfléchi à ces questions, me disant que je les poserais à David ou Brigitte. Dans ma tête, elles avaient l'air intelligentes, mais prononcées à haute voix, elles semblaient grandiloquentes, mélodramatiques. J'aurais mieux fait de tenir ma langue. David n'a pas répondu tout de suite; quand il l'a fait, sa voix était douce.

Tu avais l'air tellement décidée. Je me souviens de ton premier mail. On n'aurait pas dit que tu n'avais que dix-sept ans. Tu étais bien plus mûre, déterminée.

Ils nous façonnent bien au lycée.

J'ai essayé de t'avertir. Je t'ai parlé des conséquences possibles.

Disait-il vrai ? Je me souvenais du début septembre comme d'un rêve. Mais les mots de nos premiers échanges me sont revenus et je me suis mordu les lèvres.

David était en train de jouer avec un ouvre-bouteille posé sur la table. J'ai regardé par la fenêtre le ciel gris au-dessus des immeubles. Il allait pleuvoir.

Et toi, quoi de neuf? a-t-il repris. Tu as un petit ami ?

Pas pour le moment.

Il a souri. Tu as raison, pas la peine de perdre ton temps avec des lycéens.

Tu crois que je devrais rester célibataire, c'est ça ? Ma voix était cassante, je m'en suis rendu compte, et j'ai fait de mon mieux pour tempérer cette impression.

Je n'ai aucun conseil à te donner.

J'ai rapproché ma chaise de la table. Je suis désolée. Je ne voulais pas paraître agressive. En fait, au lycée, personne ne s'intéresse à moi.

J'ai du mal à le croire.

Peut-être qu'un jour je serai intelligente comme vous deux. J'ai rougi au moment où ces mots sont sortis de ma bouche.

Tu plaisantes ? Tu seras mieux que nous.

J'ai ri et j'ai passé la langue sur mes lèvres. Elles étaient sèches, et j'ai pensé que j'aurais dû mettre du rouge avant de partir. L'hiver, elles prenaient une teinte pâle, presque maladive. De la cuisine, on n'entendait pas Brigitte, mais je l'imaginais au salon, téléphone coincé contre l'oreille, prenant des notes sur la table basse.

Tes lèvres, a dit David.

Qu'est-ce qu'elles ont ? J'ai passé la main sur ma bouche, certaine qu'il allait me dire qu'elles ressemblaient à celles de ma mère.

Elles sont un peu gonflées.

Ça doit être le froid. Elles sont gercées à cause du vent.

David a secoué la tête. Non, tes lèvres sont toujours comme ça, gonflées et plus charnues qu'on ne s'y attendrait.

*

J'ai traversé à pied le IXe en direction de la Seine, encore remuée par le commentaire de David. La voix d'Anouk résonnait dans ma tête. J'ai touché mes lèvres, chaudes et souples, ces lèvres pleines que je tenais d'elle, le seul trait de mon visage qui évoquait le sien.

Avant, quand elle était en colère contre mon père ou contre sa propre existence, elle s'en prenait à moi en m'accusant d'être trop gâtée. Elle voulait me faire comprendre à quel point je devais faire des efforts pour devenir quelqu'un de bien. J'assimilais ses mots. Ton père t'a pourrie gâtée, voilà ce qu'elle m'avait répété tout au long de mon enfance. Tu ne penses qu'à ton nombril. Pourrie gâtée, voilà ce que tu es. Sale petite égoïste.

Égoïste et gâtée. Voilà pourquoi je n'avais pas su me taire à propos de notre famille. Voilà pourquoi je n'avais pas écouté les mises en garde de David.

Elle avait raison. Il y avait en moi quelque chose de pourri, qui se répandait comme un poison. Je prétendais rêver de transparence, mais j'adorais garder mes petits secrets. Ce n'était pas difficile. Au contraire, je jouissais de ma facilité à cacher les choses. J'avais la même duplicité que mes parents, et je prenais un plaisir malsain à contrôler ce que les autres savaient ou ignoraient de moi. Voilà ce que j'aurais dû avouer à Brigitte, mais il m'aurait fallu pour cela un courage que je ne possédais pas. Je les ai imaginés tous les deux dans leur chambre, tête renversée, leurs visages l'un à côté de l'autre ; le souffle de David soulevait les cheveux de Brigitte, et sous les épais cheveux noirs la peau du crâne luisait comme une ampoule. J'avais aimé me tenir derrière la porte, cachée et toute proche d'eux.

J'ai pensé à Mathilde, une femme avisée, qui me disait qu'après cinquante ans les femmes ne doivent pas saler ni poivrer leur plat au restaurant pour éviter de montrer la chair qui ballotte sous leurs bras. Elle rinçait la salade au vinaigre pour tuer les insectes. Anouk l'avait choisie pour ces qualités-là, parce qu'elle inspirait un sentiment de sécurité. Elle lui faisait confiance. Mathilde portait ses émotions sur son visage. Elle n'était pas comme nous. D'une certaine façon, elle ressemblait à Juliette – on lisait en elles à livre ouvert.

J'ai marché longtemps. L'air était lourd et humide, avec quelque chose de presque tropical, et la pluie menaçait sans se décider. Quand l'averse a éclaté enfin, dans une lumière jaune, d'énormes gouttes ont peint le trottoir.

Il me restait près d'une heure de marche jusque chez moi. Quand je suis arrivée à Beaubourg, la pluie avait cessé. Les gens se pressaient autour de la fontaine Stravinsky. Les touristes se mêlaient aux garçons et aux filles de mon âge, pour qui c'était un lieu de rendez-vous. J'ai continué vers le sud, laissant derrière moi les magasins de chaussures et le Châtelet. Sur l'île de la Cité, j'ai pressé le pas au milieu de la foule amassée devant Notre-Dame. Je n'étais jamais entrée dans la cathédrale. Anouk allait y allumer un cierge une fois tous les trois ou quatre ans, quand une crise de mysticisme la prenait. Une fois la Seine traversée, j'ai eu mal aux pieds et j'ai dû ralentir. J'étais presque arrivée. J'aurais pu marcher dans ces rues les yeux fermés : les cinémas à ma droite, l'entrée du Luxembourg droit devant, le Monoprix à côté de la poste, la façade couleur sable du Panthéon, surmontée de son dôme grisâtre. Mon père était fier qu'on habite dans un quartier où reposaient les cendres de ses écrivains préférés.

En arrivant dans notre rue, j'ai vu une femme et une petite fille devant notre immeuble. Je ne les ai pas reconnues. La femme était trop vieille pour être la mère de la gamine, ça devait être sa grand-mère. Penchée sur elle, elle la grondait, agitant un doigt menaçant. Je me suis arrêtée pour ne pas les déranger. Et soudain, la femme a giflé l'enfant. J'ai tressailli comme si elle m'avait frappée moi. La petite fille n'a rien dit, elle n'a pas bougé. Quelques instants plus tard, elles sont parties en hâte et ont disparu au coin de la rue.

Leur ressemblait-on quand nous nous disputions en public, Anouk et moi ? Quand on allait prendre le métro sans se parler en se jetant des regards noirs, en se bousculant devant le tourniquet ? Les gens s'arrêtaient-ils pour nous regarder et alors que pensaient-ils de nous ?

7

Je n'aimais pas beaucoup Noël en général, et cette année-là, c'était pire, d'une certaine façon. C'était à Noël que mon père était le moins disponible, que nous souffrions vraiment de son absence.

Brigitte et David sont partis la semaine suivante en Suisse pour passer les fêtes en famille – les parents de David s'étaient installés à Genève pour se rapprocher de leur fille, qui vivait là-bas avec son mari et leurs trois enfants. Nous ne nous verrions pas pendant presque quinze jours.

J'ai lu *Bonjour tristesse* d'une seule traite quelques jours avant Noël. J'ai commencé au milieu de l'après-midi et je n'ai interrompu ma lecture que pour dîner. J'ai terminé le roman dans mon lit, après minuit, l'édition de poche calée contre l'édredon. J'étais fascinée par la relation entre la narratrice, Cécile, et son veuf de père – ce n'était pas un aspect sur lequel Brigitte avait insisté. Mais, pour moi, c'était le cœur même du roman, au moins du point de vue des émotions. Dans leur manière d'être, ils se comportaient moins en père et fille qu'en amis ; ils buvaient ensemble, s'encourageaient dans leurs aventures sentimentales. Dans le dernier chapitre, que j'ai relu avant d'éteindre la lumière, Cécile dit, en pensant à son père : *Tu n'as plus que moi, je n'ai plus que toi, nous sommes seuls et malheureux.*

J'étais terriblement jalouse de leur complicité, que la narratrice appelle leur « camaraderie », mais le roman m'apportait aussi du réconfort par sa façon d'aborder le chagrin. Le mien était parfois comme celui de l'héroïne, mélancolique et beau, comme une aura argentée qui me suivait dans les rues et les couloirs du lycée. Je me suis endormie en rêvant qu'une transformation aurait lieu dans la nuit ; et effectivement, d'une certaine façon, l'atmosphère à la maison s'est réchauffée, et j'ai eu envie de me rapprocher de ma mère.

Nous avons passé les quelques jours d'avant Noël au calme, à écouter Diana King et Sade, les chanteuses préférées de mon père. Anouk se balançait au rythme de la musique tout en déposant les cadeaux au pied de notre sapin en plastique, orné d'une guirlande lumineuse rouge et blanche, mais sans autres décorations, car nous n'avions jamais pris le temps d'en acheter. De sa voix androgyne, elle chantait *You think I'd leave your side, baby,* tentant d'imiter Sade. Elle avait un accent français prononcé, mais quand elle s'y mettait, on pouvait s'y tromper.

L'année d'avant, nous étions allées passer les fêtes à Strasbourg avec mon oncle, le frère d'Anouk, et sa femme ; mais cette année, ils étaient partis voir un ami d'enfance dans les Alpes, du côté de Chamonix. À la place, nous avons invité Théo et Mathilde pour le réveillon. Nous avons acheté un poulet rôti et des pommes rissolées chez le boucher d'en face, et ils ont apporté du vin, du pain aux noix et un beau plateau de fromages, avec un gros morceau de comté fruité, un époisses bien affiné, un chèvre cendré et un bleu à l'arôme prononcé. Anouk a sorti une motte de beurre artisanal sur lequel brillaient des cristaux de gros sel, avec le dessin en relief d'une vache sur le dessus. J'ai disposé les fromages sur une planche pour qu'ils soient à température ambiante, afin que le cœur crémeux de l'époisses ait le temps de couler et que son arôme s'exprime pleinement. Théo a confectionné une salade de fête à base de fruits secs, de noisettes, de radis, de betteraves et des feuilles d'une grosse laitue coupées en deux. En guise d'apéritif, nous avons fait griller des châtaignes. Pour le dessert, Mathilde a ouvert un bocal de cerises à l'eau-de-vie qu'elle préparait elle-même.

Nous avons bu deux bouteilles de vin et terminé le dîner avec un sauternes moelleux, presque trop sucré sur la digestion, mais qui nous a offert une douce sensation d'ivresse. Puis Théo et Mathilde sont rentrés chez eux, et Anouk et moi avons ouvert nos cadeaux. J'ai reçu de sa part des boucles d'oreilles qui lui appartenaient et qu'elle adorait, en forme de fleurs avec des rubis en guise de pétales. Elle y avait ajouté une petite carte qui disait, *Pour Margot, de la part de ta mère qui t'aime.* Je lui ai offert un pull en cachemire, choisi au Printemps avec mon père l'été précédent, pendant les soldes. Il était bleu marine avec un col bateau pour mettre ses épaules en valeur. Elle l'a porté deux jours de suite, et pendant quelques heures nous avons été une famille heureuse.

La semaine suivante, je me suis levée tous les matins à l'aube pour réviser jusqu'au soir. Les journées étaient courtes, la lumière faible. J'ai rédigé une dissertation sur la différence entre le travail manuel et le travail intellectuel pour Monsieur H. Le vingt-huit, Juliette est revenue de Bretagne, où elle avait passé Noël en famille. Nous avons révisé ensemble les SVT, les maths et la physique-chimie, consacrant nos après-midi à apprendre nos fiches par cœur avant de nous les faire réciter l'une à l'autre. Nous finissions par être capables de ressortir nos démonstrations de maths en dormant.

Pour le Nouvel An, nous avons bu ensemble une demi-bouteille de tequila et mangé des raviolis dans le studio de Juliette. Nous avions laissé les raviolis cuire trop longtemps, si bien qu'ils se sont ouverts et que la farce à la ricotta s'est mélangée à l'eau de cuisson. Nous avons mangé les lambeaux de pâte en les recouvrant de fromage râpé.

Juliette m'a demandé si j'avais le temps de l'aider pour son film. Pendant que je retrouvais Brigitte dans son appartement, elle avait beaucoup avancé sur son projet. Le scénario était terminé et elle voulait commencer le tournage. Mais Brigitte et David allaient bientôt revenir, et je n'avais pas très envie de m'engager pour tout un week-end au cas où Brigitte aurait besoin de moi. Donc, de nouveau, j'ai inventé une excuse. J'ai dit que je devais demander la permission à Anouk, et aussi que Théo et Mathilde se plaignaient de ne pas nous voir beaucoup.

Depuis quand ta mère a besoin de toi ? m'a demandé Juliette, visiblement blessée.

Elle travaille sur une nouvelle pièce pour cet été. Un rôle très important, ce sera un seule-en-scène. Autobiographique. Elle veut que je l'aide à répéter.

Je peux m'en occuper, si tu veux, a proposé Juliette.

C'est gentil, mais elle n'aime pas montrer ce qu'elle fait. Même avec moi, c'est difficile.

Autre mensonge. Anouk ne me demandait jamais de l'aider à mémoriser ses textes, elle y arrivait très bien toute seule.

Mon film attendra quelques semaines, a fait Juliette. De toute façon, il faut que j'y travaille encore un peu.

Je me suis excusée avec un détachement feint. Elle m'a demandé : Tu n'es pas en colère contre moi ?

Pas du tout. Je suis juste crevée. À cause des révisions.

En réalité, je préférais garder mes mondes séparés. Il était plus simple que Juliette ne sache rien de mon amitié avec une femme plus âgée, rien du livre que nous écrivions ensemble, rien des histoires liées à mon père. Elle m'aimerait sans doute beaucoup moins si elle se rendait compte que j'étais constituée d'une somme de personnalités contradictoires, que je lui cachais des choses. J'étais soulagée qu'elle ait cessé de me demander si je savais qui avait révélé la double vie de mon père à la presse. Je craignais toujours que quelqu'un me pose la question, une crainte qui me hantait chaque nuit, lancinante.

*

Quelques jours plus tard, j'ai fait un cauchemar au sujet de mon père. On lui avait tiré dans le ventre. Je posais la main sur sa blessure et le sang ruisselait à travers mes doigts. Je l'épongeais avec une serviette. Il ne gémissait pas, mais je comprenais qu'il allait mourir – je le lisais dans ses yeux, dans ses iris qui perdaient leur éclat. Je comptais les secondes, en me disant qu'il était peut-être immortel, que ce n'était qu'une blessure. Je le tenais dans mes bras, que lui dire pour le réconforter ? J'ai soufflé *Papa* en le serrant plus fort, un sanglot coincé dans la gorge. Dans mon rêve, je voyais ses yeux noisette, mais le reste de son visage était flou, il avait perdu ses traits – je ne distinguais pas son menton, son front, ses grandes narines.

J'ai réveillé Anouk au milieu de la nuit pour lui en parler. Pieds nus, frissonnante, encore baignée d'une sueur glaciale, j'ai frappé à la porte de sa chambre. Elle s'est redressée sur les coudes, elle a dit, C'était juste un rêve. Va te recoucher.

J'ai peur de l'oublier.

Il se peut que tu oublies certaines choses de lui.

Je n'arrête pas de penser à lui, avant sa mort. J'aurais dû l'appeler, faire un effort.

Tu lui en voulais, Margot. C'est normal que tu ne l'aies pas appelé.

Mais il était malade. Tu imagines ce qu'il a vécu ? Je l'ai laissé tomber.

Anouk a pris une grande inspiration, comme si je mettais sa patience à rude épreuve.

Rappelle-toi qu'il ne t'a pas appelé lui non plus. Tu as toujours eu tendance à l'idolâtrer.

Il y avait dans sa voix un accent de colère qui m'a agacée. J'aurais souhaité plus d'empathie.

Tu oublies qu'il nous a quittées, a-t-elle continué, la voix de plus en plus dure. Il est mort avec *eux*.

Je parie que tu lui as dit de ne pas revenir. Je ne savais même pas que vous aviez rompu. Tu aurais pu lui demander de rentrer chez nous.

Chez nous ! a-t-elle lâché avec un rire méprisant. Il est parti, voilà tout.

Tu aurais pu te battre. Qu'est-ce que tu as fait ?

J'ai tiré sur le drap, découvrant sa poitrine. Son décolleté était couvert de taches brunes, qu'elle dissimulait le jour sous du fond de teint. Elle s'est assise.

Tu penses que je l'ai repoussé ? a-t-elle demandé calmement. Tu es grande, maintenant, tu devrais comprendre. Mais tu l'as toujours idéalisé, tu le vois encore comme un homme hors du commun, extraordinaire, sans défauts.

Elle parlait en agitant les bras. Sa véhémence m'agaçait. Sur la défensive, j'ai répondu : Pas du tout.

Super. Dans ce cas, je pense qu'il faut que tu saches qu'il était infidèle. Et je ne parle pas que de sa femme.

Ses mots m'ont fait tressaillir. Qu'est-ce que tu veux dire ?

Il fréquentait d'autres femmes. Tu aurais fini par le savoir d'une façon ou d'une autre. Autant que tu l'apprennes de moi.

Je me suis assise sur le lit et je lui ai rendu le drap, que j'ai posé délicatement sur ses jambes. Tu étais jalouse ?

Tout le temps.

Mais tu es restée avec lui.

Elle est demeurée silencieuse, comme si elle réfléchissait à son choix.

J'étais amoureuse. Et au début, je ne savais pas qu'il était comme ça. Quand je l'ai découvert, c'était trop tard.

Elle a remonté les couvertures sur sa poitrine. Maintenant, je me rendors. Elle a fermé les yeux.

Mon père l'avait trompée, et je n'en avais jamais rien su. Qu'est-ce que j'ignorais d'autre ? Qui étaient ces autres femmes ? Inutile de lui poser ces questions-là. Je suis restée assise dans le noir, le corps envahi d'une sensation brûlante. Je venais de comprendre que je ne connaissais pas grand-chose de l'homme qu'était mon père. Il faudrait que j'en parle à Brigitte. Je lui dirais : Je ne sais pas avec qui il couchait, ni s'il aimait vraiment Anouk. Cette nuit-là, j'ai passé un moment sur son lit, immobile, à la regarder dormir, son front baigné par la faible lumière venue de l'extérieur.

8

QUAND David et Brigitte sont rentrés à Paris, je m'attendais à ce qu'elle me téléphone pour fixer notre prochaine séance de travail. Elle ne m'a appelée qu'au bout d'une semaine. Elle semblait distraite, et j'ai eu l'impression de m'imposer quand je lui ai demandé à quel moment nous nous verrions. Elle a répondu, J'ai été très occupée et David a une montagne de boulot, mais pourquoi pas jeudi ?

Je me suis demandé si le livre l'intéressait moins. Peut-être que le temps qu'elle avait passé loin de Paris et de moi avait modifié ses priorités. Peut-être qu'elle n'acceptait de me retrouver que pour me faire plaisir, parce qu'elle avait pitié de moi, pauvre petite orpheline. Après avoir raccroché, j'ai conservé l'impression que quelque chose n'allait pas, qu'elle n'avait plus le cœur à notre projet. Je n'avais pas de raison concrète de m'inquiéter, mais mon sentiment d'insécurité s'est mis à croître de façon démesurée.

Ils étaient revenus en pleine forme. Le bon air de la montagne, a-t-elle dit, pas comme celui de Paris, qui vous intoxique. Ses poumons s'étaient révoltés quand, à la descente du train, elle avait retrouvé les miasmes de la capitale. Elle m'a parlé de leurs réjouissances. Le Jour de l'an, on est restés toute la journée au lit, s'est-elle vantée. Elle avait dû prendre huit aspirines pour faire passer son mal de tête.

Je les ai imaginés à Genève, assis sur des chaises capitonnées autour d'une table en acajou, dégustant une soupe de pois cassés dans des bols en faïence. Il y avait une viande rôtie dont la peau croustillante se fendillait sous la lame d'un couteau. En réalité, je n'avais aucune idée de l'endroit où vivait la famille de David ni de comment ils étaient. Mais j'étais certaine que la nuit, lui et Brigitte faisaient l'amour. Dans mon imagination, c'était toujours debout, à côté du lit. Je me souvenais de leurs gémissements comme si je les avais entendus la veille. De l'image des mollets de David tendus par l'effort. Du silence, ensuite. Cette seule pensée faisait naître un tiraillement dans mon ventre.

Quand elle a m'a ouvert la porte, ce jeudi soir, Brigitte m'a détaillée des pieds à la tête avant de déclarer que j'avais pris du poids. J'avais l'air en meilleure forme, moins maigre. Comment était-ce possible, alors que quelques semaines plus tôt elle m'avait dit le contraire ? Pouvait-on changer aussi vite ? C'était peut-être tout le vin que j'avais bu. Et puis, c'est vrai, j'avais mangé davantage pendant les fêtes, parce que pour la première fois depuis des mois le réfrigérateur était plein.

Sans répondre à sa remarque, je lui ai dit que j'avais pour objectif de terminer le livre. Je voulais que ce soit fait pour pouvoir me consacrer à mon bac. Il me faudrait une moyenne générale d'au moins 16/20 pour la mention très bien qui aurait rendu mon père fier de moi. À partir du printemps, tous mes samedis matin seraient pris par des examens blancs.

J'ai essayé de retrouver la détermination qui nous avait poussées à discuter pendant des heures, les questions brèves de Brigitte, le flot de paroles qui s'échappait de ma bouche. Je sentais qu'elle aussi voulait en finir, même si une partie de moi répétait que ce serait pour elle un prétexte pour me chasser de sa vie.

J'ai annoncé : Je t'ai dit tout ce que je savais. Qu'est-ce qu'il te faut de plus ?

On est en bonne voie, m'a-t-elle rassurée. J'ai assez de matière pour trois livres au moins.

Bientôt, il ne lui resterait plus qu'à s'isoler pour écrire, transformer les interviews en un récit construit. Il nous faudrait un éditeur. Elle avait un ami chez Gallimard, c'est par là qu'elle commencerait.

Quand je lui ai avoué que mon père fréquentait d'autres femmes, son visage a pris une étrange expression. Il m'a semblé voir une lueur dans ses yeux – du mépris, peut-être ?

Tu penses qu'il a des enfants ailleurs ? a-t-elle demandé. S'il a eu des liaisons, tu n'es peut-être pas la seule…

Sa question m'a perturbée. Je me suis creusé la cervelle pour trouver une réponse intelligente.

Je n'y ai jamais réfléchi.

Tu ne t'es jamais posé la question ?

S'il y en a d'autres, ils ne sont sans doute pas comme moi. Il les aura abandonnés, pour autant qu'il ait entendu parler d'eux.

Tu as l'air très sûre de toi.

Tu sais quelque chose que j'ignore ?

Non, juste ce que tu m'as raconté.

C'est Anouk qui m'a parlé des infidélités de mon père, mais elle n'est pas forcément fiable. Ce n'est peut-être même pas vrai. Elle n'a cité aucun nom, elle a juste dit qu'il allait voir ailleurs.

Brigitte est restée silencieuse, son stylo figé au-dessus du bloc-notes. Le bout de ses doigts était pâle à force de le tenir. Elle a incliné la tête sur le côté et m'a souri.

Je te dis ça parce que c'est une question qui me tarauderait, personnellement. Mais j'ai tendance à toujours imaginer le pire.

Si je savais quoi que ce soit de précis, je te le dirais, Brigitte.

Bien sûr.

J'ai décroisé les jambes. Effectivement, mes cuisses remplissaient mieux mon jean noir. Brigitte s'est mise à ranger des papiers sur la table basse. Elle a fait deux piles, en a poussé une vers moi. Tu veux bien les rapporter à David ? Je déteste quand il laisse traîner ses affaires ici, il sait que c'est mon espace de travail.

J'ai pris le paquet et je me suis levée, soulagée de m'éloigner d'elle quelques instants.

Merci, Margot.

La porte du bureau de David était entrouverte, révélant des piles de livres sur le sol. Son ordinateur portable était posé sur le canapé où j'avais dormi quelques nuits. J'ai frappé et il m'a dit d'entrer.

Brigitte m'a demandé de t'apporter ça. Je lui ai tendu les papiers. Il m'a remerciée et les a posés devant lui sur son bureau.

Je sais qu'elle n'aime pas que je laisse mes affaires là où elle travaille.

Ses jambes étaient trop longues pour le petit meuble sur lequel il travaillait ; la façon dont il devait les replier semblait très inconfortable. Il portait une chemise bleu clair qui mettait en valeur la couleur de ses yeux. Il était tellement différent de Brigitte, ça me surprenait. Il avait une énergie juvénile, quelque chose d'enfantin parfois, dans un corps d'homme mûr. Les quelques fois où nous avions marché dans la rue côte à côte, j'avais remarqué que les femmes se retournaient sur son passage.

Au moment où j'allais sortir, il m'a rappelée. Attends. Il y a quelque chose que je voulais te dire.

Quoi ? Je suis restée sur le seuil, la main sur la porte.

Tu te souviens de la deuxième fois où tu es restée dormir ?

J'ai hoché la tête. Nous étions allées dîner avec Brigitte au bistro du coin. Le service était très lent, mais nous avions quand même commandé un dessert, et il était presque minuit quand nous étions rentrées.

Brigitte ne m'avait pas prévenu que tu serais là. Je suis rentré tard du travail. L'appartement était silencieux, tout était éteint, et j'ai pensé que Brigitte était allée se coucher. Je suis passé par le bureau pour poser mon sac. Quand j'ai ouvert la porte, j'ai vu une forme sur le canapé. Ça ne pouvait être que Brigitte. Ça n'avait pas de sens, nous ne nous étions pas disputés, mais qui d'autre ? Nous n'attendions pas d'invités.

En entendant ces mots, je me suis demandé s'il dormait là quand ils se disputaient. Si leurs querelles étaient assez fortes pour qu'ils fassent chambre à part toute une nuit.

Je me suis approché, a-t-il poursuivi. J'ai murmuré son nom. Je pense que tu m'as entendu, parce que tu t'es retournée. C'est là que j'ai vu ton visage. Tu as ouvert les yeux et tu as dit : Non, c'est Margot.

Son histoire m'a fait rire. Je n'avais aucun souvenir de la scène.

Le plus étrange, c'est que le lendemain, tu n'en as pas parlé. Je voulais m'excuser de t'avoir réveillée, mais j'avais peur de donner l'impression que j'avais fait exprès. Ça semblait compliqué à expliquer.

C'est marrant. Je ne me souviens de rien.

J'ai beaucoup pensé à cette nuit. Tu avais les yeux bien ouverts. Tu étais éveillée.

Ce qui me surprend, c'est que je n'ai pas crié.

Moi aussi, ça m'a surpris. Ça ne t'a pas fait peur de voir un inconnu dans la pièce.

Mais tu n'es pas un inconnu.

David a souri et s'est massé les tempes du bout des doigts.

C'est dingue les choses qu'on dit et qu'on fait au milieu de la nuit.

Peut-être que ça m'avait fait plaisir de le voir. Peut-être que sa voix m'avait excitée. Qu'avait-il dit d'autre ?

J'ai demandé : Tu es parti juste après ?

Tu t'es rendormie.

Je me suis dirigée vers sa bibliothèque et j'ai passé l'index sur les rangées de livres. Ils étaient classés par matière : histoire, politique, gastronomie, cinéma. David m'a rejointe. Il a saisi un volume sur l'étagère du haut.

Tu peux emprunter ceux que tu veux. Comme il tendait le bras pour en prendre un autre, il a effleuré mon épaule – juste un contact sur le tissu de mon chemisier. Une sensation liquide et chaude m'a envahie. La tête me tournait. Je n'osais plus bouger, attendant une autre vague, redoutant qu'elle ne vienne pas. J'ai fermé les yeux, et la vague est revenue. Je me suis écartée.

*

J'ai retrouvé Brigitte au salon, où je l'avais laissée, en train de feuilleter un livre d'art. Elle a levé la tête quand je me suis installée sur le canapé en face d'elle.

Je repensais à notre première rencontre, chez toi. Tu n'avais pas l'air contente, à côté de ta mère. On aurait dit que tu boudais, tandis qu'elle irradiait la confiance. Tu n'as pratiquement pas ouvert la bouche de toute l'interview. Puis on s'est croisées dans le couloir.

Je me souviens. Tu cherchais les toilettes. Tu m'intimidais. Ton long manteau noir, tes chaussures en cuir masculines, ton rouge à lèvres carmin, toutes tes questions.

Brigitte a ri de cette description, mais elle est très vite redevenue sérieuse.

Tu ignorais que tes parents n'étaient plus ensemble, et ça se voyait. J'ai manqué de tact, et je t'ai blessée. Ça ne me regardait pas.

Je n'aurais rien su si tu n'en avais pas parlé. Anouk ne révélait rien de leur relation, et surtout pas à moi. Je pense que seule Mathilde était au courant.

Comment ça se fait ?

Qu'elle ne m'ait rien dit ? Parce qu'elle veut être ma mère, pas une amie.

Brigitte a hoché la tête. Elle pense que si elle te faisait des confidences, ça remettrait en question son autorité maternelle.

Elle a toujours eu ce genre de principes sur la manière dont elle doit se comporter avec moi.

Tu sais, ce soir-là, tu as dit quelque chose qui m'est resté. Tu as dit que tu voulais lire mes textes.

Je voulais que tu écrives l'article.

Brigitte a fermé le livre et l'a posé sur la table. Je me suis sentie flattée. Tu m'as émue. C'est rare que quelqu'un me dise ça.

En cet instant, j'ai compris que Brigitte voulait autant que moi que notre livre existe.

Qu'est-ce que tu as pensé d'autre ? ai-je demandé, si concentrée que j'en tremblais. Ta première impression de moi, c'était quoi ?

Elle a pris son temps pour me répondre. Elle avait les mains serrées sur les genoux. Elle portait des grosses chaussettes en laine par-dessus son jean. Elle a commencé en me racontant son voyage en Jordanie.

Elle y était allée avec David, deux ans après leur rencontre, en plein été. Ils avaient pour guide un gros type qui marchait toujours lentement, comme si ses pieds avaient été des coussins. Il ne transpirait pas, alors que la chemise en coton de Brigitte lui collait sans cesse à la peau. Ils avaient exploré le désert en voiture, à travers la flore sauvage et le terrain rocailleux. Flotté sur la mer Morte, le sel leur piquait la peau. Marché dans l'ombre fraîche de Petra. Des hommes leur offraient du thé brûlant et sucré dans de minuscules tasses. Ils avaient acheté des bijoux en argent à des Bédouins et s'étaient fait dévorer par les moustiques. Il y a eu un hôtel, en particulier, où elle n'arrivait pas à dormir à cause des ressorts du matelas qui lui rentraient dans le dos, des cafards qui couraient sur les murs. Ils prenaient leur petit-déjeuner et leur dîner dans le restaurant, toujours désert. Elle avait oublié ce qu'ils mangeaient. Ce dont elle se souvenait, avec une acuité particulière, comme un flash, c'était la route devant elle quand ils roulaient. Dehors, il faisait chaud comme dans un four. Pendant des heures, elle fixait la route, et la route la regardait en retour, avec sa texture évanescente, serpentant sans cesse, une illusion d'optique créée par la chaleur. C'était la première fois qu'elle voyait quelque chose de concret perdre son état solide.

Quand tu m'as vue, tu as pensé à la Jordanie ? Je n'arrivais pas à y croire. Je t'ai fait penser à une route dans le désert ?

Un peu, oui. Laisse-moi t'expliquer. Quand je suis repartie, ce soir-là, j'ai pensé à cette route, à sa façon de bouger à l'horizon, et de redevenir immobile dès qu'on sortait de la voiture pour poser le pied dessus. Elle était à la fois solide et ondulante. Un vrai mirage. Jusqu'à ce jour-là, je n'avais jamais remis en question ce qui m'entourait. Je me sentais supérieure à tout le monde – mes parents, ma sœur, mes camarades de classe.

J'étais plus maligne qu'eux. Mais sur cette route, j'ai ressenti autre chose, entre la nausée et l'excitation. Un peu des deux. C'était pareil avec toi. Tu étais à la fois concrète et sans forme. Tu étais comme moi à ton âge.

Qu'est-ce que tu veux dire ?

J'avais l'impression de te connaître. Je te trouvais tellement hardie, presque irresponsable dans tes actions. Et tu avais impressionné mon mari ! Avant de te rencontrer, je te croyais exubérante, extravertie. Je te prenais pour une fille qui allait dans les fêtes, buvait, se droguait, couchait sans problème. Le genre « très mûre pour son âge ». Mais quand je t'ai vue, je t'ai trouvée tellement discrète et réservée, tellement prête à te fondre dans le décor… puis tu m'as parlé dans le couloir et j'ai compris que je me trompais. En surface, tu étais calme et maîtresse de toi, mais au fond j'ai retrouvé cette fille, celle qui ose tout, qui bouillonne à l'intérieur. Si tu avais vu ton regard…

Je te regardais comment ?

Comme les hommes me regardent. Elle a secoué la tête. Non, pas exactement. Comme si tu attendais quelque chose de moi, comme si j'avais vraiment quelque chose à te donner.

9

En rentrant, j'ai entendu des voix dans l'appartement. À l'intérieur, j'ai eu la surprise de découvrir Juliette et Anouk dans le salon, en grande discussion sur le canapé.

Margot ! Je t'ai cherchée partout, s'est écriée Juliette. Je pensais que tu étais ici.

En ce moment, pas moyen de savoir où elle est, a renchéri Anouk.

Son commentaire m'a agacée. J'aurais pu dire la même chose à son sujet : dernièrement, elle passait tout son temps enfermée dans sa chambre, aussi distante que moi. Ce qui rendait encore plus étonnant de la trouver lovée contre Juliette, en train de papoter.

Faisant mine de ne pas remarquer le regard inquisiteur de mon amie, j'ai répondu que j'étais allée me balader, et je suis retournée dans l'entrée pour dissimuler le rouge qui me montait aux joues. J'ai enlevé mes chaussures et suspendu mon manteau à la patère.

Quand je suis revenue au salon, Anouk m'a dit de m'asseoir. Je me suis installée sur une chaise, en face d'elles. Juliette s'était éloignée de ma mère. J'ai remarqué comment elle s'était placée dans l'angle contre l'accoudoir, comme pour mettre le plus de distance possible entre elles deux.

Juliette était en train de me parler de son film, m'a dit Anouk. Tu es au courant ?

Oui, bien sûr.

Ça m'agaçait de les imaginer bavarder à cœur ouvert en mon absence, pendant Dieu sait combien de temps. J'avais l'impression qu'elles avaient parlé de moi plutôt que du court-métrage, et tant pis si pendant ce temps j'étais avec Brigitte, une femme qu'elles ne connaissaient ni l'une ni l'autre.

Continue, a dit Anouk à Juliette.

Je ne veux pas abuser de votre temps, a répondu celle-ci en se redressant sur le canapé comme pour se lever. Elle fuyait mon regard, c'était clair. Ça faisait des semaines que je l'évitais plus ou moins, que je me montrais évasive face à ses questions, prétextant que je préférais réviser seule dans ma chambre ou qu'Anouk avait besoin de moi. Mes mensonges étaient devenus comme une seconde nature.

Raconte-lui tout, ai-je dit, c'est une super idée. J'ai contracté les mâchoires, comme si ça pouvait m'aider à ne pas rougir. Dans les yeux de Juliette, je lisais le désir de plaire à Anouk.

Je me suis inspirée de votre histoire, a continué mon amie. Celle du déjeuner où les femmes se sont ruées sur les sandwichs.

Ah, oui, à la conférence.

Votre façon de décrire leur comportement m'a vraiment troublée, et je n'ai pas cessé de penser à cette image, toutes ces femmes agglutinées autour du buffet, les yeux plus gros que le ventre, qui le dévalisent pendant que vous restez à l'écart. Je savais qu'il y avait quelque chose à creuser, mais je ne voyais pas vraiment quoi. Vous êtes là, dans une conférence censée tisser des liens entre les femmes, et, au moment de manger, la solidarité disparaît d'un seul coup. Pourquoi ? J'ai écrit un scénario autour de cette dissonance. J'ai imaginé une histoire où des femmes sont forcées d'en dévorer une autre.

Juliette s'est interrompue, quêtant mon approbation d'un coup d'œil. On aurait dit qu'elle avait préparé son discours avant de venir. Je l'ai encouragée d'un hochement de tête. Elle a continué.

Ça se passe dans un village perdu à la campagne. Le maire est toujours une femme, et elle est choisie par un rituel de dévoration. Tous les dix ans, les femmes qui ont entre dix-huit et quarante ans sont invitées à se rendre à la mairie. L'une après l'autre, elles mordent l'ancienne maire jusqu'à ce qu'elle meure. Celle qui a porté la morsure ultime devient maire à son tour.

Anouk a souri. J'adore. Une femme dévorée par une autre, qui prend sa place.

Margot jouera les deux rôles, a annoncé Juliette.

Vraiment ? Anouk s'est tournée vers moi. Et comment tu vas faire ? Tu n'as aucune expérience.

J'ai prévu des gros plans pour la scène, a expliqué Juliette. D'abord sur sa peau, puis sur son visage, séparément.

Il faut éviter le plus possible les effets spéciaux. Ne montre du sang que si c'est vraiment nécessaire. Laisse les spectateurs imaginer le reste.

Juliette a noté ce que venait de dire Anouk. J'ai observé ma mère, installée confortablement, les jambes croisées, soulignant ses propos de mouvements de main. J'ai pensé qu'elle devait être une prof passionnante.

Tu as entendu parler d'une pièce qui s'appelait *Mère,* dans laquelle j'ai joué ?

Bien sûr, a répondu Juliette. Vous en étiez la vedette. J'ai lu les critiques.

Le tour de force, dans la pièce, c'était le dénouement. Dans la scène clé, j'étais dos au public, agenouillée devant la baignoire. Les spectateurs avaient l'impression que mes enfants s'y trouvaient, alors qu'il n'y avait que de l'eau dedans. Je leur parlais gentiment. Plus tard, quand je les noyais, le public voyait mes bras qui bougeaient. Pendant ce temps, en coulisses, les jeunes comédiens commençaient à crier, et leurs hurlements étaient amplifiés par des haut-parleurs dans la salle. Tu vois, tu as juste besoin d'un déclencheur, quelque chose qui active l'imagination du spectateur, comme ces cris. Il vaut mieux suggérer la violence.

Juliette a réfléchi en silence aux conseils d'Anouk.

Peut-être que je pourrais ne montrer que les mains et les pieds de l'ancienne maire pendant qu'elle se fait dévorer? a-t-elle suggéré d'une voix timide. On les verrait réagir à la douleur en se crispant.

Ses ongles pourraient griffer le sol, a confirmé Anouk.

Sans réfléchir, j'ai lâché: C'est comme dans *Trouble Every Day.*

C'est quoi? a demandé Juliette.

Un film d'horreur de Claire Denis, a répondu Anouk, ravie. Qui parle de désir et de cannibalisme. Comment tu le connais, Margot? On ne l'a pas à la maison, si?

On me l'a prêté.

Ton père adorait Claire Denis, mais il ne supportait pas les films d'horreur. Je crois qu'il n'a jamais vu celui-ci.

Anouk s'est tournée de nouveau vers Juliette, rapidement, comme pour éviter de croiser mon regard. La chaleur m'est montée aux joues d'un seul coup. J'ai continué: Le plus violent, dans le film, c'est qu'on voit le visage des acteurs se tordre, sans qu'on sache d'abord d'où vient la douleur.

J'ai frissonné en repensant à la scène finale, où l'homme séduit une femme qu'il a suivie pendant tout le film. Ils s'embrassent contre son casier, dans le vestiaire de l'hôtel où elle travaille. Il la couche sur le sol, commence à lui baiser le ventre. On voit le plaisir sur le visage de la femme, mais au moment où il mord, ce même désir fait place à la douleur, et ses gémissements deviennent des cris de terreur.

Juliette a dit qu'elle louerait le film ou qu'elle me l'emprunterait. Je me suis demandé si je pouvais demander à Brigitte de me le prêter, ou encore le prendre chez elle et le rapporter plus tard, ni vu ni connu. Pendant que je réfléchissais à ça, j'ai entendu Juliette remercier Anouk pour ses conseils, et lui dire que grâce à elle, elle se sentait mieux armée pour tourner son film. Elle savait ce qu'elle devait faire.

J'espère que non, a répondu Anouk. Il *faut* que tu ne le saches pas. Ce que tu dois faire, tu le découvriras au fur et à mesure du tournage, quand tu seras derrière la caméra, puis à la table de montage.

J'ai renchéri : La meilleure façon de raconter une histoire, c'est de s'abandonner à l'incertitude. C'était une des phrases préférées d'Anouk. Elle a ri de m'entendre la citer et m'a tapoté l'épaule. Parfois, je savais comment lui faire plaisir.

J'ai demandé à Juliette si elle voulait rester dîner, mais elle a répondu qu'elle devait rentrer chez elle pour finir sa dissertation de philo. Je l'ai raccompagnée jusqu'à la porte. En nouant ses lacets, elle m'a regardée.

Tu n'es pas en colère que je sois venue sans prévenir, si ? Je t'ai appelée deux fois mais ton portable était éteint.

J'ai posé la main sur son bras, caressé le tissu de son chemisier, vieux et doux. Je l'avais porté une fois. Une tendresse étrange me nouait la gorge, comme si nous étions en train de nous perdre l'une l'autre. Tu es toujours la bienvenue, tu sais.

Où tu étais, cet après-midi ?

Juste à côté. Au Luxembourg. Je parlais avec un air distrait, attendant que la preuve de mon mensonge jaillisse d'une seconde à l'autre sur mon visage.

Elle m'a fait une bise et enfilé son manteau. Je suis restée sur le seuil, à la regarder descendre l'escalier. J'ai agité la main et j'ai crié, plus fort que d'habitude : Rentre bien !

*

Souvent, le matin, je me levais à cinq heures et demie pour réviser. J'en voulais à Anouk qui restait au lit encore une heure ou deux. De l'extérieur, sa vie d'adulte semblait tellement simple.

J'avais décidé que je ne passerais pas le concours d'entrée de Sciences Po puisque mon père n'était plus là pour me juger ni pour s'en soucier. À la place, je m'inscrirais à la fac, en anthropologie, psychologie ou littérature. C'était plus facile de choisir une matière anodine. Je m'inspirais en partie de Brigitte en tant qu'écrivaine. Elle avait un doctorat en psychologie. Jusque-là, j'avais toujours imaginé que notre carrière était déterminée par la discipline qu'on choisissait après le bac. Anouk avait fait le Conservatoire avant d'entrer à la Comédie-Française, mon père avait eu le concours de Normale Sup, et ses fils avaient étudié à la London School of Economics. Au fond, je cherchais à impressionner qui ? Anouk ne me posait jamais de questions sur mes notes. Quant au métier que je voulais faire plus tard, ça paraissait une question fort lointaine. Tout ce qui comptait, c'était le bac dans cinq mois.

Il y a eu toutefois une turbulence dans ce programme planifié : Monsieur H. a pris un congé maladie pendant quinze jours. C'était rarissime, dans notre lycée. Les profs n'étaient jamais absents, surtout ceux de terminale. Il a été remplacé par un collègue plus âgé qui n'avait jamais enseigné en classe scientifique. Nous ne comprenions rien à ses cours. Il a donné une dissertation en classe, et personne n'a eu plus de 12/20. Peu importe : avec son coefficient ridicule, la philo ne comptait pratiquement pas pour nous. Mais nous aimions bien Monsieur H. Son cours nous offrait un peu de répit entre les démonstrations de maths et les TP de physique. C'était le seul prof qui nous demandait si nous dormions assez – au moins sept heures par nuit ! – et qui nous défendait chaque trimestre au conseil de classe face aux autres enseignants.

Quelqu'un a dit l'avoir vu dans le XVe arrondissement, débraillé, portant deux sacs de provisions. Quelqu'un d'autre a prétendu que sa femme l'avait quitté pour un photographe célèbre qui vivait en Australie. Nous ne savions même pas qu'il était marié. D'ailleurs, il ne l'était peut-être pas. Ce n'étaient que des rumeurs qui se sont répandues jusqu'à son retour.

Il est revenu mi-février, sans explication ni excuse. Jusqu'à son départ subit, nous n'avions jamais vraiment réfléchi à la vie personnelle de nos profs. Pour nous, ils n'existaient que dans l'espace confiné du lycée. Nous avons eu comme un aperçu de leur mystérieux monde intérieur, mais ça s'est arrêté là, et nous nous sommes replongés à corps perdu dans nos devoirs, dans notre univers à nous.

*

Je rêvais parfois de David. Des rêves innocents, pour la plupart – nous discutions dans la cuisine, ou bien il remplaçait un de mes profs du lycée. Une fois, j'ai rêvé que je le croisais dans la rue avec une femme qui n'était pas Brigitte. Et puis, une nuit, j'ai fait un rêve bien plus intime. Nous étions dans son bureau. J'étais assise en face de lui, sur une chaise. Il prenait un stylo-plume, dont il me montrait le capuchon arrondi. Il l'ôtait pour découvrir la plume effilée ; puis il se levait, et s'approchait de moi et tirait sur la ceinture de mon jean. Le tissu s'écartait, étrangement élastique sous ses doigts. De la main droite, il glissait le stylo-plume dans ma culotte, et il commençait de lents allers-retours, le capuchon doux contre ma peau. Je sentais le plaisir croître entre mes cuisses, et quelque chose d'autre, aussi, poisseux comme la culpabilité, qui s'écoulait le long de mes jambes. Il allait plus loin, et ses doigts remplaçaient le stylo. Une vague de chaleur montait dans mon ventre, je renversais la tête en arrière. Un souffle doux venait courir sur ma nuque, et la voix de Brigitte me murmurait à l'oreille, Tu aimes ça ? Ses lèvres parcouraient mon cou. J'ai senti la dureté froide de ses dents quand elle a ouvert la bouche.

Je me suis réveillée, les mains plaquées sur mon ventre brûlant. J'ai pensé, C'est fantastique qu'un rêve puisse m'exciter à ce point, comme si le souffle se faisait chair.

10

Un dimanche matin, j'ai retrouvé Brigitte dans notre café préféré pour fêter la fin de notre travail. Il n'y aurait pas d'autre interview ; je lui avais donné toute la matière dont elle avait besoin. Désormais, elle travaillerait seule, utilisant les heures de conversation enregistrées que j'avais retranscrites sur son ordinateur.

Les températures avaient chuté. Dès que je suis sortie, j'ai senti une humidité glaciale s'infiltrer dans mes chaussures. Le coin de la rue était noyé dans le brouillard et le toit des immeubles avait disparu. Je suis entrée en trombe dans le café. J'y ai trouvé Brigitte assise au comptoir, ses longs cheveux flottant sur les épaules, brillants et lisses comme dans une pub pour shampooing.

Il y avait entre nous une énergie électrique, tendue. Je me suis installée sur le tabouret à côté du sien. De la vapeur d'eau montait de nos vêtements et embuait les vitres. Elle a commandé deux brioches et un thé pour elle, j'ai demandé un café. J'avais pris la dernière place libre et il m'a fallu jouer des coudes pour avoir de l'espace.

À la nôtre, a lancé Brigitte quand nos consommations sont arrivées. Elle ne semblait ni réjouie ni triste.

Je l'ai remerciée de m'avoir aidée pour le livre.

Si tu n'avais pas été là, je n'aurais jamais parlé de mon père.

Je me suis contentée de te poser des questions. Il faut encore l'écrire, tu sais. C'est beaucoup de travail pour moi. Sans compter que j'ai deux articles à rendre pour la fin du mois.

Elle semblait un peu ennuyée, et j'ai pensé de nouveau que le livre était une corvée pour elle, qu'elle n'avait plus envie de s'en occuper. Je ne pouvais pas la payer, et elle m'avait consacré de nombreuses heures.

J'ai répété mes remerciements, en ajoutant que j'espérais que ça ne l'avait pas trop dérangée, qu'elle pouvait prendre tout son temps puisque nous n'étions tenues à aucun délai, pas comme pour ses articles.

J'ai l'habitude de jongler entre les projets.

C'est à peine si je distinguais son sourire, tant il était mince.

J'ai demandé : Tu es sûre que ça va ? Tu as l'air bizarre.

Elle a pris une gorgée de thé avant de s'excuser de sa mauvaise humeur. Elle était allée la veille consulter son médecin, et il l'avait agacée. Il lui avait demandé comment allait David, qui était aussi son patient ; et quand Brigitte avait répondu qu'il travaillait tard et qu'elle ne le voyait pas beaucoup, le docteur avait répliqué qu'elle n'avait qu'à être plus agréable. Il avait dit : Peut-être que votre mari vous évite.

Tu devrais changer de médecin !

Pour lui, c'est ma faute si je ne tombe pas enceinte. Ça me stupéfie toujours quand un homme m'explique ce que je dois faire, me donne son avis comme s'il savait ce qu'on vit, ce que *je* vis. Il faut de l'empathie pour conseiller quelqu'un. Savoir se mettre à sa place, imaginer ce qu'on ferait si on était lui ou elle, avec les mêmes motivations, la même histoire. Je pense que c'est pratiquement impossible pour un homme de se mettre dans la peau d'une femme, surtout d'une femme qui espère une grossesse.

Nos brioches sont arrivées. Brigitte en a détaché un petit morceau, qu'elle a commencé à rouler entre ses doigts. Les tranches épaisses avec une croûte pâle étaient servies avec un petit bol de confiture de framboises.

Qu'est-ce que tu lui as répondu ?

Elle a ri, un rire de gorge qui m'évoquait toujours un petit animal aux dents acérées.

Je lui ai dit que coucher avec quelqu'un dans le but de procréer n'est pas la chose la plus romantique au monde. Je fais tout pour exciter mon mari les rares fois où il est à la maison, et cet idiot me raconte que je dois être une meilleure épouse ? Tu sais ce que m'a fait la mère de David, à Noël ? Elle m'a prise à part et m'a dit que, si je ne pouvais pas avoir d'enfant, il vaudrait mieux pour nous deux que je laisse tomber.

Quoi ? Mais c'est atroce ! Elle est vraiment horrible.

Je n'ai jamais été assez bien à ses yeux.

Peut-être qu'elle est jalouse.

Son fils est adulte, mais elle continue à le surprotéger. Je sais, c'est normal qu'elle le défende, mais ça me met hors de moi.

Et David, il te défend, au moins ? Lui aussi, il veut un enfant ?

Brigitte a tartiné sa brioche de confiture avant de mordre dedans. Elle a mastiqué un moment. Quand elle s'est remise à parler, sa voix était pensive. Comme tous les hommes, il a peur de vieillir, de perdre sa vitalité. Il a toujours rêvé d'être père, mais en même temps il ne veut pas renoncer à sa liberté. Ce sont deux désirs incompatibles.

J'ai repensé aux pieds de Brigitte, à ses orteils qui se crispaient sur le parquet de leur chambre. Pourquoi disait-elle que

David n'était pas là souvent ? Chaque fois que j'allais chez eux, je voyais de la lumière sous la porte du bureau.

De toute façon, je n'ai jamais vraiment fait confiance aux médecins, a continué Brigitte en terminant sa tranche de brioche. Une fois, ma mère m'a emmenée en voir un, un vieux qui fumait à la chaîne entre ses patients. Il m'a demandé de me déshabiller devant elle. Je savais qu'elle allait remarquer ma cellulite, mon ventre qui débordait, les vergetures sur mes cuisses. Je ne pesais que cinquante kilos, mais je me trouvais grosse. J'ai enlevé mes vêtements avec l'impression d'être violée. C'était la première fois qu'elle me voyait toute nue.

Au moment où elle terminait cette phrase, une main d'homme s'est posée sur son épaule et une voix nous a interrompues.

Brigitte Duarte !

Je me suis retournée. De taille moyenne, le nouvel arrivant portait un manteau en laine marron et un chapeau gris.

Elle s'est tournée à son tour, et j'ai vu dans ses yeux qu'elle le reconnaissait. Elle a dit : Bonjour, Georges, d'une voix froide. De toute évidence, elle n'était pas ravie de la rencontre.

C'est comme ça qu'on se salue entre cousins ? s'est exclamé l'intrus avant de lui plaquer d'autorité trois bises sur les joues. J'ai senti sous son manteau une odeur aigre de vieille transpiration, presque animale. Je savais que Brigitte détestait ça, elle dirait qu'il puait.

Elle m'a présentée. Une amie. Enchanté, a dit l'homme, avant de se mettre à rire. Tu as des amies bien jeunes, Brigitte. C'est la grande ville qui veut ça, je suppose.

Elle a eu un sourire forcé.

Vous vivez ici, maintenant ?

Non, je suis là juste la journée. J'aime bien faire ça de temps en temps. Une balade, un film sur les Champs-Élysées, puis je rentre par le dernier train. Je passais dans la rue et je t'ai vue. Incroyable, non ?

Georges se penchait pour nous parler, trop près. Ses dents étaient recouvertes de taches brunes qui évoquaient l'écorce d'un arbre. Je voulais de toutes mes forces qu'il ferme la bouche.

Quelle coïncidence, en effet, a répondu Brigitte.

Tu ne viens plus jamais nous rendre visite, a-t-il continué, lui coupant presque la parole. Et ta mère ? Tu ne veux plus la voir ? Tu sais qu'elle continue à faire des ménages malgré son arthrite ?

Elle a demandé de mes nouvelles ?

Pas besoin.

Brigitte n'a rien dit.

C'est ta mère, quand même. Tu pourrais au moins lui envoyer un peu d'argent.

Elle est méchante comme la gale.

Brigitte a ouvert son sac pour en tirer son porte-monnaie, avec un geste d'une telle brusquerie que j'ai cru un instant qu'elle allait lui donner un billet pour qu'il nous laisse tranquille. Ou le frapper avec. Elle a posé quelques pièces sur le comptoir, ses mains tremblaient. Excusez-nous, nous avons rendez-vous, a-t-elle annoncé en reprenant son manteau accroché sous le comptoir. Nous devons partir.

Je me suis levée en même temps qu'elle. Je n'avais pratiquement pas touché à mon café.

Je lui transmettrai ton bonjour ! a beuglé Georges derrière nous.

Une fois dehors, Brigitte a laissé éclater sa colère. Elle a filé sans même prendre le temps d'enfiler son pardessus. J'ai frissonné en voyant ses bras fins sous les manches de son pull. C'est pour ça que je suis partie de chez moi, Margot. À cause de gens comme lui.

J'avais du mal à rester à sa hauteur. Il ne nous a fallu que quelques instants pour arriver dans leur rue. J'étais stupéfaite de leurs différences – l'accent vulgaire de Georges, sa façon de s'imposer, de se coller à nous. Elle était restée parfaitement maîtresse d'elle-même au cours de la conversation, s'en tenant au vouvoiement et articulant chaque mot comme un professeur qui s'adresse à un enfant.

Je suis arrivée hors d'haleine devant l'immeuble. Tu sais, a dit Brigitte, il faut apprendre à se protéger de sa propre famille. Si ce sont des brutes, tu dois couper les ponts sans hésiter. Quand nous étions enfants, Georges passait son temps à me peloter pendant les repas de famille. Il me disait que ça m'apprenait ce qu'il fallait faire, parce que les mecs n'aiment pas les filles sans expérience. Et il nous reluquait sans cesse, ma sœur et moi. À dix ans, j'ai dû supplier mes parents de ne plus nous laisser seules avec lui.

Sa voix était ténue, ses mots se précipitaient ; elle s'est interrompue et s'est mordu la lèvre. Nous nous sommes avancées dans l'entrée sombre qui sentait le ciment, et la lourde porte s'est refermée derrière nous.

Tous ceux qui parlent de pardon, a repris Brigitte sur un ton plus calme, ou qui disent que les gens peuvent changer… C'est une perte de temps. Ceux qui pardonnent, c'est ceux qui n'ont pas vraiment souffert ou qui sont trop faibles pour agir en retour.

Je me suis demandé si je faisais partie de ceux-là. Après tout, j'avais pardonné mon père d'avoir nié que j'étais sa fille et qu'il aimait Anouk. J'aurais dû être plus dure avec lui. Devais-je y voir un signe de faiblesse ? Mais peut-être que c'était différent quand la personne qui vous a fait du mal était morte.

J'ai attendu devant la porte de l'appartement que Brigitte retrouve ses clés. Elle m'a regardée. Ses yeux étaient d'un noir d'encre, avec les pupilles très larges, le blanc à peine visible. Je suis désolée qu'on soit parties comme ça, Margot. Tu n'as même pas pu finir ta brioche.

J'ai souri, chaleureuse.

Aucune importance.

Elle a fouillé dans son sac. J'ai entendu le tintement métallique du trousseau au fond.

Avant que Georges ne débarque, je voulais te demander quelque chose. David et moi, on va passer une ou deux semaines dans sa maison de famille dans le Sud, près de Nîmes. Ça te dirait de nous rejoindre quelques jours ? Ça te ferait du bien de quitter un peu Paris. Tu pourras travailler sur place. Tu auras une chambre avec un bureau.

Les deux semaines de vacances de février approchaient et je n'avais rien prévu. J'ai fait semblant d'y réfléchir, mais je savais déjà que j'allais dire oui. Il me suffirait de raconter à Anouk que j'étais avec Juliette, elle me laisserait passer deux nuits dehors sans sourciller. C'était comme ça que je voyais ma mère : inconsciente et négligente.

Sur le palier, les clés à la main, Brigitte m'a regardée, attendant ma réponse.

Oui. J'aimerais beaucoup passer un week-end avec toi et David.

11

Il y avait trois heures de train jusqu'à Nîmes, j'ai passé tout ce temps à regarder par la fenêtre, incapable de m'intéresser aux livres que j'avais emportés. Le ciel, d'abord couvert de nuages épais au-dessus de vastes prairies verdoyantes, est devenu peu à peu d'un bleu pâle, avec des rayons de soleil çà et là. Je voyais défiler à toute vitesse des petites villes perchées sur des collines, des champs séparés par des alignements d'arbres. J'ai posé la joue contre la vitre pour profiter de sa fraîcheur, et tant pis pour la crasse qui y était accumulée. Si mon père avait été en vie, que ferait-il, en ce moment ? J'ai senti qu'une femme s'asseyait sur le siège d'à côté. Elle était montée à la gare précédente, et j'ai perçu son odeur, un mélange de parfum floral et de lessive. Mon père n'aimait pas le train – il préférait conduire, même si ça prenait deux fois plus de temps – et j'avais du mal à nous imaginer voyager ensemble dans un wagon. Sa voiture était comme une carapace, avec des vitres teintées pour nous dissimuler. J'ai avalé la salive qui s'accumulait dans ma bouche. Je me suis demandé si le livre me rapprocherait de Madame Lapierre. Je ne l'avais quasiment pas mentionnée dans mes entretiens avec Brigitte, parce que je ne savais pas grand-chose de sa vie privée. Je me disais que, quand elle lirait, elle comprendrait mieux quelle avait été ma vie.

Le train a ralenti et s'est arrêté. Il était presque midi. J'ai pris mon sac sous mon siège et je suis descendue sur le quai. L'air était plus chaud qu'à Paris, et le soleil éclatait dans le ciel.

David m'attendait devant la gare. J'ai marché dans sa direction en tentant de refouler le souvenir de mon rêve avec lui. Celui-ci m'avait semblé si réel que je devais me rappeler sans cesse que c'était une expérience que j'avais vécue seule.

Il se tenait à côté d'une voiture gris métallisé, en chemise froissée et jean noir. Les plis au coin de ses yeux se sont creusés quand il m'a souri. Je m'étais habituée aux sillons sur son front, je ne les voyais plus comme des rides, pas plus que je n'avais l'impression d'un énorme fossé entre nous. Nous sommes montés dans le véhicule.

Il m'a parlé de ses parents, architectes tous les deux, qui avaient dessiné la maison ensemble. Au milieu des travaux, ils s'étaient retrouvés à court d'argent et ne l'avaient jamais terminée. Il restait des murs sans peinture et des portes sans poignée. Ils vivaient désormais en Suisse à cause de leur fille, la sœur aînée de David, dont ils gardaient les enfants quand elle était au travail. Quel ennui, Genève, a dit David. Là-bas, tout ferme à la tombée de la nuit. À six heures du soir, tu as l'impression d'être au milieu de la nuit.

Brigitte m'a dit que vous vous étiez bien amusés à Noël.

J'étais ravi de rentrer à Paris.

À cause de ton travail ?

Quoi, elle dit que je travaille comme un fou ? Il m'a dévisagée en riant.

Elle admire les gens qui travaillent dur.

Nous parlions d'un ton égal, une conversation lisse comme la surface d'un lac, tandis que sous la surface nos jambes s'agitaient follement. J'ai regardé ses mains sur le volant et j'ai eu l'impression de sentir la chaleur qui en émanait. Nous roulions sur une route plane avec, à l'horizon, des montagnes d'un vert sombre. La chaussée était déserte, et au bout d'un moment il a posé une main sur son genou.

Nous nous sommes engagés au pas dans une allée en gravier jusqu'à une maison à la façade blanche. Il y avait des volets en bois aux fenêtres de l'étage, et le toit était en tuiles de terre cuite. Dans le jardin, j'ai aperçu des reflets turquoise, l'angle d'une piscine.

David a poussé la porte et je l'ai suivi dans l'entrée. Le sol était recouvert de carrelage beige, une surface immaculée et brillante qui m'a immédiatement donné envie d'enlever mes chaussures. Brigitte n'est pas apparue. David m'a accompagnée à l'étage pour me montrer ma chambre. La fenêtre était ouverte, et le vent agitait les rideaux de mousseline comme la jupe d'une femme sur ses jambes. Je l'ai refermée. Voilà un exemple de pièce pas finie, tu vois ? Effectivement, le mur de béton ne portait que quelques traces de peinture blanche. La chambre était sommairement meublée, un petit bureau, un vieux rocking-chair, et une lampe accrochée au-dessus du lit. J'ai posé mon sac sur le matelas. David m'observait depuis le seuil, pianotant sur l'encadrement de la porte. J'avais la nuque brûlante, et l'espace d'un instant j'ai eu le désir puissant de me jeter dans ses bras. Il m'a dit de descendre quand je serai prête. Brigitte est à la cuisine, elle prépare le déjeuner.

Je me suis lavé les mains dans la salle de bains, au bout du couloir. Dans la glace, j'ai trouvé mon reflet répugnant. Ces cernes sombres sous mes yeux, ces lèvres épaisses et pâles qui me mangeaient la figure. Je me les suis mordues et je me suis frotté les joues.

Au bout du couloir, j'ai trouvé la chambre de Brigitte et David. J'ai poussé la porte. Le lit était recouvert d'un édredon blanc posé sur un drap fraîchement repassé aux coins bien repliés sous le matelas. Leurs vêtements étaient hors de vue, rangés sans doute dans la grande armoire.

Je suis descendue à la cuisine. Brigitte était aux fourneaux, dans un nuage de vapeur.

Margot, te voilà ! Tu aimes la maison ?

Elle est magnifique.

Son parfum citronné flottait autour de moi. Comment faisait-elle pour toujours sentir aussi bon, même quand elle cuisinait ? Elle a fait quelques pas pour disposer des tranches de pain dans une corbeille.

C'est presque prêt. Avec un pull, un blouson et de grosses chaussettes, on va pouvoir manger dans le jardin, a-t-elle ajouté en enlevant un brin de persil de son bras.

Dehors, le soleil formidable qui nous suivait depuis midi nous a accueillis, même s'il faisait un peu froid. Brigitte avait préparé des moules et une salade verte avec du fenouil mariné. Les moules baignaient dans une sauce marinière, relevée de morceaux de lardons. Cela faisait longtemps que je n'avais pas goûté cette saveur iodée, et elle m'a fait penser au restaurant en Normandie, celui dont le chef était un ami de mon père. J'avais avalé trois verres d'eau au cours du repas, mais j'avais gardé le goût du sel dans ma bouche jusqu'au lendemain matin.

Où est-ce que tu as appris à cuisiner ? Tout ce que tu prépares est délicieux, ai-je commenté en trempant un morceau de pain dans la sauce.

Je procède par tâtonnements depuis vingt ans. On finit par apprendre à préparer quelques plats. Ma mère était une très mauvaise cuisinière. Elle se contentait de pâtes ou de riz Uncle Ben's avec de la sauce en boîte, ou encore de macédoine, avec plus de mayonnaise que de légumes. J'ai décidé de m'y mettre toute seule, mais c'était compliqué, parce que je n'avais personne à observer. La meilleure façon pour apprendre, c'est de regarder quelqu'un d'autre. La cuisine, c'est du mouvement, des gestes qui se répètent. Comme une danse. Très intuitive en général – on n'a pas besoin de réfléchir à ce qu'on fait. C'est pour ça qu'il faut prêter attention aux gestes des cuisiniers, rester juste à côté d'eux. Pour s'imprégner de leur danse.

J'ai des amies qui se vantent de ne pas savoir cuisiner, a-t-elle continué en se servant de salade. Elle a plié chaque feuille en carré avant de la porter à sa bouche. Pour elles, une femme en cuisine, c'est le symbole absolu de l'exploitation féminine. Pour moi, ça n'a rien à voir. Je le vois comme un signe d'éducation. Ça veut dire que je suis meilleure que mes parents. Ma mère me traitait de grosse, mais elle ne m'a pas donné les outils pour bien me nourrir. Qu'est-ce que je pouvais faire, à part m'affamer volontairement ?

Elle s'est redressée pour poser les mains sur son ventre, qui formait un très léger renflement, et elle a fermé les yeux. Elle a déclaré : J'ai trop mangé, je me sens comme un boa.

Ravie, je me suis demandé si elle était enceinte, mais quand elle s'est levée, un instant plus tard, j'ai vu qu'elle n'avait pas changé. Pas un gramme supplémentaire.

Avec David, nous avons débarrassé la table et mis les assiettes à tremper. J'ai observé Brigitte par la fenêtre. Un souffle de vent agitait les feuilles au-dessus de sa tête, et elle a écarquillé les yeux. Le soleil s'était caché. David m'a prise par la taille pour m'écarter de l'évier. Il a dit : Je m'occupe de la vaisselle. L'empreinte chaude de ses paumes sur mes hanches m'a accompagnée pendant que je montais dans ma chambre.

J'ai ouvert ma valise et rangé mes quelques affaires sur des cintres. J'ai entendu des pas dans l'escalier, et un instant plus tard Brigitte est entrée dans ma chambre. Elle s'est assise sur le lit et a bâillé, dissimulant sa bouche un petit peu trop tard.

Je lui ai demandé quand elle était venue ici pour la première fois.

Quelques mois après avoir rencontré David.

Ils voulaient partir en vacances rien que tous les deux, et la résidence secondaire de ses parents constituait la meilleure solution – nettement moins cher que l'avion et l'hôtel dans une autre ville, et moins compliqué aussi. À l'époque, la maison était quasiment à l'abandon. Ses parents n'y venaient qu'une fois par an et ne l'entretenaient pratiquement pas.

Ils étaient arrivés au milieu de la nuit, en avril. Les meubles étaient couverts de poussière et les placards de la cuisine vides. Ils avaient dormi dans la grande chambre. Elle avait l'impression de sentir l'odeur des parents de David dans les draps légèrement humides, car le printemps était pluvieux, et qui n'avaient de toute évidence pas été changés depuis des mois. Le lendemain, elle s'était levée tôt, avait lavé les draps et passé l'aspirateur dans le moindre recoin tandis que David partait faire les courses en voiture au supermarché le plus proche. À son retour, le linge de maison séchait au jardin, les toiles d'araignée avaient disparu et la salle de bains était récurée à fond. Elle avait fait du café avec un fond de paquet retrouvé sur une étagère et, après la nuit agitée, l'odeur avait suffi à les revigorer.

C'est ce week-end-là que j'ai commencé à tomber amoureuse de lui, m'a-t-elle confié. En tout cas, c'est comme ça que je m'en souviens. Peut-être parce qu'on était dans une maison isolée et cette façon de nous répartir les tâches, jouant le rôle d'un mari et de sa femme, avait quelque chose de très romantique. Je me suis mise à imaginer passer ma vie avec lui. Même si à l'époque toutes mes perspectives restaient dans le présent, je me suis raconté des histoires sur ce que je voulais pour le restant de mon existence.

Et tu ressens toujours la même chose ?

Brigitte a jeté un coup d'œil absent par la fenêtre. Derrière les rideaux blancs, les branches nues des arbres tremblaient dans le vent.

Maintenant, quand je regarde David, je vois qu'il avance sur un autre chemin. Je vois bien plus clairement ce qui nous sépare, nos différences. Et parfois je me demande ce que ça ferait de m'éloigner de lui.

Tu penses à le quitter ? ai-je demandé d'une voix hésitante.

Non, pas vraiment. C'est plutôt une impression de sortir de mon corps. Comme si je le voyais de très loin alors que je suis à côté de lui.

Vous avez l'air très amoureux, ai-je dit, plus catégorique. On dirait un jeune couple.

Elle a haussé les sourcils. Vraiment ?

Oui.

En riant, elle s'est levée du lit. Fais attention, Margot. Si tu continues à me flatter, peut-être que je ne te laisserai jamais partir.

Je me suis demandé si cela posait un problème qu'elle me garde avec elle pour toujours.

Nous avons passé l'après-midi dans le salon. Brigitte travaillait sur son ordinateur tandis que je révisais un contrôle de SVT. David était allé faire des courses, il n'est rentré qu'à la nuit tombée. Nous avons dîné à la petite table ronde de la cuisine – pâtes agrémentées d'une sauce au citron et accompagnées d'une bouteille de vin blanc.

Après le repas, j'ai demandé une serviette de toilette à Brigitte. Je voulais prendre une douche avant d'aller me coucher. Elle m'a montré à l'étage le placard où était rangé le linge. Les serviettes étaient rêches et élimées. J'en ai choisi une verte.

Il n'y avait pas de chauffage dans la salle de bains. Je me suis déshabillée, frissonnant au contact du carrelage sous mes pieds. Je suis montée dans la baignoire et j'ai ouvert le robinet. J'ai dû attendre l'eau chaude pendant quelques minutes. Enfin, j'ai pu placer le jet sur mes épaules, pour qu'il me réchauffe les os, rougisse ma peau, me détende.

J'étais en train de me faire un shampoing quand on a frappé. Derrière la porte, Brigitte m'a demandé si elle pouvait me déranger un instant. Sans attendre ma réponse, elle est entrée. Je me suis accroupie dans la baignoire. Elle a dit qu'elle avait besoin d'une crème. Elle a ouvert le meuble sous le lavabo.

J'ai continué à me doucher, je n'avais pas le choix. J'ai rincé mes cheveux et je me suis frotté les aisselles. Pendant ce temps, Brigitte a fourragé dans le placard jusqu'à ce qu'elle trouve un petit pot qu'elle a posé sur le rebord du lavabo. Elle a nettoyé celui-ci avec une éponge. Je l'ai regardée dans le miroir. Nos yeux se sont croisés. Je distinguais mes tétons, petits et bruns, mes clavicules qui saillaient, mes cheveux mouillés aplatis autour de mon visage. Elle s'est penchée sur la glace et s'est frotté les yeux, comme si c'était une fenêtre par laquelle elle regardait et non une surface qui réfléchissait tout, moi y compris.

Je me suis drapée dans la serviette verte et je suis sortie de la baignoire. Tiens, ce sera plus agréable comme ça a dit Brigitte en posant un tapis de bain devant mes pieds. Je l'ai remerciée.

En jean et chaussettes, elle avait l'air déplacée dans cette pièce.

Tu es tellement bien dans ta peau, a-t-elle dit. J'aurais aimé être comme toi.

L'eau ruisselait le long de mes jambes, mais je n'osais pas descendre la petite serviette sur mon corps. Le visage de Brigitte était humide de vapeur, et elle a essuyé sa lèvre supérieure. Une mèche de cheveux noirs est restée collée à sa joue. Disait-elle la vérité – est-ce qu'elle m'admirait vraiment ? J'ai dit : Plus tard, je veux être comme toi. Alors, elle a ri, un rire qui a fait saillir les tendons de son cou, un rire à la fois forcé et joyeux, et je n'ai rien pu faire d'autre que rire avec elle.

12

J'ai attendu le sommeil, en vain. Je n'arrêtais pas de penser à Brigitte dans la salle de bains. À ce que j'aurais donné pour la voir nue. Les femmes ont moins de retenue à se déshabiller devant d'autres femmes, parce que nous pensons que nos corps sont semblables. Elle avait dit, J'aurais aimé être comme toi. Mais y avait-il tant de confiance dans mon attitude ? N'avait-elle pas vu que j'avais cillé en apercevant mon reflet ?

Voilà qu'après toutes ces années, l'influence d'Anouk me rattrapait. Elle n'avait jamais l'air de faire attention à son corps, elle enfilait ses pantalons sans regarder ses jambes, elle n'avait jamais l'air embarrassée par son physique. Après un repas, Juliette se plaignait parfois que son jean était trop serré, qu'elle devait défaire un bouton, et je sentais en moi les mêmes fluctuations – il y avait des jours avec et des jours sans. Ma peau rougissait sans prévenir, mes cheveux devenaient gras. Anouk avait des imperfections, bien sûr – les fesses un peu molles, des mains ridées, des taches brunes sur le décolleté, les dents écartées, et on voyait ses gencives quand elle souriait. Mais elle y accordait si peu d'importance que ces défauts devenaient vite insignifiants. Mon père prenait toujours soin de me faire des compliments. Tu es tellement belle, ma chérie. Et je répondais, Non, je ne suis pas belle, alors que ses mots faisaient naître des étincelles en moi.

Mes yeux s'étaient habitués à l'obscurité et je distinguais autour de moi la chambre peu familière : la forme bleue d'une commode, la chaise tapissée près de la fenêtre, les tableaux au mur. Je ne me souvenais plus de ce qu'ils encadraient. J'ai repoussé la couverture et je me suis levée. J'ai enfilé un pull en laine par-dessus ma chemise de nuit.

Au rez-de-chaussée, les lumières étaient éteintes. La vaisselle propre séchait sur l'évier, prête à être rangée le lendemain matin. Par la fenêtre au-dessus du robinet, j'ai vu la lune et un ciel constellé – une vision rare à Paris, à cause de la pollution constante. J'ai ouvert la porte-fenêtre qui donnait sur le jardin.

D'abord, je n'ai pas vu David au bord de la piscine. Il était assis sur un fauteuil en plastique. Il portait le même jean que le matin, mais il avait troqué sa chemise pour un tee-shirt en coton à manches longues. Je me suis demandé depuis combien de temps il était là – il faisait trop froid pour rester dehors sans un pull. Je me suis avancée vers lui. Je l'ai entendu demander : Brigitte ? Comme la fois où il était entré dans le bureau pendant que je dormais.

C'est moi.

Il a souri en me voyant. Qu'est-ce que tu fais là ?

Je n'arrive pas à dormir. Je me suis assise sur une chaise à côté de lui.

Ça te plaît ici ? Je ne vois pas trop ce qu'il y a de sympa pour toi dans le coin, en pleine campagne avec un couple de vieux. À ta place, je m'ennuierais à mourir.

J'adore cet endroit.

Je ne considérais pas David et Brigitte comme des vieux. Ils étaient plus jeunes que mes parents et les amis de mes parents, qui, pour moi, oui, étaient des gens vraiment âgés. La brise a ridé la surface de la piscine, qui s'est mise à scintiller, reflétant le ciel nocturne et ses éclats blancs.

Ce que j'aime, a dit David en montrant les volets clos, c'est que la nuit la maison semble abandonnée. On ne sait pas s'il y a quelqu'un ou pas.

Brigitte dort, n'est-ce pas ?

Comme une masse. Elle était morte de fatigue. Je ne distinguais pas les contours de sa bouche, mais je sentais ses mots vibrer sur ma langue.

Elle était comment quand vous vous êtes rencontrés ?

Elle n'avait pas beaucoup d'argent. Elle est venue à Paris avec ce qu'elle avait mis de côté l'été d'avant. Elle vivait grâce à une bourse et elle travaillait aussi le soir et le week-end. Elle distribuait des prospectus dans un grand magasin et le matin, elle remplissait les rayons d'un Carrefour avant l'ouverture. Elle commençait à quatre heures.

David a jeté un coup d'œil à la piscine, sourcils froncés, comme s'il cherchait un souvenir important.

Elle avait des amis ?

Pas beaucoup. Une seule, en fait, rencontrée au travail et un peu plus âgée qu'elle. Elle s'appelait Anaïs. Comme elles s'appréciaient, elles ont décidé de vivre en colocation. C'est comme ça que Brigitte a pu quitter sa minuscule chambre de bonne à Château-Rouge pour s'installer dans un trois-pièces avec cuisine. Au début, ça s'est très bien passé. Elles avaient des horaires différents, elles ne se voyaient que rarement. Quand ça arrivait, elles mangeaient ensemble et se racontaient leur journée.

Sauf qu'au bout de quelques mois, Anaïs a changé. Elle est devenue irritable et Brigitte a pensé qu'elle avait des problèmes professionnels. En fait, elle a lancé ce que Brigitte appelle une guerre larvée. Chaque fois que Brigitte oubliait de mettre une boîte de conserve ou une bouteille vide à la poubelle, chaque fois qu'elle laissait traîner une assiette sale au lieu de la laver immédiatement, Anaïs venait déposer l'objet du délit devant sa porte. Elle lui piquait son shampoing et son savon, la nourriture qu'elle achetait, elle ne lui laissait que trois feuilles de salade ou la croûte d'un fromage. Le matin, elle ne lui disait plus bonjour, elle passait devant elle sans un mot, comme si elles s'étaient disputées. Un jour, Brigitte a remarqué qu'Anaïs s'était habillée comme elle. Ça a commencé par les jeans et les chaussures, puis elle s'est fait la même coupe de cheveux.

Vous vous connaissiez déjà, Brigitte et toi ?

C'est l'époque où on s'est rencontrés. David pensait qu'Anaïs était inoffensive. Une jeune femme solitaire, qui n'avait pas encore trouvé sa vraie personnalité. Peut-être enviait-elle Brigitte. Elle avait les cheveux gras, un corps plutôt quelconque, des lèvres trop fines. Elle portait de grosses lunettes avant de passer aux lentilles, qui ne faisaient que souligner ses petits yeux et ses cils trop clairs.

Quand David dormait chez Brigitte, ils se débrouillaient pour l'éviter. Il incitait Brigitte à changer d'appartement parce qu'elle devenait obsédée par le comportement d'Anaïs. Elle était persuadée que sa colocataire voulait lui piquer David. Lui était plutôt amusé par la situation, il en plaisantait. Pas besoin d'être cruelle. Anaïs ne l'intéressait pas, même s'il se sentait un peu déstabilisé quand il la croisait dans l'appartement avec les mêmes vêtements et le même parfum que Brigitte.

Un soir, quelques semaines après leur rencontre, David et Brigitte étaient couchés. Anaïs était absente. Ils étaient toujours plus détendus quand elle n'était pas là. Ils venaient juste de faire l'amour et ils parlaient à bâtons rompus. Soudain, Brigitte avait entendu un bruit sous son lit. Elle avait bondi pour regarder et découvert, sidérée, Anaïs allongée sur le dos, regardant le sommier au-dessus d'elle. Elle n'avait pas bougé, comme un enfant qui prétend être invisible. Ce soir-là, Brigitte avait fait ses valises et quitté l'appartement.

Quand David a terminé son histoire, je me suis sentie triste pour Anaïs. On ne connaissait pas ses motivations, sa version de l'histoire, la raison pour laquelle elle était obsédée par Brigitte. J'ai imaginé les deux femmes qui se tournaient autour dans l'appartement, l'une étant la pâle copie de l'autre, chacune se définissant en fonction de sa colocataire. David avait raison. Il y avait quelque chose de cruel dans la façon dont Brigitte avait traité Anaïs.

Nous sommes restés silencieux un moment. Côte à côte, nous écoutions les buissons frissonner dans le vent. J'ai levé la tête vers le ciel. Un gros nuage noir masquait la lune, dont les rayons pâles illuminaient ses contours. Je me suis demandé si je devais retourner me coucher. J'attendais que David me pose une question, mais il n'a pas ouvert la bouche, le regard fixé sur la piscine.

Je me suis levée et j'ai marché jusqu'au bord. Le vent s'était arrêté et l'air était doux, même si je savais que l'eau était trop froide pour nager.

L'été, a déclaré David, on ne se baigne que le matin, quand les guêpes dorment. L'après-midi, elles passent leur temps à voler au-dessus de l'eau. C'est rare qu'elles piquent, mais c'est pénible.

J'ai trempé un orteil dans l'eau avant de l'essuyer sur le carrelage. Elle était encore plus froide que je ne l'aurais cru. J'ai serré les bras sur ma poitrine. David était toujours sur son fauteuil en plastique, à quelques pas de la piscine, le visage plongé dans l'ombre. Quand il était assis, la longueur de ses jambes était encore plus impressionnante – elles formaient un angle droit parfait au genou. J'ai remarqué qu'il avait les pieds nus, lui aussi. En les montrant, j'ai demandé : Tu n'as pas froid ?

Il a secoué la tête.

J'ai fait quelques pas le long de la piscine.

Il a dit : Viens ici.

Je me suis retournée et j'ai marché vers lui. Je voyais mieux son visage. J'aimais son nez légèrement busqué. Dans l'obscurité, ses traits, son front, son menton, étaient plus marqués.

Je me suis plantée à côté de lui, un peu embarrassée, une main sur le fauteuil de jardin. Pour une fois, je le dominais. Il était enfoncé sur son siège, presque voûté, les bras écartés sur les accoudoirs. Il s'est redressé et m'a détaillée des pieds à la tête. Ses yeux se sont attardés sur ma vieille chemise de nuit en coton qui s'arrêtait aux genoux, et sur le pull ample que j'avais enfilé pour sortir. Les parties de mon corps ainsi dissimulées se sont enflammées dans l'instant, comme une ampoule incandescente. Il ne pouvait rien voir, ni la façon dont mes seins pointaient dans le froid ni la courbe de mes hanches. D'un bras, il m'a saisie par la taille et m'a attirée contre lui. Je me suis adossée légèrement contre son torse. Nous sommes restés là, immobiles, pendant ce qui m'a semblé une éternité.

Le courant entre nous était presque palpable, il vibrait comme une corde tirée par deux forces opposées. À travers le tissu en coton, sa main me réchauffait. Ses doigts allaient et venaient sur ma taille, en petits mouvements.

Ensuite, il m'a prise sur ses genoux et a passé son autre bras autour de moi. Le bout de mes orteils effleurait le carrelage. Sans me retourner, je pouvais imaginer l'espace entre mon dos et son torse. Ses cuisses étaient plus larges que les miennes, musclées et denses. J'ai senti mon corps se détendre. Mes talons se sont posés sur le sol et j'ai laissé aller mes jambes sur les siennes. Je me suis reculée pour me lover complètement sur lui, son ventre contre mon dos, protégée par ses larges épaules. Jamais je n'avais été enlacée par quelqu'un d'aussi viril. Les garçons que je fréquentais étaient maigres et rarement plus grands que moi. Mon père n'était pas très câlin. Au plus, il me tenait la main, comme dans la cuisine, la dernière fois que nous nous étions vus. J'aimais me sentir enveloppée dans les bras de David. La douceur de son ventre m'a surprise. Il semblait vibrer, comme s'il retenait quelque chose à l'intérieur.

J'ai senti quelque chose durcir contre ma cuisse, une légère bosse d'abord. Très vite, je n'ai plus perçu que la pulsation, tendue et douce à la fois, son excitation si flagrante qu'elle me prenait par surprise. Il y avait encore une partie de moi qui ne pouvait croire qu'il pensait à moi de cette façon, que le désir entre nous existait seulement dans mes rêves.

D'abord, nous avons ignoré son érection. Nos ventres respiraient à peine. Mes jambes tremblaient sur les siennes. Si jamais Brigitte regardait par la fenêtre, elle verrait un mouvement avant de distinguer la forme de nos corps.

Le souffle de David me réchauffait la nuque. L'image indistincte d'une femme comme Anaïs m'a traversé l'esprit. Elle s'allongeait sous le lit, immobile malgré les crampes dans sa nuque, les démangeaisons sur ses jambes, la chaleur qui régnait. Comme moi quand j'avais pris plaisir à les épier à travers la porte en train de faire l'amour.

J'ai écarté les jambes. Mes pieds pendaient de chaque côté des siens. J'ai laissé ma main descendre le long de son jean rêche et mes doigts se promener sur lui. Je ne sentais rien d'autre que cette bosse dure sur sa cuisse. J'ai continué à caresser d'avant en arrière.

Attends.

Du coin de l'œil, je l'ai vu détourner le regard, mâchoire serrée. Peut-être qu'il regrettait de m'avoir prise sur ses genoux. Il a frissonné un instant, pas forcément de plaisir.

Margot. Il y avait de la tristesse dans sa voix, mais il était toujours aussi dur.

Mes caresses se sont faites plus précises, cherchant la partie la plus sensible. Les doigts me brûlaient. J'ai utilisé mon pouce pour accentuer la pression le long de son sexe, sans cesser de m'appuyer contre lui.

Son souffle s'est fait plus court et rauque. Il a écarté mes cheveux pour exposer mon cou. J'ai cru qu'il allait l'embrasser, mais il ne l'a pas fait. À la place, ses mains sont descendues le long de mon ventre, jusqu'à mes cuisses, sous la chemise de nuit. Ses doigts étaient calleux sur ma peau nue. Ils se sont refermés sur mes jambes, et pour la première fois j'ai éprouvé un instant de crainte. Il était plus fort, plus âgé, et nous étions seuls. Il a dû saisir mon appréhension, car ses mains se sont desserrées. C'est seulement alors que je me suis rendu compte que j'avais cessé de le caresser. De respirer, aussi. Il a remis ma chemise de nuit en place.

Lentement, j'ai recommencé à le toucher. J'ai remonté la main vers la peau chaude, au-dessus du jean. J'aurais si facilement pu ouvrir la braguette et le prendre dans ma main, ma bouche, plus peut-être. Je voulais le tenir entre mes doigts, et en même temps je voulais faire durer ce moment le plus longtemps possible. En fermant les yeux, je m'imaginais, encore et encore, serrer de plus en plus fort, le sentir exploser. Mais nous pouvions nous arrêter. Il n'était pas trop tard.

Je ne sais pas à quel moment j'ai basculé. Dans une autre vie, j'aurais peut-être hésité, je me serais écartée de David. Mais ce que j'ai fait ensuite, c'était, je crois, ce qu'il fallait que je fasse. J'ai pensé à Brigitte qui parlait de s'éloigner de lui, et au moment où elle était entrée dans la salle de bains et m'avait blessée d'un simple regard. J'étais nue devant elle comme elle l'avait été devant sa mère, chez le médecin, des années plus tôt. Je l'ai compris à cet instant. L'humiliation. Et j'ai pensé au sexe de David qui vibrait dans ma main à travers le tissu.

J'ai défait le bouton de son jean. Ma chemise de nuit couvrait ses genoux. Je me suis redressée sur la pointe des pieds, et d'une seule main j'ai écarté ma culotte. Nous sommes restés ainsi pendant quelques secondes. Puis je me suis hissée juste assez haut pour le faire glisser en moi.

J'ai éprouvé un frisson aigu, cette sensation quand quelqu'un vous pénètre pour la première fois. Elle disparaîtrait dès qu'il se mettrait à bouger, et déjà je le sentais s'agripper à ma taille, me soulever puis me faire redescendre sur lui. Au moment où il pousserait un grognement ou un soupir, le plaisir disparaîtrait aussi vite que l'eau s'écoule par une bonde.

Mais ses gestes étaient retenus. Il s'est enfoncé en moi et n'a plus bougé. Soit il avait peur soit il ne me désirait plus.

Je n'avais qu'une envie : le décoincer. Je voulais qu'il perde le contrôle. À cette idée, mon ventre se tordait et mon sexe s'inondait. Je voulais lui donner du plaisir. J'ai fermé les yeux et j'ai vu les lumières crépiter derrière mes paupières. Il m'a murmuré à l'oreille que j'étais mouillée. J'ai eu honte de cette preuve de mon excitation, mais j'ai compris qu'il n'était pas indifférent. Mes joues et ma nuque ont semblé fondre de chaleur et je me suis mise à bouger, à onduler des hanches. Son souffle est devenu rauque. J'ai glissé la main entre mes jambes pour le toucher. Sa bouche s'est abattue sur ma nuque. J'ai sursauté à ce contact, sa barbe de trois jours me grattait et une vague de dégoût m'a envahie par surprise. La lumière sous mes paupières est devenue rouge. J'ai rouvert les yeux. Une ampoule s'était allumée dans la maison. L'instant d'après, tout est redevenu sombre. David s'est figé, m'a serrée contre lui. J'ai compris en cet instant pourquoi, parfois, on a envie de croire que lorsqu'on ferme les yeux, les autres ne peuvent pas nous voir. On a envie que notre propre cécité atteigne ceux qui nous cherchent. Nous avons attendu dans l'obscurité qu'une porte s'ouvre.

J'ai demandé : Tu as vu quelque chose ?

Il y a eu de la lumière à l'étage, juste une seconde.

J'ai écarté sa main et je me suis relevée. Il est resté assis. J'ai jeté un coup d'œil à son jean ouvert, la ceinture défaite, la lueur de la fermeture Éclair. Son sexe était encore dur, l'extrémité visible et luisante. Tout mon désir pour lui avait disparu. Quelques instants plus tard, il s'est relevé et s'est rajusté en grimaçant.

J'ai attendu seule dans le jardin. Il a disparu à l'intérieur par la porte de la cuisine, sans allumer. J'ai espéré qu'il conserverait son érection pour elle. Je l'ai imaginé en train de se glisser dans le lit, et quand je suis rentrée à mon tour, j'ai tendu l'oreille, guettant leurs bruits.

13

Le reste du week-end, nous n'avons pratiquement pas quitté la maison. Brigitte a dormi tard les deux matins suivants. Elle faisait son apparition vers dix ou onze heures, alors que j'étais debout depuis longtemps, arborant une robe de chambre beige, le visage gonflé de sommeil. Dans la journée, David nettoyait la piscine et le jardin, balayant les feuilles mortes, arrachant les mauvaises herbes ou curant les gouttières. Je voyais bien qu'il m'évitait et je tâchais de ne pas repenser à notre expérience.

Bizarrement, dans les heures qui l'ont suivie, je n'ai ressenti ni regret ni remords, comme si ce qui s'était passé entre nous relevait d'un rêve. Nous avions chuté l'un sur l'autre comme on peut tomber dans une piscine si on reste au bord trop longtemps. Mais c'était réel, pourtant, et quand nous nous retrouvions seuls dans la cuisine, sa façon de m'ignorer ne cessait de me le rappeler. Ma voix le faisait fuir, et il se gardait soigneusement de me montrer le moindre signe de gentillesse, même lorsque nous n'étions que tous les deux.

Nous préparions, Brigitte et moi, des pommes de terre dans la cuisine. Nous placions les épluchures dans un sac en plastique et les pommes de terre dans l'eau froide. Elle me corrigeait sans cesse, n'hésitant pas à m'en prendre une des mains pour me montrer comment la peler en une seule fois. Son visage était détendu, sans le moindre signe d'inquiétude, quand soudain elle a rompu le silence avec une question.

Tu crois qu'un jour tu avoueras à ta mère ce que tu as fait?

Mon cœur a bondi dans ma poitrine. À quel sujet?

La presse. Ton père. Le fait que tu aies révélé l'information qui manquait.

J'ai secoué la tête et plongé une pomme de terre dans l'eau en prenant garde de ne pas faire d'éclaboussures.

Non, elle ne doit jamais l'apprendre.

Pourquoi?

Parce qu'elle ne me le pardonnerait pas.

À la simple idée qu'Anouk découvre la vérité, ma bouche devenait sèche et la nausée me gagnait.

On dirait que tu as besoin de son approbation. Tu t'inquiètes beaucoup de ce qu'elle pense de toi.

J'ai détourné le regard. Les patates s'enfonçaient dans l'eau terreuse. Tu ne l'as jamais vue en colère. Elle est capable de tout. Pourquoi tu me demandes ça?

Par curiosité. Tu crois que ton père a su que ça venait de toi?

Pourquoi aurait-il été au courant? ai-je demandé, paniquée.

Il a dû faire son enquête. Je ne crois pas qu'il t'ait soupçonnée, toi, mais il devait se douter de quelque chose. Je suis sûre qu'il en savait plus que les autres sur l'origine de la fuite.

Brigitte a pris une pomme de terre dans la bassine et a commencé à la découper en fines rondelles, qu'elle posait dans un plat à four ovale.

Si ta mère était plus perspicace, elle aurait compris.

Elle n'y a peut-être même pas réfléchi.

Tu as raison, elle vit dans son monde. Elle n'est toujours pas au courant qu'on écrit un livre ensemble, si?

On a décidé de ne pas le lui dire, tu te souviens?

Parce que tu as insisté, Margot. Mais à un moment, ça va devenir public, et il faudra bien que tu lui en parles.

Pour toute réponse, j'ai rougi et détourné le regard.

Tu es vraiment douée pour garder les secrets, n'est-ce pas ?

Je me suis forcée à la regarder dans les yeux. À ma grande surprise, j'y ai découvert un mélange de plaisir et de désir, comme lorsque je lui apportais un sac de chouquettes de la boulangerie. Mais son expression a immédiatement changé. Elle a dit : Rassure-toi, moi aussi je préférais ne pas tout dire à ma mère. J'avais mes secrets. Elle, elle faisait le contraire. J'étais sa confidente, je devais l'écouter se plaindre pendant des heures. C'est peut-être pour ça que j'ai pris mes distances avec elle.

Même si l'ambiance s'était détendue, j'ai remarqué que le visage de Brigitte avait quelque chose de figé, comme si sa peau tirait sur ses os. Elle tremblait. Je sentais qu'elle était sur le point de craquer, que quelque chose en elle luttait pour sortir. Seul le contrôle de sa physionomie lui permettait de ne pas exploser.

Un jour, a-t-elle continué, je lui ai dit que j'en avais assez. C'était l'été après mon bac, un mois avant que je quitte la maison. Je l'ai trouvée dans la cuisine, toute seule, l'air renfrognée. Il y avait toujours des mouches chez nous, et ça la rendait folle. Elle les chassait avec son torchon. Nous avions un appartement au douzième étage, et les fenêtres donnaient presque toutes sur l'immeuble d'en face. Dès qu'il commençait à faire sombre, on tirait les rideaux. La cuisine était la seule pièce lumineuse, elle donnait sur une aire de jeux. J'avais interdiction d'y aller la nuit : les hommes et les femmes du quartier s'y retrouvaient pour faire l'amour sur le toboggan.

Brigitte a plissé les yeux, lâché un petit rire.

Je me souviens qu'elle se plaignait de mon père, trop taciturne, qui ne communiquait pas assez. Je l'écoutais en regardant par la fenêtre. Le ciel était d'un bleu magnifique, sans le moindre nuage. Je l'entendais en fond sonore, et de temps en temps je hochais la tête pour marquer mon approbation. Je savais que je serais bientôt partie, que je n'aurais plus à m'occuper d'elle.

À un moment, elle a cessé de parler et s'est levée. Elle avait dû se rendre compte que je l'écoutais d'une oreille plus que distraite. Elle a dit, J'en ai tellement assez de ma vie, je ferais aussi bien de me jeter par la fenêtre. Elle a ouvert la croisée, il y a eu un coup de vent dans la cuisine. Et elle a enjambé le rebord. C'était presque comique, de la voir comme ça à cheval sur la fenêtre.

Je lui ai dit : Tout le monde s'en fiche. Si tu te tues, on t'enterrera et ensuite on t'oubliera. Tu nous haïras pour ça, mais qu'est-ce que ça changera ?

Elle est restée là, une jambe dans le vide. Mon cœur battait à tout rompre, j'évitais de la regarder. J'espérais qu'elle ne soit pas assez bête pour glisser et tomber. On entendait les voitures sur le périphérique.

Je sais qu'elle se sentait seule, qu'elle avait des désirs et des fantasmes insensés. Elle rêvait sans doute d'une autre vie, où elle n'aurait pas fait des ménages, ni pris le bus deux heures par jour. Elle ne voyait pas plus loin que son monde.

Ma sœur est entrée à ce moment-là et elle a hurlé. Elle s'est précipitée sur ma mère et elle l'a serrée dans ses bras. Mais pour moi, c'était une victoire, parce qu'après ce jour, ma mère a cessé de me traiter de grosse vache. Je lui ai refusé la seule chose qui comptait pour elle : mon attention.

Brigitte avait fini de couper les pommes de terre en rondelles. Elle s'est essuyé les mains sur un torchon et a conclu : Toi et moi, on est très différentes de nos mères.

Comment peux-tu en être aussi sûre ?

Parce que nous anticipons les désirs des autres. Je t'ai observée, tu sais. Le regard des gens, c'est important pour toi.

Ce n'est pas une faiblesse ?

Il y a certaines personnes, comme ta mère, qui devraient se préoccuper davantage de l'avis des autres. Sa confiance en elle, c'est juste de l'égoïsme déguisé. Un manque de curiosité, même.

J'écoutais Brigitte sans mot dire. Elle avait raison : Anouk aurait pu, elle aussi, menacer de se jeter par la fenêtre. Elle l'aurait fait pour me démontrer l'impermanence de nos existences, pour me contrarier, pour que je me détache d'elle. Pour la beauté du geste.

Mais je ne pouvais pas m'imaginer lui dire de le faire, de mettre sa vie en péril. L'idée de sa mort me tordait le ventre. Il était si facile d'imaginer le bruit de son corps sur le trottoir, le craquement des os qui éclatent comme des noix, le choc sourd. Pour dire ce que Brigitte avait lancé au visage de sa mère, il fallait accepter, même un tout petit peu, la possibilité de la perdre.

Elle devait imaginer que je ressentais la même chose envers Anouk. Elle me voyait comme une fille qui tente de se libérer de sa famille. Mais si j'étais souvent la première à tomber d'accord avec ses observations, et que j'étais flattée quand elle soulignait nos ressemblances, ces remarques me déstabilisaient, surtout quand elle affirmait avec assurance que nos mères étaient les mêmes. En cet instant, ça m'a donné envie de défendre Anouk.

Je sais que ta mère a tenté de se suicider quand elle avait ton âge.

Brigitte faisait référence à la fois où Anouk avait pris des médicaments dans la salle de bains de sa mère.

Oui, mais ça n'impliquait personne d'autre. Elle était seule.

Peut-être, mais elle te l'a raconté, parce qu'elle voulait que tu le saches. Son goût pour le drame, toujours. C'est logique que tu lui caches autant de choses, que tu aies voulu les punir, elle et ton père. Pendant toutes ces années, ils ne t'ont jamais demandé ton avis, n'est-ce pas ? J'aurais fait comme toi. En un sens, c'est ce que tu as fait qui les a poussés à rompre.

Mon premier réflexe avait été de lui répondre qu'elle avait tort, mais au-delà de ça, je n'aimais pas sa façon de m'accuser de la séparation de mes parents, sur un ton mesuré, presque désinvolte. Le fait d'ajouter qu'elle l'aurait fait comme moi ne me paraissait que plus insidieux, une façon d'amortir le coup.

Tu te trompes, Brigitte. Je ne voulais pas punir Anouk, et je ne cherchais pas à faire du mal à mon père.

Les mots s'étranglaient dans ma gorge. Brigitte m'a jeté un coup d'œil avec un sourire en coin.

Parfois, tu parles d'Anouk comme si c'était quelqu'un de méchant, ai-je continué. Mais elle n'a pas eu une vie facile, tu sais.

L'expression de Brigitte n'a pas changé, elle n'a manifesté aucun désaccord. Mais quand elle a parlé, j'ai eu l'impression qu'elle préparait sa phrase depuis longtemps, attendant juste le bon moment pour la lâcher.

Ta mère aurait pu choisir quelqu'un d'autre qu'un homme marié, tu ne penses pas ?

*

Notre dernier repas a été étrangement festif. Assis à côté de sa femme, David lui tenait la main, riait quand elle parlait. Il continuait de m'ignorer, et peu à peu je me suis mise à éprouver une certaine aversion contre lui. Son rire m'a paru artificiel, trop fort, vulgaire, et quand je l'observais dans la lumière de la salle à manger, tous ses gestes me semblaient affectés. Il avait un début de bedaine que ses chemises amples ne parviendraient bientôt plus à cacher.

Brigitte semblait s'épanouir sous l'affection qu'il lui témoignait. Elle avait bu plus que d'habitude, picorait dans l'assiette de son mari, souriait à chacune de ses blagues. Nous avons mangé la majeure partie du gratin dauphinois. Confites dans la crème, les fines tranches de pommes de terre formaient une masse onctueuse.

Le dimanche, Brigitte m'a ramenée à la gare en voiture. Elle m'a déposée devant le bâtiment. J'avais l'intuition que tant que j'étais avec eux, tant que nous étions tous les trois dans la maison, elle ne pouvait rien savoir de ce qui s'était passé entre David et moi ; mais que dès que je poserais un pied hors du véhicule, cette certitude s'évanouirait. Qui sait ce qu'ils se diraient quand je ne serais plus là ?

J'ai senti son regard dans mon dos. La bandoulière de mon sac me tirait sur l'épaule, mordait ma peau. Quand je me suis retournée pour lui faire signe, elle était toujours là, mains sur le volant, à me fixer derrière le pare-brise. J'étais trop loin pour déchiffrer son expression.

Le train était bondé. J'ai trouvé un siège près d'un vieux monsieur qui, peu après, s'est mis à déballer son repas sur la tablette devant lui. Il a pris une serviette en papier, l'a coincée dans le col de sa chemise, et a commencé à tartiner du pâté sur une tranche de pain. Après avoir terminé son sandwich, il a pelé une clémentine. Il avait du mal, car il avait les ongles très courts et son pouce semblait glisser. Je lui ai proposé mon aide. Il a refusé, mais m'a remerciée en me tendant un quartier. Le fruit était tiède et sucré, et sa saveur intense m'est montée à la tête.

J'ai détourné le regard vers les montagnes à l'horizon. Je n'avais pas envie que le vieux monsieur voie les larmes dans mes yeux.

Un souvenir s'est imposé à moi. Quelques années plus tôt, je m'étais disputée avec mon père. Je lui en voulais de ne pas être venu nous voir pendant plusieurs semaines de suite. À son arrivée, au moment où il avait tenté de m'embrasser, j'avais détourné la tête et j'étais allée m'enfermer dans ma chambre, dont j'avais refusé de sortir. Il était resté assis devant ma porte. Pour une raison que j'ignore, Anouk n'était pas là ce jour-là, nous étions seuls à la maison.

Quand j'ai fini par lui ouvrir, j'ai vu son visage, pâle, les yeux rougis. Il avait pleuré.

J'ai essayé d'être un bon père, tu sais. Avec mes fils, je n'étais pas là, je travaillais tout le temps. Mais pour toi, je voulais être plus présent, te voir le week-end, t'aider à faire tes devoirs.

Ma voix s'est brisée quand j'ai répondu : Tu es toujours parti…

Je sais. J'essaie de venir aussi souvent que je peux.

C'est là qu'il m'avait dit qu'il était très stressé. Il avait eu deux ennuis de santé dans le mois précédent.

Comment ça, des ennuis de santé ?

Rien de grave, ne t'inquiète pas.

J'avais insisté. Qu'est-ce qui s'est passé ?

Il avait fait deux malaises. Une fois chez lui, l'autre fois au volant. Ça commençait comme un voile noir, avec l'impression de tomber sans fin dans un puits. Heureusement, sur l'autoroute, il se trouvait près d'une sortie, et il avait eu le temps de s'arrêter sur une aire, où il avait vomi.

On lui avait fait des examens sanguins, un scanner. Tout allait bien. Il était en bonne santé. Il avait juste besoin de dormir davantage et d'un régime alimentaire plus équilibré. Son père était mort d'une attaque avant ses soixante ans.

Je sais que je ne suis pas toujours là quand tu as besoin de moi, Margot, mais je fais tout mon possible.

J'ai pleuré, et il m'a caressé les épaules. Il m'a dit de ne pas m'inquiéter, qu'il était suivi par les meilleurs médecins et qu'il surveillait son cœur.

Mais plus tard, je me suis retrouvée seule dans ma chambre, ma frustration intacte. Serait-il vraiment là quand je tomberais amoureuse ? Assisterait-il à mon mariage – si je me mariais un jour – ou aux autres événements importants de ma vie ? Je ne cessais pas de demander pourquoi on ne pouvait pas faire comme tout le monde. Sois reconnaissante de ce que tu as, me répondait Anouk. Mais je ne pouvais pas faire disparaître mon insatisfaction.

Quand je fermais les yeux, une image s'imposait à chaque fois – je m'écrasais contre un mur. Et c'était une image apaisante. Je me voyais me désintégrer contre le plâtre, os éclatés, peau pulvérisée. Je disparaissais dans l'air. Dans ces moments, ma colère contre lui et Anouk se transformait en mépris de moi-même. Je haïssais ces émotions et ce qu'elles me faisaient. Je me détestais.

Je voulais que son cœur batte de joie quand il pensait à nous. Je voulais être sa préférée. Je me raccrochais à cette idée quand je me sentais jalouse de son autre famille, je me souvenais de ce qu'il avait dit, J'ai passé plus de temps avec toi qu'avec mes fils. Ces mots m'étaient un réconfort. Ce qu'il voulait dire, c'est que, la deuxième fois, on est un meilleur parent. Mais je me souvenais ensuite que mon père était passé maître dans l'art du mensonge, y compris envers lui-même.

14

Je n'ai pas revu Brigitte et David après mon week-end à Nîmes. À mon retour à Paris, je me suis retrouvée accaparée par le travail scolaire. Avec Juliette, nous nous sommes lancées dans les révisions. Nous avions un bac blanc un samedi matin sur deux, si bien que nous passions nos vendredis soir à travailler jusqu'à minuit. Anouk était souvent absente, elle écrivait et répétait dans son studio au nord de Paris, où parfois elle tombait de sommeil sur le futon. La première de son nouveau seule-en-scène était prévue pour juillet. Chez nous, elle ne sortait pas de sa chambre. Je ne percevais sa présence que par sa voix étouffée qui répétait ses répliques, ou dans le silence étrange quand elle dormait.

Quand des pensées liées à David me venaient, je me hâtais de les chasser. Je savais que j'avais mal agi, et mes remords grandissaient avec le temps. Je pensais à Brigitte, le dernier soir, souriant à David qui lui tenait la main et la couvait d'un regard amoureux, alors que la veille nous étions ensemble. Un jour j'ai pensé que ce n'était peut-être pas la première fois. Qu'il avait déjà couché avec d'autres. Souvent, probablement. Car jamais ils n'avaient mentionné une obligation de fidélité. Ils étaient deux adultes avec leurs arrangements mystérieux, et moi j'étais la gamine qui ne comprenait rien. Ç'a été une révélation pour moi. J'étais morte de honte. Idiote.

Un matin de mars, ma vie a été bouleversée une nouvelle fois. Brigitte m'avait dit un jour qu'à mon âge on vit les choses de façon plus intense, que tout ressemble à un tremblement de terre ; cette fois, pourtant, je n'ai pas tant eu l'impression de perdre pied que la sensation physique de voler en éclats, comme si des parties de moi s'arrachaient avant de se briser en morceaux plus petits, jusqu'à ce que je disparaisse.

L'article est paru dans *Vanity Fair*. Il était signé d'un reporter dont je n'avais jamais entendu parler, un certain Julien Toussaint. Dès le premier paragraphe, j'étais clairement identifiée comme la source de la fuite concernant la liaison entre mes parents. L'auteur prétendait m'avoir interviewée, moi, la fille du ministre décédé. Selon lui, j'avouais avoir contacté un journaliste l'été précédent, et lui avoir fourni toutes les preuves de mes dires.

Ç'a été un choc incroyable de lire ces mots imprimés. Anouk avait laissé le magazine sur la table de la cuisine pour que je le trouve en me réveillant. J'ai vu ce geste comme une accusation. C'était un samedi matin, j'ignorais où elle pouvait être. Mais je n'ai pas réagi tout de suite ; j'ai lu avec un certain détachement, comme si Margot Louve était une inconnue qui vivait dans une autre ville et dont l'existence n'avait rien à voir avec la mienne. Au fil des phrases, néanmoins, j'ai senti la paralysie me gagner. L'article terminé, j'ai repoussé le magazine, comme pour me protéger, pour digérer l'horreur qui me frappait. J'avais dans la bouche un goût étrange, et j'ai fini par le reconnaître – c'était le goût du sang, comme celui qui me coulait dans la gorge quand je me mordais violemment la langue.

La couverture, impitoyable, montrait une photo de mon père et moi au parc Montsouris. C'était l'hiver, nous portions des manteaux longs et nous étions tout sourires face à l'objectif.

Rien d'extraordinaire, à part que j'avais dix ans, pas plus. C'était un cliché qu'Anouk avait pris lors d'une de nos rares promenades en famille. Je l'avais donné à Brigitte pour notre livre.

Le journaliste me citait. Je reconnaissais des phrases que j'avais dites à Brigitte, mais il les déformait de façon étrange, comme s'il avait pris des idées ici et là pour fabriquer des paragraphes monstrueux. Je n'arrivais pas à me rappeler si j'avais vraiment utilisé des mots aussi durs envers mon père.

Il méprisait ses cousins dont le seul but dans la vie était d'économiser pour se payer le plus grand écran plat possible. Il aimait les objets de prix, parce qu'en les achetant il se prouvait qu'il avait les moyens de tout s'offrir. Il disait à ma mère qu'il n'aimait pas vraiment Mme Lapierre, il aimait juste ce qu'elle représentait : la richesse, l'élégance, un nom. Son succès en politique n'était pas étranger à la fortune familiale de son épouse.

Il avait eu d'autres liaisons, ce qui – prétendait le journaliste – n'étonnait guère ceux qui l'avaient bien connu. Pourtant, il n'était pas de ces hommes qui se vantent de leurs conquêtes ou les comptabilisent, sans doute à cause de son éducation catholique et de ses valeurs provinciales. Son épouse était enceinte de leur deuxième fils au moment où il avait rencontré Anouk Louvc, la femme qui allait rester sa maîtresse pendant deux décennies.

J'ignorais ce détail. Leur liaison avait-elle commencé tout de suite ? Anouk savait-elle que Madame Lapierre attendait un enfant ? Cette idée me révulsait. J'ai regardé mes mains, le duvet sur mes doigts, la peau rongée autour de mes ongles. L'os de mon poignet saillait de façon inquiétante. Dans l'escalier de l'immeuble, j'ai entendu des pas et le rire vulgaire de Mme Bonnard, la voisine. Elle riait toujours trop fort, la bouche grande ouverte.

La seule autre personne à posséder ces informations, à connaître le détail de mes pensées, c'était Brigitte. Elle savait quasiment tout de mon père, de son arrogance à son insécurité chronique et à sa générosité. Je me suis levée de ma chaise, les jambes tremblantes. En passant devant le miroir de l'entrée, j'ai aperçu mon reflet, mon visage rougi par les larmes. Je me suis précipitée dans ma chambre.

J'avais l'impression que ma tête flottait au-dessus de mon cou tandis que le reste de mon corps perdait toute substance. Pendant ce qui m'a semblé des heures, je suis restée allongée sur mon lit. Par la fenêtre, la lumière a disparu peu à peu, le soleil s'est caché derrière les nuages et je me suis retrouvée dans l'obscurité. L'orage grondait. Pourquoi Brigitte s'était-elle confiée à ce journaliste ? Cela faisait-il partie d'un plan destiné à faire parler du livre ? Ou bien cherchait-elle à me faire du mal ? David avait pu lui parler de nous, de ce que nous avions fait… Mais non, elle s'en serait prise à moi plus vite. Où avait-elle pu apprendre que Madame Lapierre était enceinte au début de la liaison entre Anouk et mon père ? Pourquoi ne m'en avait-elle jamais parlé ? Et si ce n'était pas elle, qui d'autre ?

David.

Idiote. Je me répétais ce mot tandis que mes ongles labouraient la paume de ma main.

Jamais il n'avait été question dans notre projet de révéler la source. Elle avait promis le secret. Personne ne devait apprendre mon rôle auprès de la presse. La honte et le chagrin me noyaient par vagues successives, et mes pensées allaient de Brigitte à mon père. Coucher avec une autre quand sa femme est enceinte, quel genre d'homme peut faire ça ?

J'attendais. J'attendais le pas d'Anouk dans l'escalier, l'instant où elle s'arrêterait devant la porte pour chercher ses clés, leur tintement métallique contre la serrure. Désormais, elle savait tout de mon acte odieux. Je restais là, incapable de bouger. Si je gardais les yeux fermés assez longtemps, peut-être finirais-je par me dissoudre dans le matelas.

Enfin, au bout d'une éternité, j'ai entendu la porte s'ouvrir, et je me suis traînée hors de mon lit.

Anouk m'attendait dans l'entrée, silencieuse. Elle m'a dévisagée, son expression indéchiffrable. Avec ses cheveux roux dénoués et ses joues livides, elle m'a fait peur. Elle a suspendu sa veste à la patère, ôté ses bottines, le tout sans me quitter des yeux.

Qu'est-ce que tu as à dire pour ta défense ?

Elle s'est approchée de moi. Elle avait les paupières tombantes et les plis autour de sa bouche étaient plus marqués. Je l'ai imaginée vieille, quand il me faudrait m'occuper d'elle parce qu'elle ne pourrait plus se déplacer seule, plus porter nos valises dans l'escalier, une dans chaque main, quand sa beauté physique n'impressionnerait plus personne.

De quoi tu parles ?

Tu le sais très bien.

Je n'ai rien dit à ce journaliste. Je ne le connais même pas. Je crois qu'il a tout inventé.

Mais tu as parlé à quelqu'un l'été dernier.

Elle a laissé tomber son sac à main sur le sol et s'est dirigée vers le salon. Je l'ai suivie. Elle s'est assise sur le fauteuil et s'est mise à se frotter le visage, évitant de toucher ses yeux maquillés de vert sombre.

Ils étaient déjà au courant.

Qui ça ?

Les journalistes. Ils savaient tout depuis longtemps.

Et toi, tu les connais, ces journalistes ? Tu leur as donné le feu vert, la permission de publier les photos de ton père et toi ? Qui d'autre les avait ?

Je voulais… Je me suis tue, le souffle court, la tête basse. Il m'a fallu quelques secondes pour reprendre, la voix brisée : J'espérais qu'il la quitterait.

Anouk s'est contentée de me fixer, sans un mot. J'aurais voulu être engloutie par l'air autour de moi.

Au bout de longues minutes, elle a fini par dire : J'ai toujours su que c'était toi, je crois.

Sa voix s'était radoucie. J'ai regardé ses mains posées à plat sur les accoudoirs, son majeur orné d'une aigue-marine que lui avait offerte mon père. Ça devait finir par sortir un jour ou l'autre, a-t-elle continué. Tout est sur la place publique de nos jours, c'est idiot de croire qu'on peut garder un secret. Mais tu m'as menti, Margot.

Ses mots ont résonné à mes oreilles, glacés comme un vent d'hiver. Son visage restait impassible, comme si elle avait répété son discours.

Parfois, je te regarde, et je me demande qui tu es devenue.

Tu trouves que je suis une mauvaise personne, c'est ça ?

Bonne ou mauvaise, quelle importance ? Tu passes trop de temps à te poser la question. Je me demande d'où tu tiens ça. C'est juste une façon de ne pas assumer la responsabilité de tes actes.

D'une voix étranglée, j'ai murmuré : Pardonne-moi. Et puis je me suis levée, poings serrés, cœur battant la chamade, je me suis approchée d'elle et j'ai répété mes excuses, de plus en plus fort, et tant pis si les voisins nous entendaient. Je me fichais de leurs ragots, désormais.

Essaie de contrôler tes émotions, m'a lancé Anouk d'une voix parfaitement calme.

Ça m'a rendue folle. Je me suis mis à tourner en rond dans le salon.

Tu savais que Madame Lapierre était enceinte quand tu l'as rencontré ?

Je l'ai découvert juste quelques jours avant la naissance de leur fils. On n'était pas encore ensemble, mais on se voyait beaucoup.

N'empêche que, quand tu l'as compris, tu as continué à lui parler ?

C'était plutôt lui qui me parlait, comme tu dis.

Pourquoi donc ?

Elle a soupiré. Je ne sais pas. C'était compliqué. Je ne peux pas t'expliquer tout en détail.

Vous étiez des égoïstes.

Tu dépenses beaucoup d'énergie à me faire des reproches, Margot. Un jour, tu te réveilleras et je ne serai plus là. Tu comprendras que tu n'as plus besoin de moi.

Pourquoi tu dis des bêtises comme ça ?

Elle a détourné le regard, une expression douloureuse sur le visage. J'ai vu sa bouche se tordre, puis se pincer de nouveau.

J'aurai toujours besoin de toi.

Je t'assure que non.

Pendant un instant, nous sommes restées silencieuses, chacune assise à un bout du salon. La table basse était recouverte d'une fine couche de poussière, des traces de pluie rendaient les vitres opaques, et nos plantes étaient mortes pendant l'hiver. Anouk s'est laissée aller dans son fauteuil.

Regarde-moi, Margot. Cet après-midi, je suis allée voir ce journaliste, celui qui a écrit l'article de *Vanity Fair.*

Tu le connais ?

Il se trouve que c'est l'ami d'un ami de Théo. Je me suis invitée chez lui.

Qu'est-ce qu'il a dit ? ai-je demandé dans un souffle.

Je l'ai interrogé. Je savais qu'il y avait quelque chose d'étrange. Tout ce qui concerne Madame Lapierre et ton père… ça ne te ressemble pas. Il a fini par avouer que c'était des citations que quelqu'un d'autre lui avait envoyées. Une source fiable, mais pas toi. Je lui ai dit que ça pouvait lui coûter sa carrière. Publier une fausse interview, imaginait-il le scandale ?

J'ai retenu mon souffle.

Je l'ai obligé à écrire un démenti. Il paraîtra la semaine prochaine. Je lui ai dit, aussi, que c'était moi qui avais tout révélé, pas toi.

Mon estomac s'est serré d'un coup sous l'effet de la surprise.

Toi ?

Oui. Je lui ai raconté que tu le savais, mais que tu refusais que les gens soient au courant. Que tu voulais me protéger.

Elle s'est levée et s'est dirigée vers moi.

J'ai demandé : Pourquoi tu as fait ça ? Pourquoi tu as menti ?

Quand elle s'est approchée, j'ai lu une inquiétude sincère sur son visage. Je ne veux pas que ton nom soit traîné dans la boue par toutes les feuilles à scandale, je ne veux pas que tu te retrouves mêlée à des ragots. Tu as la vie devant toi.

Mais toi ? Qu'est-ce qu'on va penser de toi ?

Ce que les gens pensent, on s'en fiche. Je donnerai l'impression d'être la maîtresse trahie et amère, l'amante déchue. Ils oublieront vite, je te le promets. Ça peut même s'avérer bon pour ma carrière.

Elle s'est tue et a fermé les yeux. Elle avait l'air épuisée. J'ai remarqué, entre ses sourcils, ces deux plis qu'elle tentait toujours d'effacer en les massant.

Je sais que nous n'avons pas été les parents que tu aurais voulus. Je sais que pour toi, c'était égoïste de notre part de rester ensemble. Quand tu étais petite, j'ai voulu rompre avec ton père.

Je l'aimais, oui, mais ça ne m'a pas empêché de comprendre très vite la nature de notre accord, et de voir que, toi et moi, on en sortirait toujours perdantes.

Je lui ai coupé la parole. Mais tu n'as jamais pensé à sa femme ?

J'aurais dû, a-t-elle répondu en baissant la tête. Elle s'est mise à jouer avec la manche de son chemisier. De toute façon, il refusait de nous quitter. Il disait qu'il avait trop peur que nous perdions le contact. Il voulait vraiment faire partie de ta vie. J'ai accepté de rester avec lui, mais je me suis longtemps demandé si tu n'aurais pas été plus heureuse autrement, et chaque fois que tu te plaignais que ce n'était pas juste, ça me brisait le cœur. Qu'est-ce que je pouvais répondre ? Tu parlais comme si on t'avait abandonnée, comme si on t'avait empêchée d'être toi-même, comme si on avait agi sans rien savoir. Mais, Margot, tu ne vois pas tout ce que je t'ai donné ? C'est pourtant évident…

Elle a posé les mains sur mes épaules, qu'elle a serrées. La lumière avait changé dans le salon, passant de l'orange clair au bleu, et maintenant à la semi-obscurité. Nous nous sommes regardées, longuement.

À un moment, quand tu étais petite, tu as eu une phase où tu me posais sans cesse la même question. Tu te souviens ? Tu me demandais si je me serais jetée sous un bus pour te sauver. Si toutes les mères sont prêtes à sacrifier leur vie pour leurs enfants. Ma réponse ne te convenait jamais parce que la semaine suivante, tu recommençais.

C'était quoi, ta réponse ?

Elle a souri en levant les yeux au ciel. Tu vois, tu continues à t'interroger là-dessus. Elle a ôté ses mains de mes épaules et allumé la lumière. Allez, c'est l'heure du dîner.

Je l'ai regardée cuisiner. Aucun de ses gestes n'était naturel. Elle s'en prenait aux ingrédients sans le moindre égard pour leur état ou leur consistance. Était-ce ainsi qu'elle me manipulait quand j'étais bébé ? Je n'arrivais pas à l'imaginer avec un nourrisson dans les bras. Elle était capable de servir, pour tout dîner, un avocat pas mûr coupé en tout petits dés.

C'est là que j'ai compris pourquoi je ne lui avais jamais demandé si mon père l'avait aimée : parce que j'étais certaine qu'elle s'était posé la même question un million de fois. Elle connaissait la réponse. Quel que soit le sentiment qu'il éprouvait pour elle, il n'était pas assez fort pour le pousser à quitter sa femme. Ou était-ce nous qui ne suffisions pas ?

Anouk a rempli une casserole d'eau et l'a posée sur la cuisinière. Elle a allumé le gaz, sans penser à mettre un couvercle. Ça prendrait plus de temps pour bouillir. Elle a ouvert ensuite une boîte de sauce tomate et l'a versée dans une poêle. Au bout de quelques minutes, je me suis levée pour la remuer.

Tout ce qu'il y avait d'autre à manger, c'était de la salade – un reste de laitue en sachet, à la date d'expiration dépassée, qu'on avait mis dans un bol au frigo, et dont les feuilles collaient les unes aux autres, à moitié décomposées. Anouk a mis le couvert, deux sets face à face avec une serviette en papier coincée sous un couteau et une bouteille d'eau gazeuse au milieu de la table. Une fois les nouilles cuites, elle les a égouttées, a versé dessus de l'huile d'olive – directement dans la passoire – et nous en a servi deux assiettées. Tiens, a-t-elle déclaré en me tendant la mienne.

Quand je l'ai prise, j'ai eu l'impression que ma poitrine s'ouvrait d'un seul coup, comme si elle y avait plongé les mains pour bercer mon cœur.

15

J'AI appris à me maîtriser quand les souvenirs de mon père menaçaient de me submerger. J'attendais juste que leur intensité décroisse, que mon souffle redevienne normal. Je me répétais ce qu'Anouk m'avait dit un jour : il était peut-être un mauvais mari, un mauvais amant, mais c'était un bon père. J'ai repris un peu de poids. Anouk trouvait que ça m'allait mieux, cette chair qui de nouveau dissimulait mes os.

Je m'enfermais avec Juliette pour étudier, dans son studio ou dans ma chambre. Désormais, plus rien ne comptait que nos notes au bac.

Alors comme ça, c'était ta mère, a-t-elle commenté quand le démenti du journaliste a été publié sur internet.

Oui. C'est elle qui a tout dit à la presse.

C'est étonnant qu'elle ne t'en ait pas parlé avant.

Je pense qu'elle voulait me protéger, au cas où les choses se passent mal.

Tu ne lui en veux pas, si ?

Bien sûr que non.

*

Quand je n'étais pas en train de préparer le bac, je pensais à Brigitte et à notre livre de manière obsessionnelle. Nous ne nous étions pas parlé depuis la gare, à Nîmes. Son image me revenait sans cesse, une vision qui hantait mon esprit, me tenait éveillée la nuit. Je l'imaginais à mon âge, chez ses parents. Un lit étroit, un tabouret en bois en guise de table de chevet. Sa sœur, mince silhouette sous les draps, tournée vers le mur couvert de photos découpées dans des magazines.

Dans ma tête, je la voyais entrer dans la cuisine, avec ses grandes fenêtres, et la lumière du dehors l'aveuglait. Ses pupilles se rétractaient d'un coup. Elle s'avançait vers la vitre, couverte d'une pellicule graisseuse, regardait en bas l'aire de jeux où des formes indistinctes, venues de directions opposées, se rejoignaient sur les balançoires, le toboggan. Elle disait que les gens gardaient leurs vêtements pour faire l'amour dans le parc. Pourquoi les épiait-elle ? Qu'est-ce qu'elle y trouvait ?

Et en moi, que voyait-elle ? Pensait-elle vraiment à écrire un livre, ou bien avait-elle su dès le début qu'elle vendrait mon histoire à un autre journaliste ? Pourquoi ne pas la publier sous son nom ? Je craignais qu'un autre article ne paraisse, avec d'autres révélations, d'autres phrases que j'aurais soi-disant prononcées. Je ne pouvais pas parler d'elle à Anouk ni à Juliette. À la place, je restais assise au salon, comme entourée d'un nuage noir et moite. Je ne savais pas quoi faire.

Juliette avait presque terminé le montage de son film. Nous avions filmé la plupart des scènes un dimanche, du côté du bois de Boulogne, et le reste dans l'appartement vide d'une amie, le soir après les cours. J'avais découvert que Juliette avait un vrai talent pour tenir la caméra. Comme c'était un film muet, je n'avais pas de répliques à apprendre, ce qui avait apaisé mes inquiétudes.

Le scénario était très succinct, il ne donnait que quelques indications physiques. Le premier soir de tournage, dans l'appartement, je ne savais pas trop où me mettre ; mais à partir du moment où Juliette a commencé à filmer, j'ai complètement oublié sa présence. Elle bougeait en silence, avec grâce, et même sa voix changeait – elle me donnait des indications très claires, articulant parfaitement. Je me suis pliée sans difficulté, parfois même avant qu'elle ait fini sa phrase. Un soir, tandis qu'elle filmait un plan fixe, la caméra sur son pied, elle s'est avancée pour rectifier ma position. Nous nous touchions souvent, et de tas de manières – on se tenait la main, on dormait blotties l'une contre l'autre, on marchait bras dessus bras dessous dans la rue – mais sa façon, à cet instant, de s'agenouiller devant moi pour déplacer ma jambe, ajuster ma cheville un peu plus sur la gauche et mon genou dans une pose plus flatteuse, était différente, professionnelle.

Pendant ces quelques jours, j'avais été entièrement absorbée par le film. Juliette m'avait avoué qu'elle rêvait de ressembler à ma mère quand elle serait adulte. Pour une fois, je m'étais sentie fière d'Anouk, capable d'inspirer quelqu'un de mon âge. Quand Juliette a eu terminé le montage, elle est venue nous montrer le résultat.

Mais tandis qu'elle et Anouk parlaient du film, j'étais distraite. Je n'entendais qu'une phrase par-ci, une phrase par-là – quelque chose au sujet de ma peau, qui était comme la surface de la lune avec ses pores filmés en très gros plan. Elles commentaient le long travelling final, où la caméra suit la nouvelle maire qui court dans les rues de la ville. Elle essuie le sang de sa bouche, mais en oublie un peu sur son cou. Lentement, la caméra zoome sur la tache, jusqu'à ce que l'écran devienne un flou écarlate. Nous avions fabriqué du faux sang à base de colorant alimentaire, de sirop de sucre et de cacao, et en avions badigeonné mon cou. J'avais couru dans les rues d'Auteuil à six heures du matin, avant l'ouverture des magasins, avec Juliette qui me suivait à vélo, la caméra fixée sur son porte-bagages.

À quoi tu penses ? a fini par me demander Juliette quand elle a remarqué que je restais les yeux dans le vide.

À notre devoir de maths. Je me suis levée et je suis sortie du salon pour aller m'enfermer dans ma chambre.

J'ai pris mon téléphone. Je n'entendais plus les voix d'Anouk et Juliette. Je me suis assise au bureau, le plus loin possible de ma porte close, et j'ai appelé Brigitte.

Elle a décroché au bout de deux sonneries. J'ai eu l'impression de parler à une inconnue tant notre conversation s'est révélée laborieuse.

Comment tu vas ? a-t-elle commencé d'un ton innocent.

J'ai besoin de te voir, ai-je répondu, ignorant sa question. Ma voix, malheureusement, n'avait pas toute la dureté que j'avais voulu y mettre.

Après-demain, si tu veux. Je suis libre l'après-midi.

Non, plus tôt que ça. Je veux te parler de l'article.

Elle est restée un instant muette. Puis :

Je pars à une fête chez une amie. Tu veux qu'on s'y retrouve ? Ça ne la dérangera pas, j'en suis sûre. Elle invite toujours des inconnus chez elle.

Le mot « inconnu » m'a fait tressaillir ; j'ai noté l'adresse avant de raccrocher.

Dans le salon, Anouk et Juliette étaient toujours penchées sur l'écran de l'ordinateur, passant en revue le montage final.

Je vais faire des courses, ai-je lancé depuis le seuil. C'est la seule excuse qui m'est venue.

Elles ont levé la tête, m'ont fait un petit signe.

Ciao ! a lancé Juliette.

Tandis que je dévalais l'escalier, j'ai senti monter en moi une sensation étrangement familière. Ce n'était pas de la peur ; c'était ce que j'éprouvais quand je retrouvais mon père dans un lieu public, une excitation illicite capable de me faire oublier toute trace de faim ou de fatigue, et qui comme une drogue rendait la vie moins pénible. C'était presque comme avant, quand je me précipitais pour le rejoindre, ne m'arrêtant que pour reprendre mon souffle et tenter de me redonner une contenance. Quand j'ai ouvert la porte de l'immeuble, je m'imaginais presque à trouver sa voiture qui m'attendait dans la rue.

16

L'ADRESSE donnée par Brigitte se trouvait dans le XIVe, à dix minutes à pied du métro Glacière. Il était encore tôt, le ciel se dissolvait en un bleu granuleux. La maison était séparée de la rue par une petite cour. J'ai poussé le portillon qui donnait sur un jardin, suivi l'allée pavée jusqu'au perron. De la musique et des voix filtraient par la porte d'entrée, et des formes indistinctes se déplaçaient derrière les carreaux colorés. J'ai appuyé sur la sonnette.

Une femme m'a ouvert. Elle devait avoir le même âge que Brigitte. Elle portait une robe bleue habillée, elle m'a fait penser à une actrice de cinéma, même si je n'arrivais pas à me rappeler laquelle. Elle avait les cheveux noirs courts, coupés au carré. Elle ne portait pas de rouge à lèvres, mais ses yeux étaient soulignés d'un trait de khôl. Elle s'est présentée comme Marie et quand j'ai décliné mon nom, elle a eu l'air de savoir qui j'étais. J'ai demandé : Brigitte est là ? Elle a hoché la tête et m'a invitée à entrer. Un homme est apparu derrière elle et elle m'a présenté son mari, Arnaud. Il était trapu et bien en chair – on aurait dit qu'il bombait le torse en permanence. Je les ai suivis jusqu'au salon, très spacieux.

La voici, a déclaré Marie en montrant Brigitte, assise sur un fauteuil à l'autre bout de la pièce, un gros chat lové sur le ventre.

Je suis restée figée. Elle ne m'avait pas encore vue. À la confiance qui m'avait poussée à venir ici succédait désormais la très nette impression de ne pas être à ma place. Je me suis vue : une ado dans une maison remplie d'adultes. Avec ma robe en coton aux bretelles élimées, je détonnais au milieu de tous ces gens sophistiqués, au point que je craignais de traverser le salon pour rejoindre Brigitte. Ma seule démarche allait trahir ma maladresse. J'ai tout de même avancé, à tout petits pas.

Tu es venue, a dit Brigitte en relevant la tête pour que je lui fasse la bise. Le chat a craché dans ma direction.

Je te présente Simba.

J'ai posé la main sur sa tête et, quelques instants plus tard, il s'est mis à ronronner.

C'est une fête en l'honneur d'Arnaud, m'a-t-elle expliqué. Il a soixante ans et il prend une retraite anticipée. Marie est une vieille copine de fac. Elle est prof de droit européen à l'ENA.

Nous étions entourées d'amuse-gueule au saumon fumé et de mini-quiches à la tomate, mais je n'avais absolument pas faim. Je m'étais sentie nerveuse à l'idée de revoir Brigitte. Désormais, sa présence familière dissipait cette impression. Elle n'avait pas changé. Après tout, nous avions été très proches pendant plusieurs mois, et je réagissais instinctivement à cette proximité par une vague sensation de bien-être. Et pourtant, bien sûr, j'étais mal à l'aise aussi. Je l'avais saluée d'une voix trop aiguë, trop enjouée, qui sonnait faux à mes propres oreilles, et je ne caressais le chat que pour dissimuler la tempête qui m'agitait. Je me suis forcée à prendre une quiche et à mordre dedans. La croûte était brûlante mais la garniture tiède, comme si on venait de la décongeler. J'ai essuyé les miettes au coin de ma bouche.

En face de nous, une femme a renversé du champagne sur une table. Elle s'est éloignée en hâte, laissant la tache sombre sur la nappe – visiblement, elle préférait fuir plutôt que d'être vue sur les lieux du crime, une éponge à la main. Elle s'est réfugiée dans un coin de la pièce, sirotant nerveusement son verre. Brigitte lui a souri. Je savais qu'à sa place, elle aurait trouvé une solution créative, peut-être qu'elle aurait posé une serviette sur la flaque. Nous avons échangé un regard complice, puis son expression s'est tendue et elle s'est levée. Simba a sauté au sol avec un choc feutré.

Viens, a dit Brigitte. Je vais te faire visiter la maison.

Nous avons traversé la foule des convives qui picoraient des cubes de melon enveloppés de prosciutto. Je me suis rendu compte que la plupart étaient des femmes, et ça m'a surpris, puisque c'était une fête pour Arnaud. Peut-être que les hommes étaient ailleurs, qu'ils fumaient dehors.

Elle m'a guidée dans un couloir à l'éclairage tamisé, avec des croquis de Matisse au mur. Nous étions seules, et j'ai compris que c'était ce qu'elle cherchait. Elle a posé les mains sur mes épaules. Accrochés au mur par de simples fils, les visages dessinés par le peintre nous dominaient.

J'ai demandé : Où est David ?

Il a un dîner de travail. La réponse est venue, immédiate, comme si elle s'était préparée à ma question.

J'ai vu son visage se transformer – la peau de son cou a rougi par endroits, des petites veines se sont gonflées sous ses yeux. Quelque chose n'allait pas. Je me suis écartée pour qu'elle me lâche les épaules.

Pourquoi as-tu raconté ces horreurs à un journaliste ?

Julien est un ami, a répondu Brigitte.

Une partie de moi avait espéré qu'elle nierait, qu'elle prétendrait n'avoir aucun lien avec l'article. Mais elle l'avouait sans remords, et la colère m'a ôté le souffle et la parole d'un seul coup. J'ai croisé les bras.

Écoute, Margot, au fond de toi, tu voulais que ta mère soit au courant.

Ah non, c'est bien la dernière chose que je voulais.

En fin de compte, ça ne change rien, puisqu'elle t'a défendue. Pas mal, le mensonge qu'elle a sorti à Julien. Ça m'a étonné qu'elle fasse preuve de gentillesse, pour une fois.

J'ai détecté un tremblement dans la voix de Brigitte, comme si elle dissimulait ses vrais sentiments. Elle a cligné des paupières plusieurs fois.

Tu voulais qu'Anouk me déteste pour ce que j'ai fait, c'est ça ?

Ce que ta mère ressent pour toi ne me regarde absolument pas.

Alors, pourquoi as-tu parlé à ce journaliste ?

J'ai pensé que ça te soulagerait. Que c'était le mieux pour toi.

Mais les propos qu'il me prête, les détails… Je t'avais confié tout ça sous le sceau du secret !

Si ça t'a tellement perturbée, pourquoi ne m'as-tu pas appelée tout de suite ?

Sa question m'a arrêtée net. J'ai secoué la tête, mais je connaissais la réponse – parce que j'avais eu peur de lui demander en face si elle m'avait vraiment trahie… et pour quelle raison. Un instant, j'ai failli lui parler de David et moi, mais je me suis retenue. Comme si elle me sentait sur le point de craquer, elle s'est penchée vers moi. Je suis contente que tu m'aies téléphoné. Elle parlait d'une voix douce, qui a fait monter une sensation de chaleur le long de ma colonne vertébrale. Je me suis alors lancée, avec plus d'assurance. J'avais répété sur le trajet ce que je voulais lui dire.

Je voulais te voir pour une raison urgente. Je veux arrêter ce projet de livre. C'était une mauvaise idée dès le début, et ça ne réparera rien. Je ne veux plus le faire, et je ne veux plus que tu l'écrives.

À ces mots, quelque chose s'est fermé sur son visage, comme si j'avais claqué une porte sur la gentillesse qu'elle venait de me témoigner. J'ai baissé la tête, les bras toujours croisés. J'ai observé les motifs du tapis persan dans le couloir. Je ne sais comment, mais Brigitte avait réussi à me faire croire que c'était moi la fautive dans cette affaire.

Tu m'as apporté ton histoire, Margot. Je n'ai même pas eu besoin de te la demander, tu me l'as offerte sur un plateau. Tu me l'as tendue comme si elle te brûlait les mains, pour que je t'en débarrasse. Je ne vois pas en quoi l'article te gêne. C'est juste un reportage. Le livre sera beaucoup plus que cela, ce sera ton histoire et la sienne, *in extenso*.

La confiance irradiait dans sa voix. Je l'écoutais, fascinée. Quelques semaines plus tôt, je me serais rangée à ses arguments.

Mais tu as donné une fausse image de mon père. Dans cet article, il n'y a rien de positif sur lui, rien sur ses qualités, rien sur son intelligence.

Tu me reproches ça, mais ce n'est pas moi qui l'ai écrit. C'est Julien.

Ça venait de toi.

Elle a agité la main avec un soupir. Ce n'est qu'un article.

C'est ma vie.

Brigitte a esquissé un mince sourire, et j'ai reconnu la même expression qu'elle avait eue le jour où elle s'était débarrassée de son cousin Georges. J'ai senti que je perdais pied, mais j'ai répété quand même : Je t'ai raconté toute ma vie. Je t'ai fait confiance.

Vraiment ? Qu'est-ce qui t'a pris ?

Nous parlions tout bas, presque en murmurant. Cette dernière question m'a laissée muette. Pourquoi m'étais-je livrée à elle ? Je ne le savais plus. J'ai essayé de me souvenir de nos premières rencontres, des débuts de notre travail, mais les détails restaient brumeux dans ma mémoire, comme un espace indéfini où nous aurions avancé ensemble. Son clafoutis aux poires, la lumière dans leur cuisine passant de l'orange au bleu profond, le blouson de cuir de David sur le dossier d'une chaise. La proposition venait de moi, oui, mais l'idée de départ ? De qui venait-elle ? Je n'en étais plus certaine du tout.

Je vais te dire pourquoi tu m'as fait confiance…

Brigitte souriait, et j'ai compris qu'elle prenait plaisir à me faire languir.

… Tu m'as fait confiance parce que je te plaisais.

Je me suis sentie honteuse, comme si c'était mal de l'apprécier. J'avais l'impression de me retrouver nue devant elle, et j'étais sûre que mon visage reflétait ce sentiment.

Mais si tu m'aimes bien, a-t-elle continué, comment as-tu pu me trahir ? Tu trouves que je t'ai fait du mal, mais toi, alors ? Tu crois que je me suis sentie comment après ce qui s'est passé entre David et toi ?

Sa voix était étranglée comme si elle se retenait pour ne pas hurler. Mon cœur tambourinait dans mes oreilles. Elle savait. J'ai eu à peine le temps de le comprendre que j'ai senti sa main sur mon bras nu, puis ses ongles s'enfoncer dans ma chair. La douleur m'a ramenée à l'instant présent. J'ai essuyé une goutte de sang sur ma peau.

J'ai réussi à dire : Qu'est-ce que tu racontes ?

Ne me prends pas pour une idiote, Margot.

Il y avait du mépris dans sa voix. Avant que j'aie pu répondre, elle s'est éloignée dans le couloir. Je l'ai suivie. Elle est entrée dans une chambre beige – on aurait dit une chambre d'hôtel avec la moquette, les draps blancs et le bouquet de tulipes un peu fané sur la table de chevet. Elle s'est assise sur le lit.

Je suis restée silencieuse. Comment lui expliquer que je n'avais jamais imaginé que mes fantasmes avec David puissent devenir réalité – et que, d'une certaine façon, ce qui s'était produit gardait pour moi quelque chose d'irréel ?

Tout en lissant le dessus-de-lit, elle a continué, d'une voix plus douce : Mais je ne devrais pas me mettre en colère. Je suis enceinte. Je l'ai appris la semaine dernière.

Sous son chemisier en soie, aucun renflement n'était visible. Je me suis accroupie devant elle.

Félicitations.

Elle s'est écartée de moi, mains jointes sur le ventre.

Je sais à quel point tu attendais ça.

Elle m'a regardée de haut, protégeant toujours son abdomen parfaitement plat.

Tu sais, tu ressembles plus à ta mère que tu ne le crois. Vous êtes des putains, toutes les deux.

Les mots ont claqué, plus violents qu'une gifle. J'ai reculé précipitamment, jusqu'à me retrouver contre le mur. La tête me tournait si fort que j'avais du mal à la regarder. C'était comme ça qu'elle la voyait depuis le début ? Une pute ?

Mon mari. Il m'a tout dit. Il était en larmes. Je lui ai demandé si au moins vous vous étiez protégés, et il m'a dit que c'était inutile. Vous n'êtes pas allés bien loin, n'est-ce pas ?

Il n'a pas réussi à bander.

Elle a hoché la tête, l'air triomphant. Je me suis demandé si David avait menti, ou si c'était elle qui transformait la vérité pour prouver qu'elle me contrôlait.

Quand il m'a avoué ce qui s'était passé entre vous, j'ai pensé, Cette fille est dangereuse. Je ne peux pas lui faire confiance. Le lendemain, je suis tombée sur Julien dans la rue par hasard. C'est un vieux copain, on se voit deux ou trois fois par an. On a déjeuné ensemble, mais j'étais ailleurs, j'avais du mal à suivre sa conversation. Il a compris que quelque chose n'allait pas.

Et c'est pour ça que tu lui as tout raconté ? ai-je dit d'une voix blanche. Tu lui as donné mes photos, tu lui as fait lire les interviews ?

Tu veux savoir le plus drôle ? Quand tu es entrée dans notre vie, j'ai senti que quelque chose changeait entre David et moi.

Qu'est-ce que tu racontes ?

Il m'a fallu un peu de temps, mais j'ai vu l'effet que tu lui faisais. Et j'ai remarqué sa façon de te regarder – il faut dire que tu ne te gênais pas pour te donner en spectacle ! Je ne sais pas si tu imagines ce que c'est de s'inquiéter au moindre changement de ton corps. Chaque fois que j'avais le ventre gonflé, je pensais, ça y est, c'est arrivé. On a recommencé à faire l'amour de manière régulière. Chaque fois que tu dormais à la maison, David me réveillait au milieu de la nuit comme s'il allait exploser. Mais moi aussi. J'avais envie de lui plus que jamais, comme aux premiers temps de notre rencontre.

J'ai pensé : Comme à l'époque où Anaïs vivait avec toi.

D'une certaine façon, j'étais heureuse de ta présence. C'était tellement émouvant de voir comment tu buvais la moindre de nos paroles. Tu m'as crue quand je t'ai dit que tu ressemblais à Bardot. Il s'est passé quelque chose de magique, le compliment t'a métamorphosée, comme si personne ne t'avait jamais dit que tu étais belle.

Elle s'est arrêtée. Je me suis éloignée encore, comme pour me fondre dans le mur. Une question était en train de se former dans ma tête, une question qui me taraudait depuis longtemps mais que j'avais toujours eu trop peur de formuler.

La première fois qu'on s'est vues chez Albert, après l'interview. Tu m'attendais ? Tu savais que tu m'y trouverais ?

Laisse-moi te poser une question moi aussi, Margot : tu crois vraiment à ce genre de coïncidences ?

Qu'est-ce que tu attendais de moi ?

Avec un soupir, elle a croisé les jambes dans un froissement de tissu. Elle portait un pantalon noir.

Eh bien, j'étais curieuse. De toi et de ton père. Tu sais, j'avais à peine un peu plus que ton âge quand l'affaire Mazarine a éclaté. Ça me fascinait. Beaucoup de gens étaient au courant de l'existence de cette fille cachée. Son père était l'homme le plus important de France, et il était en train de mourir. Il avait une fille et une maîtresse plus jeune que lui, depuis des années. C'est devenu comme une obsession pour moi. J'ai lu tous les articles et tous les livres sur Mitterrand et Mazarine. Mais ton histoire était différente, voilà ce qui m'a intriguée. C'est Mitterrand qui a décidé de ne plus cacher sa fille. Ton père n'était pas président. Certains disent même que Claire Lapierre était plus influente que lui. S'ils n'avaient pas été mariés, le public se serait sans doute moins intéressé à l'affaire. Même chose si ta mère n'avait pas été Anouk Louve.

Et quand je vous ai rencontrées, elle et toi, j'ai ressenti la même attirance qu'à l'époque de Mitterrand. Je me suis rappelé à quel point j'enviais Mazarine. Elle est devenue romancière. Elle raconte sa vie et tout le monde s'y intéresse. Je n'ai jamais eu cette chance. Je me disais que mon existence était insignifiante comparée à la sienne.

Mais maintenant que je te connais mieux, je vous plains, elle et toi, et les filles comme vous. Vous passez de l'invisibilité à la lumière. D'abord, on vous cache, puis vous devenez le symbole d'un adultère. Le rappel d'un homme infidèle qui est mort quelques semaines après avoir été démasqué.

C'est comme ça que tu me vois ?

En cherchant bien, évidemment, on peut supposer qu'il y avait de la tendresse. La triste histoire d'une famille cachée. Mais beaucoup de gens continuent à se demander pourquoi il ne t'a pas reconnue, pourquoi il a nié sa liaison avec ta mère, pourquoi il est mort sans un mot à ton sujet. Le livre aurait pu dresser un portrait plus nuancé, plus complexe.

Je pleurais maintenant, le visage enfoui entre mes mains. Les mots de Brigitte étaient vrais, ils me déchiraient le cœur. Il avait promis de me reconnaître, mais il ne l'avait pas fait ; il était mort sans m'avoir appelée ni écrit le moindre mot. Avait-il seulement pensé à moi dans ses derniers instants ?

J'ai retenu tout ce que tu m'as dit, Margot. Mais je pense que c'est beaucoup plus compliqué que tu ne l'imagines. Tu comprendras mieux plus tard. Un jour, tu sauras ce que ça veut dire, aimer quelqu'un. Je te parle de sacrifice, de faire pour l'autre des choses qui te remettent profondément en cause. Je ne sais pas si ton père était capable de ça.

Brigitte s'est levée du lit. J'ai vu ses minces chevilles, ses pieds nus dans ses chaussures masculines, les mêmes que celles qu'elle portait le jour où je l'avais rencontrée. Je me suis avancée vers elle.

Brigitte. Ma voix était plus dure que je ne l'aurais voulu. Elle a tourné la tête vers moi. Pourquoi veux-tu un enfant ?

L'espace d'un instant son regard s'est troublé.

En quoi est-ce important pour toi ? Tu l'as dit toi-même, tu n'as pas l'instinct maternel.

Parce que ta mère l'a, peut-être ?

Non, mais elle n'a jamais prétendu le contraire. Je sais qu'elle ne s'attendait pas à tomber enceinte. Mais toi, ça fait des années que tu essaies. C'est ce que tu désires le plus au monde, non ?

Elle a fixé le mur derrière moi. Je me demandais à quoi elle pensait. Quand elle a ouvert la bouche, elle a juste lâché :

Je veux savoir ce que ça fait. La plupart de mes amies, pour ne pas dire toutes, ont des enfants. Elles ont vécu la transformation qu'apporte la grossesse, elles m'en ont parlé. Elles m'ont expliqué que je ne pouvais pas comprendre la douleur au moment de l'accouchement et la joie de tenir son enfant sur sa poitrine. Certaines d'entre elles ont refusé de me voir après la naissance, elles ne voulaient fréquenter que d'autres mères. Bon, peut-être que je projette mes peurs sur elles, que je suis trop dure. Mais quoi qu'il en soit, je me suis souvent sentie seule.

Tu veux un enfant pour connaître cette expérience. Mais t'en soucierais-tu si tu le perdais ?

On dit que quand tu deviens parent, ta vie passe après celle de ton enfant. Que tu cesses de ne penser qu'à toi.

Tu espères qu'être mère te rendra moins égoïste ?

Son visage est devenu cramoisi. Je ne l'avais jamais vue rougir ainsi. Elle a regardé par la fenêtre. Dehors, il faisait noir, on distinguait à peine les branches des arbres.

Je ne sais pas, a-t-elle soufflé, les yeux dans le vague. Peut-être que je deviendrai comme ma mère.

J'ai pensé aux autres femmes qui, dans le salon, se gavaient de petits fours en tenue de soirée. En cet instant, j'aurais pu jurer que Brigitte avait grandi dans ce genre d'endroit, une belle demeure avec des œuvres d'art au mur. Je me suis demandé le prix qu'elle avait dû payer pour s'arracher à son milieu d'origine.

Elle s'est avancée vers moi et m'a pris le menton. J'ai pensé à sa mère qui lui pinçait les cuisses pour révéler la cellulite, je me suis raidie, persuadée qu'elle allait me griffer ou me gifler. Mais elle a juste dit : Tu devrais partir, maintenant.

Je me suis précipitée dans le couloir, j'ai traversé le salon en courant, et cette fois les femmes qui s'y trouvaient m'ont suivie du regard, comme si elles sentaient ma transpiration, comme si elles voyaient à travers mes vêtements. J'ai saisi ma veste restée sur l'accoudoir du fauteuil de Brigitte, les poils gris de Simba en sont tombés en cascade. Une femme m'a touché le coude et j'ai sursauté, paniquée. Elle voulait juste savoir si j'avais soif. Je l'ai remerciée et je lui ai répondu que je m'en allais. Comme vous voulez, a-t-elle dit, j'ai remarqué alors ses dents carrées, ses cheveux noirs tirés en un chignon qui brillait comme un diadème.

17

En quittant la fête, je ne me suis pas retournée pour saluer Brigitte, alors que je l'avais fait à la gare de Nîmes. Je la fuyais, comme on s'éloigne précipitamment quand un inconnu se met à hurler dans la rue. J'avais peur de la voir derrière moi, et j'avais l'impression qu'elle m'avait suivie dans la rue. Ce n'est qu'une fois dans le métro, entourée de passagers, que j'ai cessé de sentir des picotements sur la nuque.

Longtemps, j'ai gardé cette image dans ma tête : Brigitte, assise sur ce lit, mains sur le ventre, dans la belle maison de son amie. L'impression de solitude qui s'en dégageait m'a hantée, et je n'ai jamais pu me la représenter réellement enceinte.

Quelque chose en elle m'en empêchait. Je ne parvenais pas à imaginer un enfant dans son ventre, sa silhouette rebondie comme celle des déesses japonaises sur leurs vagues, dans l'entrée de son appartement. Elle aurait tant de mal à s'abandonner. Elle prendrait du poids, ses cuisses se couvriraient de cellulite, son ventre de vergetures. Anouk, elle, était fière d'avoir pesé soixante-cinq kilos juste avant l'accouchement.

J'ai pisté Brigitte, cherché à savoir où elle était, ce qu'elle faisait. J'ai créé des alertes de recherche sur son nom et celui de David. Impossible qu'elle sorte mon témoignage sans mon autorisation. Quel éditeur l'accepterait ? Pourtant, je ne pouvais oublier tout ce qu'elle avait appris sur notre famille. Assez pour écrire un autre genre de livre si elle le souhaitait.

La semaine du bac a filé à la vitesse de l'éclair. Les épreuves étaient plus faciles que Juliette et moi ne l'avions anticipé. Dopées à l'adrénaline, nous restions quatre heures d'affilée à notre table d'examen, sans boire ni manger, sans pause toilettes non plus – pas question de perdre de précieuses minutes. Nous avons commencé par la philo, le lundi matin à huit heures. J'avais déjà décidé de prendre la dissertation, sachant que mon père aurait été fier de moi, car l'exercice exigeait de développer une argumentation élégante soutenue par des citations judicieuses. Il y avait deux sujets au choix, et j'ai pris le premier: *Avons-nous le devoir de chercher la vérité ?*

L'espace d'un instant, les événements de l'année sont revenus à la surface, et j'ai reformulé la question en « Avons-nous le devoir de dire la vérité ? ». En classe, avec Monsieur H., nous avions travaillé le thème de la vérité au printemps, et j'ai commencé par noter les premières citations qui me venaient à l'esprit pour ne pas les oublier. Mais c'était purement machinal – j'avais si bien mémorisé ces phrases que j'aurais pu les réciter dans mon sommeil – et très vite je me suis remise à penser à mon père, aux deux vérités qu'il vivait. Au fond, avec Brigitte, avais-je cherché les signes de son dévouement en tant que père, ou seulement tenté de justifier la coexistence paisible de ses deux vies ? Mais il n'y avait pas de temps à perdre, chaque minute de l'examen comptait, alors j'ai muselé ces deux questions et je me suis mise à écrire.

Les matières les plus difficiles, comme les maths, se déroulaient le matin. Ensuite, j'allais déjeuner avec Juliette au café Chez Albert. Nous nous gavions de paninis jambon fromage fourrés de frites. Quand nous avions une autre épreuve l'après-midi, nous retournions en salle d'examen. Sinon, nous rentrions réviser dans son studio et nous nous couchions tôt.

Au début de juillet, nous nous sommes tous retrouvés dans la cour du lycée où était affichée la liste des noms avec nos résultats. Juliette et moi avions obtenu la mention très bien. Elle avait un demi-point de plus que moi.

Voilà, c'était fini. Toutes ces années de travail, les copies remplies, n'avaient soudain plus aucune importance. Notre mention au bac nous garantissait l'entrée en fac et dans certaines prépas, mais elle cesserait de compter au fil des années – nous oublierions qui avait fait mieux que l'autre. Je savais qu'une fois à la maison, je jetterais mes cours et que, dans moins d'un mois, j'aurais oublié les formules mathématiques que j'avais mémorisées ou les citations philosophiques que je pouvais réciter comme des poèmes.

Il avait plu pendant presque tout le mois de juin, mais désormais il faisait beau, le soleil avait la gentillesse de venir enfin nous réchauffer. Nous sommes sorties du lycée, un jour comme les autres, mais c'était la dernière fois, et il m'a semblé que tout ce qui était arrivé s'évaporait soudain dans la chaleur de l'été.

*

Le soleil se couchait quand je suis arrivée au parc de Belleville, deuxième point le plus élevé de Paris après le Sacré-Cœur, qui domine la capitale et ses monuments. J'ai pensé aux barricades de la Commune, à Édith Piaf et à Georges Perec qui étaient nés dans le quartier. L'heure du dîner approchant, je voyais sortir des familles, les parents ramenaient leurs enfants à la maison. Je me suis assise sur les marches de l'amphithéâtre et j'ai posé les mains sur la fraîcheur du ciment. Mon père et moi nous retrouvions souvent dans des quartiers excentrés comme celui-ci, presque aux limites de la ville, où nous risquions peu d'être reconnus. Nous arrivions au parc par le côté, de telle manière qu'il nous apparaissait comme un jardin secret entouré d'une épaisse végétation. Les week-ends, les rares pelouses étaient prises d'assaut par les couples, les groupes d'amis et les familles venus pique-niquer. J'aimais les massifs savamment désordonnés, les fougères qui perçaient sous les fleurs roses, les choux d'ornement aux feuilles frisées qui côtoyaient les bosquets de bambou.

Tu comprendras mieux plus tard, avait dit Brigitte. Qui serais-je devenue si j'avais été élevée par des parents mariés, si le poids du secret n'avait pas pesé sur notre petite famille ? J'enviais Madame Lapierre et ses fils, qui avaient la conscience tranquille.

Pourtant, était-ce si dur d'admettre que j'aimais les aléas de notre vie, l'inconstance de l'affection paternelle, les mains rêches d'Anouk quand elle me tirait les oreilles pour me punir, l'intimité que nous avions construite au fil des années de vie commune ? Ces moments n'appartenaient qu'à moi, et je n'avais connu qu'eux. Une petite partie de moi continuait de croire que mon père nous préférait. J'ai remonté mes genoux contre ma poitrine et je suis restée assise là, le dos voûté.

Un garçon et une fille de mon âge s'embrassaient sur un banc près de la fontaine. Elle avait des cheveux longs qui masquaient son visage, et il ne faisait rien pour les écarter. Au contraire, il y enfouissait la tête. Il devait faire doux là-dedans. Une de ses mains était posée sur les cuisses de la fille, l'autre caressait un point invisible en bas de son dos.

Ça m'embêtait de ne pas la voir. Dans la lumière du soir, le cuir blanc de ses sandales étincelait. Elle a rejeté la tête en arrière pour rire, écartant enfin ses cheveux. Mais j'étais trop loin pour distinguer ses traits, à part son front et la forme de son nez.

Comme j'aurais aimé, à cet instant, être à leur place.

*

La nuit était tombée quand je suis arrivée chez Madame Lapierre. J'avais cru que je retrouverais l'immeuble du premier coup, puisque j'étais venue deux fois, mais je suis d'abord passée devant sans reconnaître la porte d'entrée aux ornements en bois tarabiscotés. J'ai attendu en face qu'un homme en sorte. Le lourd vantail se refermait lentement, j'en ai profité pour me glisser à l'intérieur.

L'entrée était fraîche et sombre, et j'ai attendu que mes yeux s'adaptent à la pénombre. En face de moi, j'ai vu la porte vitrée qui menait aux appartements et, sur la droite, la loge de la concierge.

Une femme aux cheveux décolorés a passé la tête par la fenêtre et m'a interpellée. Vous cherchez quelque chose, mademoiselle ?

La gardienne. Qu'est-ce qu'elle faisait là à bientôt 21 h 30 ? J'ai hésité un instant avant de m'approcher d'elle. Elle était postée sur un tabouret. Derrière elle, un petit téléviseur, le son coupé, diffusait un clip musical.

Vous n'habitez pas ici. Je connais tout le monde dans l'immeuble.

Elle me regardait en se frottant le menton. Avant que j'aie pu répondre, elle a repris : Je sais qui vous êtes. Vous êtes la fille de M. Lapierre. J'ai vu votre photo dans les journaux.

Je n'ai rien trouvé à répondre, trop surprise qu'elle m'ait reconnue. Elle s'est penchée en avant et soudain j'ai eu peur qu'elle tende le bras pour me toucher.

Qu'est-ce que vous faites là ? a continué la concierge, à voix basse, comme pour m'attirer vers elle. Je me souviens de la nuit où ils sont venus le chercher. La sirène de l'ambulance a réveillé tout le quartier. Ils l'ont emmené sur une civière. Mme Lapierre a beaucoup souffert.

Visiblement, la concierge connaissait tous les petits secrets des habitants de l'immeuble et ne se privait pas pour les divulguer. Je me suis écartée pour me diriger vers la porte vitrée et la plaque où étaient affichées les sonnettes des appartements. J'ai cherché le nom, en vain.

C'est Mme Robert, a-t-elle aboyé depuis son guichet. Elle a repris son nom de jeune fille.

J'ai appuyé sur le bouton et j'ai attendu que Madame Lapierre réponde. Attendu que nos mondes entrent en collision une fois de plus.

Je l'ai retrouvée sur le seuil de leur appartement. Elle retenait la porte d'une main. Elle avait changé depuis la dernière fois. Ses joues étaient plus colorées, ses cheveux avaient retrouvé un peu d'éclat. Nous sommes restées face à face un moment, puis elle m'a invitée à entrer. En la suivant dans le couloir, je me suis souvenue de ce qu'Anouk m'avait dit, qu'elle aurait dû penser plus souvent à Madame Lapierre. J'avais honte, moi aussi, de m'être aussi peu préoccupée d'elle avant la première fois où je l'avais vue, l'été précédent. Même si je savais qui elle était, elle était restée jusque-là une entité sans forme. En sa présence, je me sentais timide, comme si je l'avais maltraitée toutes ces années et qu'il me faille obtenir son pardon, lui montrer que ma mère et moi n'étions pas d'horribles mégères voleuses de mari.

J'ai eu l'impression que nous nous rencontrions pour la première fois. D'une certaines manière c'était le cas, nous ne nous étions vues qu'au milieu de la nuit, devant la dépouille de mon père, quand elle était apparue soudain, une vision presque spectrale. J'ai regardé ses pieds. Elle portait des pantoufles aux semelles éculées. Elle avait les chevilles minces et les mollets étonnamment musclés. Elle m'a renvoyé mon regard et j'ai rougi.

Nous nous sommes installées dans la cuisine, autour d'une table ronde – la table où mon père prenait la plupart de ses petits-déjeuners. Elle nous a préparé une tisane.

Il me disait toujours que vous cuisiniez bien.

Elle m'a corrigée. Il adorait manger, c'est tout. Mais j'ai vu naître un petit sourire au coin de ses lèvres. Elle m'a tendu une tasse d'infusion avant de s'asseoir en face de moi. Pourquoi es-tu venue, Margot ?

Je lui ai expliqué que j'avais toujours cru qu'elle était au courant pour Anouk et moi, que j'imaginais que mon père était plus honnête avec sa femme qu'il ne le laissait supposer, et qu'ils avaient décidé ensemble de dissimuler sa double vie au public.

Elle a détourné le regard. Son visage était délicat, pommettes hautes et nuque gracile. Elle n'était pas comme je l'avais imaginée – moins intimidante et sophistiquée – et d'une certaine façon, elle ne me donnait pas l'impression d'être la femme de mon père. Peut-être parce que je ne les avais jamais vus ensemble. En tout cas, elle faisait partie des gens qui maîtrisent leurs émotions. Elle est restée assise, mains posées sur la table, et m'a répondu d'une voix égale.

Je n'en avais pas la moindre idée. Tout le monde prétend que les signes sont évidents, mais je n'étais pas au courant de ses liaisons. On dit qu'une femme sait toujours quand son mari la trompe, sinon on lui reproche son ignorance.

Je l'écoutais, incapable de prononcer la moindre parole.

Le plus dur, cela a été après, a-t-elle continué. Quand j'attendais qu'il s'excuse, en particulier auprès de nos fils. Je voulais qu'il assume ses mensonges, mais il était incapable d'admettre ses torts, et encore plus de demander pardon.

Il ne l'a pas fait pour nous non plus. Il a cessé de me parler après la parution des articles.

Cela a dû être douloureux pour toi, Margot.

Madame Lapierre a passé les doigts sur la table avant de continuer.

La nuit où ton père est mort, je me suis réveillée. La chambre était étrangement silencieuse. Il devait être quatre heures du matin. Ton père ronflait souvent, mais là, je n'entendais pas un souffle. Je lui ai touché l'épaule, pour voir s'il était réveillé. Mais il n'a pas réagi, il ne s'est pas retourné. C'est là que j'ai compris que quelque chose n'allait pas bien du tout.

J'ai murmuré : Il était mort…

Elle a hoché la tête. Il est parti dans son sommeil. Je voulais que tu le saches, Margot. Il n'a pas souffert.

Il est resté avec vous jusqu'au bout.

Je ne lui ai pas laissé le choix. J'étais folle de rage contre lui. Je pensais beaucoup à toi, à ta naissance en particulier. Quand tu es née, nous étions avec ma famille. Je ne sais pas à quel moment précis c'était, bien sûr, mais en y réfléchissant j'ai retrouvé le jour. Je sais qu'il n'a rien montré de particulier, comme si tout était normal. Ça m'a mise en colère de penser qu'il avait éprouvé des émotions aussi intenses tout en restant près de moi, sans un mot, pendant qu'il jouait avec nos fils dans la maison de mes parents.

Vous connaissez ma date de naissance ? ai-je demandé d'une voix douce, retenant mon souffle.

Quand j'ai tout découvert, il a voulu parler de toi. Ton anniversaire, c'est le mois prochain, non ?

Oui.

J'avais ton âge quand je l'ai rencontré.

Elle a bu une gorgée de tisane. Je l'ai imitée, dans l'espoir que l'infusion brûlante m'apaiserait.

Il a parlé de moi ? Qu'est-ce qu'il a dit ?

Il voulait tout me raconter à ton sujet. Alors j'ai mis mon ego de côté et je l'ai écouté. Ça le soulageait de pouvoir se confier enfin. J'ai trouvé ça triste, qu'il ait dû garder toutes ces années ton existence pour lui. Il était fier de toi. Il a choisi ton prénom en l'honneur de sa mère, Marguerite.

Je ne savais pas qu'elle s'appelait comme ça.

Oui, et ils étaient très proches.

Je lui ai posé des questions sur vous, parce que je voulais vous rencontrer un jour.

Tu voulais faire ma connaissance, c'est vrai ?

Plus que tout.

Tu vois, ça arrive, finalement. Tu imagines, s'il nous voyait ? Il s'évanouirait, je crois. De peur.

Madame Lapierre s'est mise à rire, et son visage s'est détendu quelques instants. Tu as bien fait de venir. Ta mère, je ne veux pas la voir, mais toi... Elle a battu des paupières plusieurs fois et s'est levée de sa chaise. Avant de sortir de la pièce, elle a dit : Attends-moi, j'ai quelque chose pour toi.

J'ai terminé ma tisane. La cuisine était petite mais fonctionnelle, avec une grande cuisinière et un plan de travail étroit. Sur la table était posée une jatte d'oignons et d'échalotes. L'espace était propre et bien organisé, chaleureux et accueillant aussi. Je les imaginais bien tous les deux, heureux de dîner ensemble.

La facilité avec laquelle Madame Lapierre venait de me donner sa version de l'histoire achevait de bouleverser le peu de normalité que je pouvais ressentir. Nous n'avions pas eu la vie facile, elle et moi. J'aurais aimé avoir son aisance pour dire les choses, mais Anouk et moi étions comme ces poissons qui se cachent dans les abysses, fuyant les eaux transparentes.

Madame Lapierre est revenue avec une enveloppe. C'est pour toi, Margot. On en a parlé quelques semaines avant sa mort. Je n'ai pas eu le courage de te l'envoyer. Peut-être que ta mère te l'a déjà dit.

J'ai pris l'enveloppe et je l'ai ouverte. Elle renfermait mon acte de naissance. J'étais née à 15 h 47 dans le XVIIe arrondissement. Mon nom était suivi de celui d'Anouk, avec sa date et son lieu de naissance suivis de sa profession, mais l'espace pour l'identité du père était vide.

En marge, il y avait un autre paragraphe, qui stipulait que Bertrand Lapierre m'avait reconnue. Il était signé à Paris, moins d'une semaine avant son décès.

Madame Lapierre s'est penchée par-dessus mon épaule pour lire avec moi.

J'ai murmuré : Il a dû aller à la mairie avec Anouk, mais elle ne m'en a pas dit un mot.

Regarde, a-t-elle dit en me montrant la fin du paragraphe. Il t'a aussi donné son nom.

Je l'ai prononcé à voix haute. Margot Lapierre. Puis j'ai rougi et je l'ai regardée. Ces mots résonnaient comme un acte intime que je lui imposais.

Ça sonne bien, non ?

J'ai hoché la tête.

J'avais entendu mon nom un million de fois, mais je me le suis répété quand même – Margot Louve, Margot Lapierre – et c'était vrai, il sonnait bien.

18

Je suis rentrée chez moi en serrant l'acte de naissance dans mon poing. J'ai trouvé Anouk dans la cuisine, assise devant un café tout juste préparé. Elle soufflait sur la surface et la vapeur remontait vers son visage. Elle m'en a proposé une tasse.

J'ai agité le papier sous son nez. Je suis allée voir Madame Lapierre. Regarde ce qu'elle m'a donné.

Son visage s'est figé et pour la première fois depuis des mois, j'ai eu l'impression qu'elle avait peur. Mais elle a repris le contrôle de son expression et s'est installée plus confortablement sur sa chaise, tenant délicatement la tasse entre les mains. Quand, enfin, elle a brisé le silence, ç'a été pour me dire qu'elle n'avait pas su comment m'en parler. Elle comptait me le donner sous peu. Dans dix jours, nous avions rendez-vous chez le notaire pour la lecture du testament de mon père, car ses biens devaient être partagés entre Madame Lapierre, ses fils et moi. Tout en parlant, Anouk s'est mise à pleurer.

Je ne l'avais pas vue verser la moindre larme depuis des semaines. Peut-être que les répétitions et les cours du soir l'épuisaient; elle travaillait beaucoup – il ne restait que deux semaines avant la première. Mais au bout de quelques minutes, j'ai compris que c'était de la tristesse pure. Elle s'est caché le visage pour continuer à sangloter en silence, mais son chagrin était palpable, il rejaillissait sur moi. Je suis restée debout devant elle, incapable d'ouvrir la bouche. Je me souvenais qu'elle m'avait couverte pour l'article sur mon père, qu'elle ne m'avait jamais demandé d'où venait vraiment la fuite. Elle m'avait protégée… mais elle l'avait vu sans moi. C'était un acte égoïste, et la douleur de cette trahison me rendait moins sensible à ses larmes.

Je ne peux pas croire que tu étais avec lui avant sa mort et que tu ne me l'as pas dit.

Je suis ta mère. Je n'ai pas à tout te raconter.

Tu ne m'as pas laissé la moindre possibilité.

Anouk s'est levée et s'est mise à marcher dans la petite cuisine. Elle s'est essuyé les joues et a noué ses cheveux en chignon.

J'avais peur que tu m'en veuilles, a-t-elle murmuré.

Tu l'as vu en septembre sans moi. Tout ce temps, j'ai attendu qu'il m'appelle.

Oui, on s'est retrouvés deux fois. Peut-être que j'aurais dû le pousser davantage à te contacter. Elle parlait lentement en secouant la tête, comme si elle s'adressait à elle-même.

Pourquoi tu ne l'as pas fait ? J'ai eu l'impression de ne plus exister pour lui.

Elle a soufflé bruyamment et levé les yeux au ciel. Combien de fois je devrais te rappeler que tu comptais beaucoup à ses yeux ?

La rapidité avec laquelle elle changeait d'humeur m'a prise au dépourvu. Comment espérait-elle que je la croie ?

Mais vous auriez pu m'emmener à la mairie pour l'acte de naissance.

Tu sais comment était ton père. Dans les situations difficiles, il avait les réactions typiques d'un homme de sa génération. Il évitait tous les conflits émotionnels. Il préférait attendre encore un peu avant de te revoir.

Plantée au milieu de la cuisine, je lui en voulais maintenant de m'avoir caché ces heureuses nouvelles. Que m'avaient-ils dissimulé d'autre ? Peut-être bien plus que je l'imaginais – tout comme elle ne découvrirait jamais ce que j'avais vécu avec Brigitte et David.

Je l'ai suivie au salon. Elle s'est assise sur le canapé, en tailleur. Toujours debout, je l'ai regardée se tordre les mains nerveusement. Elle se tenait avec les épaules voûtées, et l'espace d'un instant elle m'a parue fragile. J'aurais voulu qu'elle soit comme avant, indifférente à mes réactions, à ce que je pourrais dire, avançant à son rythme et sans dévier de son cap.

Je suis désolée de ne pas t'avoir donné davantage, Margot. Si j'avais su qu'il était malade, je t'aurais emmenée le voir tout de suite.

J'ai montré l'acte de naissance. Il y a écrit qu'il me donne son nom.

Oui. Si tu le veux, il est à toi.

J'ai essayé d'imaginer la vie que j'aurais eue avec lui, père et fille seuls sous le même toit, avec nos chambres à l'étage séparées par la salle de bains. Il aurait été douché et habillé au moment où mon réveil sonnait. Je ne l'aurais pas vu beaucoup, parce qu'il aurait été au bureau ou en déplacement, et la plupart du temps, de fait, je serais restée à tourner en rond dans l'appartement, nettoyant parfois derrière lui – même s'il était beaucoup plus rangé qu'Anouk et qu'il aurait sans doute contenu son désordre à la chambre à coucher. Avec lui, le sol aurait été tellement propre qu'on aurait pu manger dessus, et le frigo toujours rempli de produits venus de la Grande Épicerie du Bon Marché. Le soir, quand il aurait été là, nous aurions regardé les films d'Agnès Varda. Je lui aurais parlé de *Bonjour tristesse,* qu'il avait lu, certainement. Nous aurions peut-être été comme Cécile et son père dans le roman de Sagan, repoussant toutes les femmes qui s'approchaient de trop près et menaçaient notre unité, jouissant de notre intimité nouvelle.

Mais ces images n'étaient que des chimères, inspirées des rares heures que j'avais réellement passées seule avec lui – des occasions que je pouvais compter sur les doigts d'une main. Je me souvenais de notre week-end en Normandie. Le ciel gris, la bruine, notre longue promenade sur la plage déserte, les plats que nous avions mangés au restaurant, les moulures en cuivre autour du miroir de la salle de bains, et même les vêtements que je portais. Les images étaient d'autant plus précises que je prenais bien soin de me les remémorer souvent. Comment combler un manque alors qu'il était si peu là ? Comment quelqu'un qui était plus absence que présence pouvait-il réellement me manquer ?

*

Anouk travaillait vingt-quatre heures sur vingt-quatre. C'était à peine si je la croisais le soir, et je retrouvais un rythme que j'avais déjà connu – ces moments où elle disparaissait pendant des jours et des jours, entre répétitions, préparation, écriture et réécriture. Nous sommes allées ensemble chez le notaire, et nous avons mis l'argent de l'héritage sur un compte à mon nom, pour quand je quitterai la maison. Anouk voulait que je m'achète un petit studio. En attendant, j'habiterais avec elle. Je m'étais inscrite en première année de lettres modernes à l'université Paris 3.

Le soir de la première est arrivé. Situé dans le xe arrondissement, le théâtre était petit mais somptueux, avec ses fauteuils de velours orange sombre et sa scène en bois ancien. Celle-ci n'était occupée que par une chaise et une table, éclairées chacune par un projecteur. Cela faisait presque deux ans qu'Anouk n'avait pas joué son seule-en-scène. Elle s'y inspirait de sa vie, de ses amis, d'anecdotes avec d'autres comédiens, de livres et de films, de l'actualité, et parfois de moi, même si je n'étais jamais le sujet principal.

Mathilde et Théo étaient assis à ma droite et Juliette à ma gauche, en tenue de gala. Elle portait une longue robe en soie sous le blouson agnès b. de sa mère, celui qu'elle mettait pour les grandes occasions. Elle parlait d'Anouk avec un respect nouveau, et je sentais entre nous une dynamique différente, comme si elle craignait de me voler l'attention de ma mère. Me considérait-elle comme amoindrie par le fait que je n'avais plus, comme elle, mes deux parents ? Pensait-elle qu'Anouk l'aimait mieux que sa propre fille, juste parce qu'elle rêvait d'une carrière dans le cinéma ? C'est vrai qu'elle l'avait aidée pour son film, et depuis Juliette me regardait avec une expression bizarre, mélange de culpabilité et d'inquiétude – un air que je connaissais bien. Elle n'avait peut-être pas tort, après tout. Il me fallait peut-être davantage garder ma mère pour moi.

Le rideau s'est levé et Anouk est apparue. Elle était à couper le souffle, littéralement. Grande, musclée, l'allure déterminée. Elle a arpenté la scène avec une aisance cavalière. Ses lèvres étaient rouge sang, sa couleur fétiche, et ses cheveux tombaient sur ses épaules en une cascade de boucles rousses. Les mèches grises sur ses tempes scintillaient sous les projecteurs. Elle portait une robe moulante noire sur des collants, une tenue qui permettait des changements de costumes rapides. Je savais qu'elle avait préparé un numéro de danse pour la fin.

Elle parlait d'une voix sensuelle, lentement, détachant chaque mot, assise sur le rebord de la scène, les jambes pendant dans le vide, tout près des premiers rangs. J'ai imaginé mon père assis là, lorsqu'il avait posé les yeux sur elle pour la première fois.

Elle a commencé.

J'ai vu l'homme que j'aimais deux semaines avant qu'il meure.

Nous nous sommes rencontrés chez un ami. Un ami commun qui nous a prêté son appartement pour que nous passions une heure ensemble. J'avais insisté pour qu'on se voie. Au début, il n'a pas voulu, de peur d'être suivi, ou que sa femme l'apprenne. J'ai insisté, j'avais quelque chose d'important à lui dire.

Le rendez-vous était fixé à dix heures du soir un mercredi. L'appartement était ouvert et je suis entrée. J'ai laissé ma veste sur une chaise. Il n'y avait personne dans le vestibule. On m'avait dit de faire comme chez moi. Il m'attendait au salon. On s'est assis chacun à un bout du canapé.

Ici, Anouk a pris sa chaise pour l'emporter d'un côté de la scène, d'où elle s'adressait à un interlocuteur invisible.

Il avait l'air d'un étranger. Je le connaissais mieux que quiconque, mieux qu'aucun autre homme. Mais au lieu de nous embrasser comme d'habitude, nous sommes restés assis comme ça, à distance. Il avait l'air malheureux et fatigué, on aurait dit qu'il n'avait pas dormi depuis des semaines.

Je lui ai demandé : Tu veux qu'on recommence à zéro ? On trouvera un moyen. On peut être discrets. Je quitterai Paris avec ma fille pendant un certain temps. Loin des projecteurs. Ce sera plus simple.

Il lui a fallu un moment pour répondre. Il a dit : Dans une autre vie, c'est toi que j'aurais rencontrée en premier. Avant que je sois marié. Tu aurais été ma femme, et peut-être que nous aurions eu deux ou trois enfants. Mais ça ne s'est pas passé comme ça, et je ne veux pas que ça continue.

J'ai dit : Je ne te demande pas de m'épouser.

Il a répondu : Je reste avec ma femme. Son ton était définitif.

J'avais du mal à le croire. Je venais de lui proposer de sacrifier ma carrière pour lui, de quitter la ville que j'adorais avec ma fille qui préparait son bac. Mais ce n'était pas ce qu'il voulait. Ce qu'il avait toujours voulu, c'était être cet homme-là, marié et fidèle à sa femme, même après que l'illusion avait volé en éclats. J'ai senti au plus profond de moi qu'il ne reviendrait jamais chez nous.

J'ai entendu des rumeurs, a-t-il continué. Des rumeurs qui disent que notre fille a parlé à un journaliste, qu'elle lui a tout révélé sur nous. J'ai passé une nuit blanche à penser que c'était elle. Puis j'ai réfléchi et je me suis rendu compte que la réponse était là, sous mes yeux. C'était toi, n'est-ce pas ?

Anouk s'est tournée vers le public. Elle a tendu les mains, paumes levées.

Il a répété : C'était toi ?

Bien sûr, mon amour. Qui d'autre que moi ?

Il a eu l'air soulagé, et il a souri pour la première fois.

Elle s'est levée pour marcher jusqu'au centre de la scène et s'appuyer à la table. Les lumières se sont tamisées, prenant une teinte jaune chaleureuse.

Je vais commencer autrement. Au début de notre relation, nous faisions tout pour être ensemble, nous profitions de la moindre occasion. Notre attraction mutuelle était évidente, mais il était marié.

C'est parce qu'il était marié que je me laissais aller avec lui plus qu'avec un autre homme. Il était tellement austère et me parlait si souvent de sa femme que j'étais persuadée qu'il ne franchirait jamais le pas. Je testais ses limites. Je l'entourais de mon attention, je le frôlais. Je n'ai jamais cru qu'il céderait.

Je suis tombée amoureuse, très vite. À chaque spectacle, j'espérais qu'il serait là, même s'il l'avait déjà vu. Nous nous gardions bien de prévoir quoi que ce soit ensemble, mais chaque fois qu'on se retrouvait tous les deux dans une pièce remplie de gens, on gravitait l'un vers l'autre et on disparaissait dans un coin, sur un balcon ou dans la rue. N'importe où pour être seuls. Je n'espérais pas qu'il me déclare ses sentiments ni qu'il passe à l'action. Ça ne faisait même pas partie du champ des possibles. Et puis un soir, après une fête, il m'a invitée à dîner. C'était une invitation spontanée, et il était si tard qu'on a failli ne pas trouver de restaurant ouvert. Nous sommes tombés sur une trattoria italienne, rue du Dragon, où nous avons mangé des lasagnes et de la burrata avec des artichauts. Nous avons bu un pichet de vin rouge. Il m'a demandé si je voulais un dessert et j'ai dit oui, juste pour prolonger cette intimité, parce que j'étais certaine que nous n'avions que peu de temps à passer ensemble, que nous n'irions jamais plus loin.

Nous sommes ressortis. Dans la rue, il bruinait, nous nous sommes abrités sous l'auvent d'un magasin tout près. Il m'a prise par la main et m'a serrée contre lui. Il m'a embrassée. Je l'ai arrêté. Je lui ai demandé ce qui lui prenait. Jusque-là, il avait toujours été réservé. C'est à peine s'il me frôlait le bras quand nous nous retrouvions. Oui, j'avais un besoin physique de sa présence, et je guettais la moindre opportunité de le voir. Son approbation comptait plus que tout, et quand je me tournais vers lui, j'espérais toujours qu'il était en train de me regarder. Mais ça ? Il avait une femme et deux enfants chez lui…

Ma réaction l'a surpris. Il a dit : Je croyais que tu en avais envie.

J'avais oublié qu'il était plus terre à terre que moi. Après tout, qu'est-ce que je souhaitais ? Qu'est-ce que j'attendais ? Profiter de la sécurité qu'offre un homme marié ? Je n'avais jamais rêvé d'un couple comme celui de mes parents, et je ne pensais pas que mon corps puisse abriter la vie. Avoir une famille comme la plupart de mes amies ne m'intéressait pas.

Alors j'ai voulu qu'il me promette qu'il ne quitterait jamais sa femme et ses enfants pour moi.

J'ai senti les doigts de Juliette quitter l'accoudoir pour se poser sur mon bras, puis serrer ma main. Elle a soufflé : Tu étais au courant ? J'ai secoué la tête.

Anouk a traversé la scène, la semelle en peau de ses chaussons de danse chuintait sur le parquet. Elle s'est arrêtée côté jardin.

Ce soir-là, dans le salon de notre ami, il m'a demandé pourquoi j'avais rendu publique notre liaison. Qu'est-ce que j'espérais de ces révélations à la presse ? Pourquoi maintenant ?

J'ai pensé à ce qui avait changé depuis cette nuit, rue du Dragon. Nous étions plus âgés, sa carrière avait changé de façon à peine imaginable, nous nous étions disputés pour des histoires d'argent, nous avions un enfant ensemble. Oui, le plus grand changement, c'était notre fille.

Je lui ai dit : Quand je t'ai demandé de rester avec ta femme, c'était avant de rencontrer l'autre amour de ma vie.

Elle a regagné le centre de la scène. La lumière est devenue plus forte, le projecteur braqué sur elle l'enveloppait d'une aura douce. La salle était plongée dans l'obscurité. Je savais qu'elle ne pouvait pas distinguer les visages au-delà du premier rang, pour autant qu'elle cherche à les regarder.

Elle a écarté les bras et s'est mise à tournoyer sur son pied droit. Elle a accéléré, bras tendus, et son visage nous est apparu flou. Son dos s'est arqué pour créer une courbe gracieuse. Ça faisait des années que je ne l'avais pas vue danser. Soudain, elle est montée en pointes, toujours en équilibre sur un seul pied, d'un mouvement si rapide que nous l'avons à peine perçu. Je retenais mon souffle, craignant qu'elle trébuche.

Elle a ralenti peu à peu. Quand la pirouette s'est arrêtée, ses cheveux sont retombés sur son visage. Elle s'est arrêtée pour reprendre son souffle.

Je lui ai dit de venir vivre avec nous. Margot a besoin de toi. Fais-le pour elle.

En entendant mon nom, j'ai senti la chaleur me monter au cou et au visage.

Anouk s'est avancée jusqu'en bord de scène pour scruter le public. Elle savait exactement où chercher, troisième rang, sur la gauche. Elle a capté mon regard et m'a fait un clin d'œil avant de disparaître en coulisses.

*

Le rideau de velours est tombé avec un bruit léger et les lumières se sont rallumées. Quelques secondes plus tard, Anouk est revenue, cheveux défaits. Elle s'est arrêtée devant le public et a salué, bras levés.

Je suis restée debout longtemps, comme tout le monde, à l'applaudir. Je l'ai regardée saluer, deux fois, trois fois, gracieuse.

Nos sifflets enthousiastes se sont mêlés aux acclamations. Mon cœur et mon ventre ont retrouvé leur place, leur origine. En touchant mes joues, j'ai découvert qu'elles étaient mouillées. Je n'avais pas senti mes larmes couler.

Tu as une mère extraordinaire, disait souvent mon père, comme si elle était meilleure que toutes les autres. Une mère n'est pas une amie, répétait Anouk, fière de cette différence.

Qu'arrivait-il aux filles comme nous ? Devions-nous fuir nos familles, rêver d'éloignement, nous forger une vie rien qu'à nous, loin de nos origines ? Ou étions-nous destinées à revenir, toujours ?

Je voulais absorber ma mère en moi pour n'être jamais seule. Je n'avais pas peur.

Remerciements

MA gratitude la plus profonde va à celles et ceux qui m'ont guidée avec sagesse et bienveillance dans l'écriture de ce premier roman, et ont rendu l'expérience moins terrifiante et solitaire :

Marya Spence, qui a cru en moi et m'a aidée à façonner le cœur de ce livre. Merci de m'avoir poussée à mes limites à chaque relecture et de m'avoir soutenue de ta formidable chaleur.

Clare Mao, pour les grandes et les petites choses en coulisses.

Emi Ikkanda, pour avoir cru en moi avant le roman. Ton éclat brille dans chaque ligne de ce livre, et je te suis immensément reconnaissante pour ton amitié.

Cindy Spiegel, pour ta sagesse et pour avoir misé sur moi.

Parisa Ebrahimi, arrivée au milieu de ce livre, et qui pourtant semble avoir lu dès le début dans mon esprit et partagé ma vision. Au cours de notre première rencontre, tu as décrit le roman que je rêvais d'écrire, et tu m'as guidée pour le faire. C'est une immense chance d'avoir trouvé une éditrice aussi impliquée que l'autrice. Tu es intrépide, précise, et ton écoute est simplement parfaite.

Toute l'équipe de Hogarth Press et Penguin Random House, particulièrement Alexis Washam, Rachel Rokicki, Erin Richards,

Emily Hotaling, Jillian Buckley, et Vincent La Scala pour votre énorme travail qui a permis à ce livre d'exister. Francine Toon, chez Sceptre, pour avoir donné à Margot une vie de l'autre côté de l'Atlantique, le tout avec une immense gentillesse.

Stéphanie Ricordel, Chloé Marquet, Sabine Jacquier, et toute l'équipe d'Eyrolles. Manu Causse pour cette très belle traduction, et pour avoir réussi à saisir l'esprit de Margot en français.

Joan Lynch, pour avoir renforcé mon amour de la littérature en terminale.

Max Apple, pour m'avoir donné la permission de rêver tout éveillée. Je ne serais pas devenue autrice si je n'avais pas découvert votre cours en première année de fac et effectué six ateliers d'écriture avec vous ensuite.

La Kelly Writers House, qui accueille aussi bien les aspirants écrivains que les auteurs confirmés.

Le programme d'écriture MFA de la Columbia University, pour l'espace, le temps et les ressources proposées.

Mes mentors et enseignants qui ont bien voulu partager leur précieuse sagesse au cours de ces années et continuent de m'inspirer : Victor LaValle, Sonya Chung, Rivka Galchen, et Stacey D'Erasmo.

Jason Ueda et Sue Mendelsohn, et toute l'équipe du Columbia University's Writing Center, qui offrent un espace d'accueil providentiel aux écrivains – le seul où, pendant longtemps, j'ai pu me dire autrice sans me sentir gênée.

Elena Megalos, Yurina Yoshikawa, Lynn Steger Strong et Eliza Schrader pour leur affection et leur amitié sans faille, et pour les heures de discussion sur les affres de l'écriture et les mystères du monde de l'édition au cours de nos dîners « thaï à emporter ».

Forsyth Harmon, pour les encouragements constants qui me poussent à devenir une meilleure autrice. J'espère toujours que ton intelligence déteindra sur moi.

Kirsten Saracini, qui a traité mon roman avec le plus grand soin, comme s'il faisait partie de mon âme et de la sienne, et qui reste la meilleure amie dont un écrivain puisse rêver.

Kerry Cullen, Karen Russell, Crystal Hana Kim, Mai Nardone, Sarah Souli, Florence Coupry, Maud Cavayé et Éloïse Eonnet, pour votre générosité et votre temps.

Philippe et Valérie Lapierre, Elizabeth Cruikshank, et Nanette Maxim, pour vos yeux d'aigle en matière de relecture. Susanne Ruppert, pour les acclamations sur la ligne d'arrivée.

Elaine Sciolino, qui m'a appris la confiance et un million d'autres choses à la Sciolino School of Life and Journalism, et pour m'avoir montré que l'écriture est une conversation sans fin, un partage. C'est un honneur pour moi de faire partie de la famille Sciolino-Plump par procuration.

Alejandro Milberg, pour ton immense imagination et pour m'avoir présenté la cruelle déesse Usagi.

Sadao Milberg et Amanda Sauer pour m'avoir accueillie chez vous un nombre incalculable de fois.

Ma mère, Akiko Okuma, pour avoir partagé avec moi ton amour des contes et des histoires, pour m'avoir appris à apprécier la nourriture, à suivre le courant, et à accepter notre étrange famille.

Mon père, Patrick Lemoine, pour ton amour inconditionnel et ta foi en mon écriture.

Geoffroy Bablon, pour ton immense curiosité et pour avoir lu et relu ce roman comme si c'était la chose la plus importante de ta vie. C'est un cadeau précieux de t'avoir comme premier lecteur.

Également dans la collection « Aparté»

L'Attentat domestique, Florence Aubry

Les chemins de Gaby, Marianne, et Juliette convergent inexorablement vers un même événement tragique : un attentat. Mais pas de revendication derrière ce complot-là. Une préparation plus rageuse que minutieuse. Un attentat domestique plus que politique.

Dites-moi des choses tendres, Cécile Hennerolles

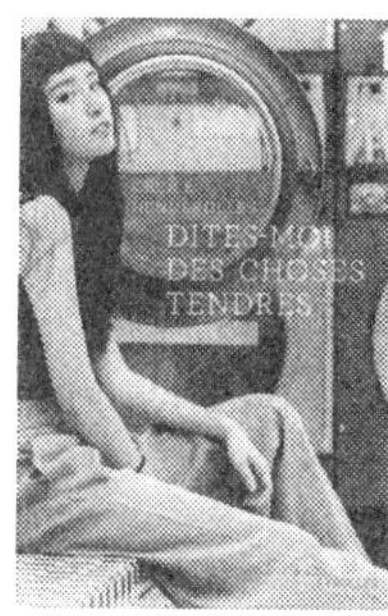

Un couple de quarantenaires ; une amitié fondée sur une blessure commune ; une femme désabusée ; des grands-parents amoureux depuis cinquante ans ; le premier amour d'un enfant. Ces cinq trajectoires vont s'entrecroiser et se confronter, chacune à leur manière, à la fulgurance de l'amour. Comment fait-on pour aimer ? Comment fait-on pour se dire *je t'aime* ? Mais aussi pour dire *je ne t'aime plus* ? Comment fait-on pour se relever après avoir mordu la poussière ? Comment fait-on pour que ça reste beau malgré tout ?

Si je me souviens bien, Hélène Le Bris

Marthe se souvient de sa jeunesse *rock and roll*, de son travail au service des espaces publics, de son jardin anglais. Elle se souvient, et oublie : ce qu'elle a fait le matin-même, l'adresse de son appartement, pourquoi elle vit seule. La faute d'Al, dit-elle, cette maladie qui lui ronge le cerveau. Un souvenir insiste toutefois, pressant comme un appel : Adrien. Marthe s'improvise alors détective avec un seul objectif : retrouver Adrien.

À rebrousse-poil sous le ciel de Shanghai, Esmeralda Lladser

Melchior, Spot et Doudou sont des chats. Melchior, aristocrate schizophrène, Spot, voyou notoire, et Doudou, prétentieuse élégante, se partagent une maison, un jardin, une impasse à Shanghai. Leurs aventures félines se déploient en chroniques drôles, poétiques, souvent fantasques, ignorantes du drame qui se joue pour leurs domestiques humains.

Les Cœurs imparfaits, Gaëlle Pingault

Barbara est seule. Sa solitude a des allures de refuge, pour tenir une mère imprévisible à distance. Quand Charles, le médecin de l'EHPAD, la convoque, ce passé qu'elle fuit la rattrape. Charles, lui, s'ennuie. L'intransigeance de Barbara le contraint à faire face à ses propres petites lâchetés. Dans ce même EHPAD, Lise est une aide-soignante à bout de souffle. Jusqu'à quand tiendra-t-elle la cadence ? Autour de Rose, la mère absente, ces cœurs imparfaits se rencontrent et inaugurent des voies possibles de consolation.

Les Dévorantes, Marinca Villanova

Emma, Angèle, Karine. Trois filles, trois mères, trois générations. De l'une à l'autre, les composantes de la maternité se transmettent dans une haine calfeutrée, mais agissante. Les mères refusent leurs filles, et ce rejet inaugural, loin de les séparer, les lie solidement en une longue chaîne qui traverse le temps. Comment cesser d'être dévorée ? Comment cesser d'être une dévorante ?

Dépôt légal : mars 2021
Achevé d'imprimer en France sur Roto-Page
par l'Imprimerie Floch (97954)
Cet ouvrage est imprimé sur du papier Munken Print Cream 80 g,
papier issu de forêts gérées durablement